서쪽
숲에
갔다

편혜영 장편소설
서쪽 숲에 갔다

초판 1쇄 발행 2012년 6월 22일
초판 6쇄 발행 2024년 5월 30일

지은이 편혜영
펴낸이 이광호
펴낸곳 ㈜**문학과지성사**
등록번호 제1993-000098호
주소 04034 서울 마포구 잔다리로7길 18(서교동 377-20)
전화 02) 338-7224
팩스 02) 323-4180(편집) / 02) 338-7221(영업)
전자우편 moonji@moonji.com
홈페이지 www.moonji.com

ⓒ 편혜영, 2012. Printed in Seoul, Korea
ISBN 978-89-320-2311-3 03810

이 책의 판권은 지은이와 ㈜문학과지성사에 있습니다.
양측의 서면 동의 없는 무단 전재 및 복제를 금합니다.

이 책은 2011년도 한국문화예술위원회의 문학창작지원금을 받았습니다.

서쪽 숲에 갔다

편혜영
장편소설

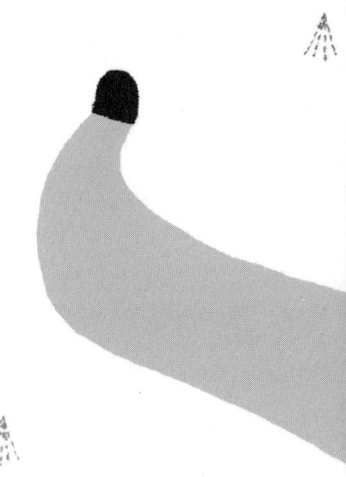

문학과지성사
2012

차례

1부   7
2부 125
3부 247
에필로그 340

해설 세계의 일식이 지나고_권희철 347

1부

1

 숲에서는 웬만한 크기의 것은 잘 눈에 띄지 않는다. 가래나무 사이 덤불에서 '산불조심'이라고 쓰인 완장을 발견했을 때 운이 좋다고 생각한 것은 그 때문이었다. 박인수는 완장에 묻은 흙먼지를 툭툭 털었다. 오래전에 버려진 것인지 군데군데 얼룩이 져 있었지만 물로 씻으면 그럭저럭 쓸 만할 것 같았다. 오전 순찰은 이쯤에서 끝내기로 했다. 순찰이라고 해야 나무에 가려 온전히 보이지 않는 숲 입구를 둘러보는 게 전부였지만.
 천천히 걸음을 옮기던 박인수는 관리사무실 쪽으로 다가오는 남녀를 보았다. 오늘만 네 명째였다. 들어가지도 못할 숲에 오르는 사람들 말이다. 일요일인 데다가 비교적 포근해서 그런 모양이었다. 지난주는 추워서였는지 입산객이 한 명뿐이었다.

상점가를 지나쳐 숲에 오르는 임도(林道)에 입산금지를 알리는 플래카드가 여러 개 붙어 있었다. 그걸 본 사람들도 못 믿겠다는 듯 일단은 관리사무실까지 올라와서 입산 여부를 다시 확인하고 내려갔다.

숲은 경사가 급격해 바윗돌이 가파른 서쪽 연안과 맞닿아 있었는데, 연안 쪽은 숲과 바다의 경계가 불분명해 접근이 아예 불가능한 구역이 많았다. 일부 입산 가능 지역에 들어가려면 관리실 앞 임도를 지나야 했다.

입산객을 돌려보내는 일은 하나도 번거롭지 않았다. 오히려 즐겁다고 할 수 있었다. 자신의 말을 듣고 누군가 허탕을 치고 발걸음을 돌리는 걸 보는 일은, 굉장했다. 박인수는 다른 사람에게 그 정도의 영향력을 행사한 지가 하도 오래되어서 반복되는 대화에 조금도 피로를 느끼지 않았다.

"숲에 가려는데요. 입장료 얼맙니까?"

파란색 패딩을 입은 남자가 지갑을 꺼내 들며 물었다. 여자는 한 걸음 떨어진 곳에 서서 오들오들 떨고 있었다. 포근하다고는 해도 산책 삼아 숲에 오르기에는 추운 날씨였다.

"없습니다."

"공짠가 보죠?"

"안 내도 된다는 겁니다. 못 들어가거든요."

"네?"

"입산금지 기간이에요. 저기 안내문을 좀 보세요."

박인수가 게시판을 가리켰다. 남자가 입산금지 안내문을 눈으로 훑었다.

"아, 이런. 지금이 그 기간입니까?"

"네."

"그럼 못 들어갑니까?"

"네."

"언제부터 갈 수 있습니까?"

"봄이나 되어야 할 겁니다."

봄철 개방도 한시적인 것이니 홈페이지에서 기간을 꼭 확인하라는 말을 덧붙였는데, 남자는 지금 들어가지 못한다는 것에 당황한 나머지 박인수의 말을 귀담아 듣지 않았다.

"그러게 아까 플래카드를 본 것 같다고 했잖아."

여자가 웃으며 말했다.

"좀 크게 붙여두던가. 그게 뭐야. 잘 보이지도 않게."

남자가 괜한 탓을 하며 박인수를 힐끔거렸다. 그런 반응 역시 익숙한 것이어서 박인수는 히죽 웃고 말았다.

두 사람이 돌아서는 걸 보고 사무실로 들어가려는데 언덕배기를 올라오는 차 소리가 들렸다. 새로 올라오는 차가 두 사람을 태운 차와 교대하듯 주차장에 자리를 잡았다. 새로 올라온 차는 차체가 낮은 외제 승용차였다.

차에서 내린 이하인은 압도적으로 시야를 잠식하고 있는 숲을 둘러보았다. 공기는 시원하고 바람은 찼으나 상쾌하기보다는 서늘하고 음습한 느낌이었다. 날씨 때문은 아니었다. 숲이 한데로 뭉쳐 검게 보여서인 것 같았다. 검은 숲을 향해 몸을 움츠리고 걸어가다 보니 자연이 반드시 옳은 교훈만 주는 것은 아니라는 생각도 들었다.

박인수는 관리사무실 쪽으로 올라오는 남자를 뚫어져라 쳐다보았다. 남자는 코트 차림에 흰색 와이셔츠를 입고 넥타이까지 매고 있었다. 옷차림만 보면 위계가 엄격하고 보수적인 회사에서 근무하는 사무원이거나 공무원처럼 보였다. 뭘로 보나 숲에 가려는 차림은 아니었다. 그 때문에 연구원이 아닐까 싶기도 했다. 진 선생 말로는, 연구원들은 자주 숲에 오지 않지만 입산금지 기간에 입산금지 구역을 드나들며 그럴 권리가 있다고 과시하는 게 업무 중 하나라고 했다.

만약 연구원이 아니라면 종종 숲에 출몰한다는 생태학자거나 극단적인 환경주의자인지도 몰랐다. 남자의 차림새와 느긋하게 주위를 둘러보는 태도를 보면 숲의 분위기에 전혀 주눅들지 않았다는 느낌이 들었는데, 그런 일을 해서인지도 몰랐다. 숲에 그런 사람들이 종종 찾아와 뻔한 설교를 늘어놓는다고 알려준 것도 진 선생이었다. 그들이라면 박인수에게는 좋을 게 없었다. 맹렬하게 비판을 퍼붓거나 환경보호에 관한, 알아듣지도 못할 이론을 제시하며 장황하게 의견을 늘어놓고 그의 생각을 교정하려 들 테니까.

"봄에 다시 오십시오."

박인수는 남자가 숲에 가려는 차림이 아니라는 걸 알면서도 떠보기 위해 그렇게 말문을 텄다. 남자는 대꾸 없이 능글능글 웃으며 박인수 쪽으로 걸어왔다. 의아했나. 보통 입산금지라고 하면 당황해서 되묻거나 따지려 드는데, 남자는 구태여 숲에 왜 들어가느냐는 표정이었다.

"봄에요? 왜요?"

"지금은 못 들어갑니다."

"아, 그 뜻이군요."

남자의 말투에는 아쉬운 기색이 전혀 없었다.

"봄에 여기에 꽃도 피고 그러면 풍경이 낫겠죠?"

이하인이 관리사무실 뒤쪽의 공터를 가리키며 물었다. 무성하게 자란 풀숲이 병풍처럼 사무실을 둘러싸고 있었다. 풀숲이 방치된 탓에 워낙에도 임시 시설물 같은 관리사무실은 사람이 기거하는 곳이라기보다는 제설장비 따위를 넣어두는 창고로 보였다. 박인수도 못마땅해하던 참이었다. 하필 이하인이 그걸 꼬집었다.

"그럼요. 천지가 다 꽃입니다."

"바람도 이렇게 심하지 않겠지요?"

"그거야 날씨에 따라 다르지요."

"이렇게 넓고 큰 숲은 처음이에요."

박인수의 시큰둥한 대꾸에 아랑곳하지 않고 이하인은 사무실 옆에 있는 숲 지형도를 눈으로 훑었다. 박인수는 계속 이하인에게 무시당하는 느낌이 들어 공연히 말을 덧붙였다.
"들어가면 더 놀랄 겁니다. 6월이 되도록 응달에 눈 쌓인 곳이 있으니까요."

으스대듯 말했으나 실은 박인수도 숲에 가본 적이 없었다. 순찰 삼아 하루에 두 번 입구를 어슬렁거리는 게 전부였다. 남자가 숲에 관심을 보이는 것 같아 진 선생에게 들은 말을 그대로 늘어놓았다.

"무척 습한가 보군요. 눈이 그렇게 오랫동안 녹지 않는다니 말입니다."

"서쪽 끝이 연안과 맞닿아 있으니까요. 그쪽이 특히 그래요. 이 동네가 워낙 눈이 많기도 하고요."

"언젠가 꼭 가보고 싶기는 하군요."

"봄에 오세요."

"아쉽네요."

"뭐가요?"

"봄에는 시간이 없을 것 같아서요."

박인수가 이하인을 빤히 쳐다봤다. 이하인은 흠이라도 찾아내려는 듯 경계하는 표정으로 박인수를 살펴보았다. 사소한 실수를 찾아내면 그럴 수도 있다고 덮기보다는 두고두고 비웃으며 조롱할 것 같은 표정이었다.

"지금도 못 갑니다. 입산금지 기간이에요."

박인수가 냉랭한 어조로 말했다.

"숲에 가려는 게 아닙니다."

"그럼 어딜 갑니까?"

"여기 온 겁니다."

"여기요?"

박인수는 주위를 둘러보았다. 여기 어디 갈 데가 있다는 거지? 내심 자기 생각이 틀렸다는 걸 알고 풀이 죽었다. 언제나 그렇지만 그의 단정적인 생각과 추리에는 명백하게 확신이라고 내세울 게 없었다. 심지어 이런 하찮은 추측조차도 믿을 만한 게 못 되었다. 대기업 사원이나 공무원은 비교적 평범한 추정이어서 맞힐 가능성이 높았는데도.

"인사가 늦었습니다. 이하인이라고 합니다."

박인수는 그가 내민 명함을 꼼꼼히 들여다보았다.

"가사소송법 전문 변호사요?"

"네, 필요하시면 연락 주십시오."

"연락할 일이 없어야 좋은 거네요."

"물론 그러면 좋고요."

"여기는 무슨 일입니까?"

이제는 순전히 호기심이었다. 가사 소송을 전문으로 하는 변호사가 이 깊은 숲에 무슨 볼일이 있단 말인가.

"여기 근무하십니까?"

"네."

"근무하신 지 얼마나 됐습니까?"

"왜요?"

"정확히 얼마나 됐나요?"

박인수는 잠시 멈칫했다. 상대방이 변호사라는 사실에 압도당해 대답을 하지 않아도 된다는 걸 떠올리지 못한 채, 왜 변호사가 그런 걸 알고 싶어 하는지, 근무하는 동안 자신이 뭔가 잘못한 건 아닌지, 혹시 아내가 변호사를 부른 건지 생각했다.

이하인은 머뭇거리는 박인수를 물끄러미 바라보았다. 자신에게 대답을 요구할 권리가 없지만 대체로 겁이 많고 성정이 순한 사람들은 우물쭈물하다가도 직함에 눌려 기어이 대답을 내놓는다는 걸 알고 있었다.

"2주 됐습니다."

박인수는 얼굴을 붉혔다. 숲에 대해 아는 척한 게 생각났다. 하필 6월까지 응달의 눈이 녹지 않는다는 얘기는 왜 했을까. 그 얘기를 하더라도 어째서 다른 사람에게 들었다는 걸 밝히지 않았을까. 수치심을 감추려고 따지듯 물었다.

"무슨 일인가요? 왜 그런 걸 묻나요?"

"알아볼 게 있어서요."

이하인이 짧게 대답했다. 오히려 안달이 나서 캐묻고 싶어진 건 박인수 쪽이었다.

"법적인 문젠가요? 말하자면······" 박인수가 목소리를 낮췄다. "재산 분할 같은 거요? 이 숲의 주인들끼리요."

이하인은 못마땅해하는 박인수의 말 속에 이상한 기대감이 숨겨져 있는 것 같아 조금 의아했다. 박인수의 눈빛은 처음에는 당황해서 빛났다가 이제는 산불이라도 기대하는 것처럼 돌연한 호기심으로 빛나고 있었다.

실제로 박인수에게는 부끄러움이 가시고 자기에게 마땅한 잘못이 없다는 생각이 들자 어떤 기대감이 생겨났다. 숲에서 보내는 시간은 지루했다. 그렇게 시간을 보낸 지 얼마 되지 않았지만 확실히 그랬다. 종일 관리사무실에 있다 보면 숲에서 무슨 일이 벌어지지 않을까 공상하며 시간을 보내기 일쑤였다. 유감스럽게도 산불 때문에 일자리를 잃는 것 말고는 딱히 떠오르는 게 없었다. 산불이라니. 박인수는 불경한 생각을 탓하듯 손에 든 완장을 툭툭 쳤다. 낡은 사무기기처럼 하루 종일 틀어박혀 있자니 그런 생각이 든 것일 뿐, 진심으로 바라는 것은 아니었다.

"그런 건 아닙니다."

그 대답에 왜인지는 모르지만 실망감이 들었다. 동시에 변호사에 대한 호기심이 사라졌다. 박인수는 시시하고 싱거울 얘기를 들을 자세로 돌아갔다. 오래 상대할 시간이 없다는 듯 관리사무실 쪽을 힐끔거리고 방어하듯 몸을 빳빳하게 곧추세우는 자세로.

"도움을 청하러 왔습니다."

"저한테요?"

"네."

"혹시 증언이 필요한 일입니까?"
"아닙니다."
"소송입니까?"
"그것도 아닙니다."
"그럼 뭔가요?"
"사람을 찾고 있습니다."
"제가 아는 사람입니까?"
"모르실 겁니다."
"그런데 왜 여기서 찾습니까?"
"아실지도 몰라서 그럽니다."
"누군데요?"
"선생님 이전에 근무한 사람입니다."

그러고 보니 박인수는 전임자에 대해 들은 바가 없었다. 그가 근무를 시작할 때는 이미 전임자가 없었다. 업무 설명은 진 선생이 해줬다. 박인수는 늘어져 있던 자세를 바꾸며 물었다.

"그게 누군데요?"
"제 형입니다."

박인수는 이하인의 얼굴을 빤히 쳐다보았다. 이하인은 얼굴에 비해 가늘고 긴 코를 가지고 있었는데, 그 때문에 딱히 못생긴 얼굴은 아니지만 어딘가 불균형한 느낌을 줬다. 얼핏 봐도 크기가 다른 두 눈이 그런 느낌을 부추겼다. 한쪽 눈에만 쌍꺼풀이 있고 그 눈이 지나치게 커 보였다. 그렇지만 전체적인 불균형함과 개성 없이 단정하기만 한 옷차림에도 불구하고 인상에 남을 만한 얼굴이었다.

그나저나 사내의 형이라면, 한 번도 본 적 없는 전임자는 이 사내와 비슷하게 생겼을까.

2

이하인은 마을에 도착하자마자 숲 입구의 관리사무실로 갔다. 고속도로에서 이정표가 보이기 시작한 후 램프를 빠져나와 우회전한 다음 30분쯤 더 달리니 마을 진입로가 나타났다. 키가 크고 잎이 무성한 가로수가 양쪽으로 늘어선 도로를 한참 따라가자 종을 매단 첨탑 꼭대기가 보였다. 다시 얼마간 더 지나자 고풍스러운 유럽 건축 양식을 본떠서 지은, 그렇게 해서 오히려 전통과 완전히 멀어져버린 건물이 조금씩 모습을 드러냈다.

구(舊) 산림학 연구소였다. 연구소는 드넓은 부지를 과시하듯 건물들이 띄엄띄엄 늘어서 있었다. 지금은 시(市)로 이전 작업이 진행 중이라 태반이 빈 건물로 놓여 있다고 했지만 쇠락했다거나 스산한 느낌은 들지 않았다. 탁 트이고 개방적인 느낌이었는데, 그것은 전적으로 너른 잔디밭 때문 같았다. 한창때라면 잘 자라 고른 초록을 뿜낼 잔디밭은 마을을 관통하는 중심 도로의 경계석 앞까지 이어져 있었다. 한편으로 그 때문에 연구소 부지를 포함하여 상점가 전체가 부지런하고 까탈스러운 주인이 정성껏 돌본 대저택 같다는 느낌을 주었다.

상점가는 연구소가 지어지면서 만들어진 것이라는데, 오랜 역사를 알려주듯 낡고 구식이었다. 차양만 단장한 지 얼마 되지 않은 새것이었다. 그게 오히려 더 거슬렸다. 돈 많고 천박한 사람이 제 취향으로 선택한 듯 색깔과 모양이 똑같아서 인위적이고 강제적인 인상을 풍겼다. 똑같은 차양에 시선을 뺏겨 건물에 새겨진 세월의 흔적, 이를테면 페인트 도색이 벗겨진 벽면이나 군데군데 남은 얼룩, 아이들의 낙서 같은 것이 눈에 잘 띄지 않기는 했다.

워낙에 주민 수가 적고 연구소가 생기면서 형성된 마을이라 그런지 상점가는 연구소에 부속된 편의시설로 보였다. 나중에 알고 보니 그다지 틀린 생각도 아니었다. 실제로 대부분의 상점은 연구소 직원이나 방문객을 상대로 하고 있었다. 마을 규모에 비해 비교적 큰 서점, 연구소 로고를 새긴 기념품을 파는 잡화점과 식당이 있었다. 슈퍼마켓도 있었는데, 얼핏 보아서는 드나드는 손님이 눈에 띄지 않았다. 아마도 연구소가 이주하고 나서는 근근이 장사를 이어나가고 있는 모양이었다. 길 끝의 주유소는 이 좁은 상점가의 운명을 말해주듯, 주유기마다 먼지 낀 방수포가 너덜너덜해진 채 덮여 있었다.

상점가 도로는 가르마처럼 좁게 숲 쪽으로 이어져 있었다.

멀리서 보면 도로 끝에서 길이 막힌 듯했는데, 짙게 드리운 나무 그늘이 검은 벽처럼 보이는 탓이었다. 숲 진입로라고는 하지만 이미 울창한 숲의 한복판에 들어선 듯 상점가와 전혀 다른 풍경이 펼쳐졌다.

엄밀히 말하면 풍경이랄 것도 없었다. 진입로에 들어서자 보이는 것은 나무뿐이었다. 나무는 울창하고도 가까워 시커멓게 탄 것처럼 보였다. 좀더 거리를 두고 보면 나무들의 잎이 수령에 따라 나무 크기에 따라 줄기 위치에 따라 수종에 따라 녹색과 연두색의 명도가 제각각인 것이 확연히 보였을 것이다. 좁은 도로에서 보자니 녹색이 뿜어내는 다양한 명도에 현혹되기도 전에 끝없이 중첩된 나무들에게서 풍겨 나오는 어둠의 무게에 짓눌렸다.

그럼에도 숲길은 완벽했다. 나무의 빛나는 푸른색은 짙푸르다 못해 이내 하얗게 변해버리는 하늘과 썩 어울렸다. 이하인은 줄곧 터질 듯이 푸르른 나무와 연청색으로 빛나는 하늘, 가지런히 배열된 키 높은 가로수에 탄성을 내뱉으며 더 깊이 들어갔다. 마치 전적으로 그것을 보러 이 마을에 온 것처럼.

딱 사흘만 머물 생각이었다. 어머니에게는 일주일 전에 출발한다고 했으니 그가 최소한 열흘은 형을 찾아본 것처럼 보일 터였다. 사실 더 머물고 싶어도 시간이 없었다. 그에게는 해야 할 일이 세상 누구보다 많았고 그 일들을 계속 미룬 채 언제까지고 형을 찾는 무용한 일에 매달릴 수는 없었다.

형에게 마지막으로 연락이 온 것은 여섯 달 전이었다. 휴대전화 벨이 울려 시계를 보니 밤 10시가 조금 지나 있었다. 그는 변론에 쓰일 자료를 검토하고 있었다. 순조로운 이혼을 위해 쌓인 증거물과 사진 자료, 재산 형성 내역서를 볼 때마다 인간들의 사랑이나 결혼이라는 것에 신물이 느껴졌다. 물론 그것 때문에 여태 미혼인 것은 아니었다. 그에게 닿은 혼처는 대개 부동산 졸부나 대부업자의 딸이었다. 내키지 않았지만 곧 그들 중 하나와 결혼하게 될 터였다. 볼품없는 그의 집안 내력을 고려하면 감지덕지한 혼처였다. 어쨌거나 돈이 많은 집안인 건 분명하니까.

전화벨이 울리는 걸 들으면서 그는 계속 자료를 들여다봤다. 늦은 밤의 전화라니, 뭔가 달갑지 않았다. 액정에는 낯선 지역 번호가 찍혀 있었다. 갑자기 전화를 받은 것은 어머니를 모신 요양원인지도 모른다고 생각해서였다. 전화를 받는 순간 요양원 번호가 아니라는 걸 알았지만, 이미 늦었다. 다급하게 '여보세요'라고 하는 그의 목소리를 듣고 수화기 너머에서 누군가 한숨을 내쉬었다. 이하인은 전화를 끊지 않았다. 그쪽에서 전화를 끊는 게 좋았겠지만 계속 수화기를 들고 있었다. 누구인지 생각하는 동안 잇몸이 욱신거리며 쑤시기 시작했다. 이가 시려왔다. 치통이었다. 상대방은 여전히 아무 말도 하지 않았다. 불규칙하고 거친 숨소리가 간간이 들려왔다. 형 같았다. 틀림없이 형이었다. 치통이 시작된 걸로 보아 몸도 그렇게 생각하는 모양이었다. 한번 그렇게 생각하자 다른 누구의 전화라고는 생각할 수 없었다.

"나다."

상대가 주저하며 입을 열었다. 나라니. 이하인은 슬쩍 코웃음을 쳤다. 물론 수화기 너머의 사람에게는 들리지 않을 정도로.

"하인아."

용기를 내어 전화를 끊으려는데 이번에는 그의 이름을 부르는 소리가 들렸다. 기분 나쁜 목소리였다. 힘없이 주눅 든 목소리였으나 이하인에게는 익숙했다. 그를 때리기 직전에 힘을 조절하려고 목소리를 낮출 때 내는 소리였다.

"뭐하고 있었니?"

한참 만에 형이 물었다.

"일해요."

이하인은 두려움을 감추려고 최대한 무뚝뚝하게 대답했다.

"그래."

형은 그 말을 듣기 위해 전화를 한 듯 짧게 대꾸하고는 입을 다물었다. 수화기 너머로 형의 숨소리가 들리고, 그 너머로 무슨 소리가 들려왔다. 라디오 잡음인가 싶었는데 계속 듣자니 바람 소리 같았다. 형은 바람막이 하나 없는 드넓은 벌판에서 전화를 하고 있는 걸까. 무슨 수작일까. 바람 소리에 귀를 기울이며 이하인은 생각했다. 깊게 생각할 것도 없이 돈 문제가 아닐까 싶었다. 늘 돈이 말썽이었으니까. 두려워서 심장이 뛰는 대신 이제는 머리가 돌기 시작했다. 또 얼마를 언제까지 마련해줘야 할지 생각하니 머리가 터질 것 같았다.

이하인은 자신의 앞날에는 돈이 마를 리 없다는 걸 알고 있었다. 마음만 먹으면 더 벌 수도 있고 원하는 만큼 벌 수 있다는 것도 알았다. 하지만 형에게는 한 푼도 주고 싶지 않았다. 자신이 번 돈은 마땅히 자신의 것이어야 했다. 자신의 돈에 형의 지분은 하나도 없었다.

언제나 생각뿐이었다. 이제껏 그가 쓴 목돈의 대부분은 형에게 굴러갔거나 어머니를 통해 형에게 들어갔다. 물론 어머니가 형에게 주었다고 말한 적은 한 번도 없었지만, 어머니가 갑자기 돈이 필요하다고 할 때면 이유가 뻔했다.

"뭐예요?"

참지 못하고 이하인이 물었다. 터질 듯한 긴장 앞에서 견디지 못하고 무릎을 꿇는 건 언제나 그였다.

"돈인가요?"

형은 아무 말도 하지 않았다.

"얼마예요?"

이번에도 대답하지 않았다. 그가 짐작하는 것보다 큰 액수 같았다. 형이 미안해서 선뜻 입을 열지 못할 정도니 말이다. 어디서 판돈이 크게 걸린 도박이라도 한 걸까. 이하인은 점점 화가 났다. 어릴 때는 주먹질을 해서 뜻을 이루더니, 다 크니까 그를 참지 못하게 해서 뜻을 이룰 작정이었다. 그쯤에서 전화를 끊어버릴 수도 있었다. 그렇게 하지 않았다. 형이 사무실로 찾아올지도 모른다고 생각해서였다. 더럽고 추접한 몰골로. 지금 그런 행색으로 지내서가 아니라 순전히 그에게 창피와 굴욕감을 주기 위해서. 액정에 찍힌 지역 번호는 사무실이 있는 도시에서 약 410킬로미터 떨어진 곳이었다. 재수 없으면 내일 아침에, 더 재수가 없으면 앞으로 네 시간 후에 형의 얼굴을 볼 수도 있는 거리였다.

조금 지나자 지금의 형에게는 그런 의지와 용기가 없다는 생각이 들었다. 그는 자신밖에 의지할 데 없는 형을 골려주고 싶어졌다. 최대한 비아냥거리고 빈정댄 후 동냥하듯 돈을 줘도 좋을 것 같았다. 그게 얼마이건 그에게는 있어도 그만 없어도 그만인 액수일 테니.

형은 코가 잔뜩 막히고 입이 내내 막혀 있다가 풀려난 것처럼 크게 숨을 내쉬고 있었다. 한참 달리기를 한 후에 거는 것도 같고 폐병을 앓고 있어서 그렇게밖에 숨을 못 쉬는 것도 같았다.

"바빠요. 얼른 말해요."

말은 그렇게 했어도 이하인은 조금씩 여유를 찾았다. 급하고 서둘러야 할 것은 형이었다. 그는 이 상황을 느긋이 즐기자고 생각했다. 그의 재촉에도 불구하고 형은 여전히 대답이 없었다. 이하인은 저도 모르게 숨을 내쉬고는 깜짝 놀랐다. 어릴 때 한숨을 내쉬면 당장 형에게 얻어맞았다. 먼 곳에 있는 형이

때릴 리 없지만, 어린 시절의 두려움은 다 자란 그의 뼈와 살갗과 혈관 속에 고스란히 남아 있었다. 그는 반사적으로 두려움을 느끼는 자신에게 실망한 채로 묵묵히 기다렸다. 형이 어서 목적을 털어놓기를.

잠자코 있으려니 무슨 소리인가가 들려왔다. 바람 소리거나 거리에서 흔히 들릴 법한 소음이 아니었다. 억지로 숨을 참는 소리였다. 아마도 그것은, 울음소리 같았다.

"형?"

이하인이 아주 오랜만에 형이라고 불렀다. 그에게 '형'이라는 호칭은 친족 관계상 위치를 나타내는 말에 불과했다. 그는 '형'이라고 불러본 적이 거의 없었다. 그를 부르는 건 늘 형이었다. 손가락 짓을 하거나 고개를 까닥이거나 '야'라고 소리치거나 욕을 하는 방식으로.

"뭐해요?"

형이 울고 있는 걸 믿을 수 없어 확인하듯 짧게 물었다. 언제나 자신을 두들겨 패던 형이 먼 곳에서 전화를 걸어와 흐느껴 울고 있는 것이다. 그의 물음에 더는 참지 못하겠다는 듯 울음소리가 터져 나왔다. 그 소리를 들으면서도 이하인은 형이 우는 걸 상상하지 못했다. 얼굴을 일그러뜨리고 코를 훌쩍이며 뚝뚝 떨어지는 눈물을 손등으로 훔치는 것 말이다. 우는 건 늘 이하인이었다. 형에게는 득의만만한 웃음이나 비아냥거리는 말투, 한쪽 입술 끝을 올리고 비웃는 표정 같은 게 어울렸다.

이하인은 자기도 모르게 눈가를 훔쳤다. 눈물이 나지 않았다. 눈물이 날 리 없었다. 그런데도 눈가를 훔친 것은 울음소리가 혹시 자신에게서 나는 건가 싶어서였다. 그만큼 익숙한 울음소리였다. 주위에 도움을 청할 곳이 아무도 없는 사람이 최소한의 동정을 바라며 터뜨리는 울음, 막막한 벽을 앞에 두고 누구에게도 우는 걸 들키고 싶지 않아 숨죽일 때 나는 울음이었다. 그러니까 어린 시절 그의 울음처럼.

 참을 수 없어 이하인은 전화를 뚝 끊었다. 다시 형에게 전화가 걸려오면 받지 않을 수 없겠지만, 더 이상 전화는 걸려오지 않았다. 나중에 알게 된 것이지만 그다음으로 형이 택한 상대는 어머니였다. 요양원에 있는 어머니는 정신이 말짱해서 멀리 떨어져 있는 큰아들을 염려할 때와 정신이 오락가락해서 어린 시절의 허약한 큰아들을 찾을 때가 반반 정도 되었다. 어느 경우든 이하인을 찾지는 않았다. 그게 후련하면서도 못내 서운했다.

 어머니가 전하기를, 형은 부엉이가 울고 나무들이 달려든다고 말했다고 했다. 요양원 침대 구석에 웅크리고 앉아 어머니는 엉엉 울음을 터뜨렸다. 그가 여러 번 되물었지만 어머니는 부엉이가 울고 나무들이 달려든다는 말을 되풀이할 뿐이었다. 어머니는 형을 생각하며 연민을 참지 못해 벌벌 떨고 있었다. 이하인은 어머니가 전한 형의 말을 귀담아 듣지 않았다. 그런 말을 하는 걸 보니 형이 제정신이 아니었거나 형이 그런 말을 했다고 믿는 어머니가 제정신이 아니었을 테니까. 물론 둘 다 제정신이 아니었을 수도 있었다. 사실상 그럴 확률이 가장 높았다.

3

 사무실에 들어서자 라디오 소리가 귀에 거슬릴 정도로 크게 들렸다. 뉴스 채널이었다. 박인수가 책상 위에 완장을 내려놓고 라디오 볼륨을 줄였다.
 "이렇게 안 하면 잘 안 들려서요."
 박인수가 변명하듯 말했다.
 "그러고 보니 계속 무슨 소리가 들리네요."
 "네, 조용할 틈이 없지요."
 박인수는 사무실 안에서 나는 소리라면 훤히 알았다. 가스통을 매단 난로가 타는 소리, 라디오 소리, 주전자에서 물 끓는 소리, 바람에 유리창이 흔들리는 소리 같은 것들. 그런 소리를 듣고 있으면 숲에서 나는 소리를 잘 분간할 수 없다는 게 아무렇지도 않게 느껴졌다.
 "형도 하루 종일 여기에서 이런 소리를 들었겠군요."
 이하인은 무심결에 그렇게 말하고는 조금 놀랐다. 그에게는 형에 대한 그리움이나 애틋함이 없었다. 남아 있는 감정이 있다면 형을 방치하고 모른 척하고 내심 이렇게 되기를 바란 죄책감이었다. 그런데도 그의 목소리는 다른 사람이 듣기에 애처로울 정도였다. 박인수의 도움을 받으려 동정을 사려고 가장한 것인지도 몰랐다.

"좀 좁지요?"

박인수가 사무실을 둘러보며 물었다. 이하인이 박인수를 따라 사무실을 둘러보았다. 낡은 철제 책상 위에 놓인 문구류, 철제 캐비닛에 꽂힌 책의 제목, 찻잔의 무늬와 주전자의 모양, 낡은 가스난로, 희미하게 엉덩이에 눌린 자국이 보이는 2인용 소파와 라디오 같은 것들을. 개성 없고 평범한 사무용품들이었다.

"그러고 보니 저도 전임자가 궁금하네요. 전임자가 있었다면 여기서 뭘 하며 지냈는지 물어봤을 텐데요."

"주로 뭘 하며 지내십니까?"

"이런저런 걸 다 합니다. 이 넓은 숲에 관리사무실은 달랑 이거 하나니까요."

그렇게 말하기는 했으나 박인수가 근무 시간 중 가장 많이 하는 일은 라디오를 들으면서 멀거니 창밖을 바라보는 것이었다. 지난 2주간 근무 일지를 작성하고 관리사무실 주변을 순찰한 것 말고는 한 일이 없었다. 처음엔 시시하다고 생각했으나 그에게 아무런 할 일이 없는 것과 상관없이 시간은 잘도 제 할 일을 해서 그는 곧 그 상태에 익숙해졌다.

"틈틈이 시간이 나실 때는요?"

"그럴 땐 손과 머리를 씁니다."

"네?"

박인수가 책상 위에 놓인 책을 가리켰다.

"이걸 풀어요. 참, 그러고 보니 이 책요, 책장에 꽂혀 있던 거예요. 전임자 것인지도 모르겠군요."

박인수가 이하인에게 책을 집어주었다. 스도쿠 책이었다. 이하인은 책을 죽 넘겨가며 살펴보았다. 형이 이런 걸 했단 말인가. 빈칸에 1부터 9까지의 숫자를 한 번씩만 써서 합을 맞추는 일을? 통행로 쪽으로 난 책상에 앉아서, 간혹 바람에 일렁이는 숲을 바라보면서?

"형님 건가요?"

"글쎄요. 잘 모르겠습니다."

"글씨체를 보세요. 형님 글씬지."

이하인은 빈칸을 채운 숫자를 살펴보았다. 박인수가 자신이 쓴 것이라며 알려준 것에 비하면 다소 작고 길쭉했다. 펜을 쥘 때 힘을 많이 주는지 뒷면에 글씨가 배겨 나와 있었다. 숫자 '4'가 한글 '나' 자처럼 벌어져 있고 숫자 '9'가 쉼표처럼 보여 전체적으로 무신경한 서체라는 느낌을 주었다. 문제 밑 여백에 후보 숫자를 썼다가 빗금으로 지운 흔적이 남아 있었다. 무의식중에 풀었는데 틀린 것이 많았다. 빈칸에 같은 숫자를 쓰지 않는다는 규칙을 무시하고 전부 같은 숫자를 써놓은 것도 있어서, 문제를 풀었다기보다는 낙서를 해놓은 것 같았다.

그게 다였다. 이하인은 박인수 이전에 이 책을 푼 사람이 숫자를 어떻게 쓰는지 알았다. 그 사람이 스도쿠에 관심이 있었으나 딱히 풀려는 의지가 없었다는 것도 알았다. 그 사람은 형일 수도 있고 아닐 수도 있었다. 숫자를 쓰는 방식과 성의 없는 풀이만 보고 대체 뭘 확신할 수 있단 말인가.

애당초 그가 형에 대해 확실히 아는 게 있을까. 형은 그에게는 잊을 수 없는 사람이지만 바로 그 때문에 잊고 싶은 사람이기도 했다. 만약 지금 형을 우연히 대면한다면 알아볼 수 있을까. 그가 형을 못 본 것은 7년도 더 된 일이었다.

그사이 그는 몇 번의 고된 시험을 통과해 변호사 자격증을 땄고 제법 상위권의 로펌에 입사해 순조롭게 경력을 쌓아가고 있었다. 암으로 아버지를 잃은 후——장례식 때도 형은 나타나지 않았다——알츠하이머 증세를 보이는 어머니를 비교적 시설이 양호한 요양원에 모셨다. 말하자면 7년 동안 그는 혼자가 되었다.

"형님 글씨가 맞나요?"

박인수가 다시 물었다.

"잘 모르겠습니다."

"그럴 수도 있지요. 숫자 쓴 것만 보고 필체를 알아보는 건 어려울 테니까요."

"다른 건 없나요?"

"다른 거요?"

"사무실에 처음 오셨을 때 남아 있던 거라든지……"

"필기구도 있었고 산림청에서 발간한 책도 몇 권 있었어요. 개수대에 잔도 있어서 그걸 썼고요. 기본적인 용품들은 사무실에 다 있었어요."

"그중에 형이 쓰던 것도 있지 않을까요?"

"쓰던 것도 있고 새것도 있었어요. 쓰던 것이라고 해서 전임자 것인지는 확실치 않고요. 봄철이면 연구원들도 자주 드나든다고 하니까요."

"저건 뭡니까?"

이하인이 책상 위에 놓인 파일을 가리켰다. 검은색 마분지로 감싼 파일이었다. 박인수는 이하인에게 보여주기 싫은 듯 서랍을 열어 파일을 집어넣었다.

"별거 아닙니다."

"업무와 상관없는 건가 보군요."

이하인의 농담에 박인수가 당황했는지 얼굴을 붉혔다.

"그런 건 아닙니다. 근무 일집니다."

"근무 일지요?"

"네, 업무 내용을 적는 겁니다."

"날마다 쓰십니까?"

"이래 봬도 중요한 업무지요."

박인수는 '중요한'이라고 하는 대신 '유일한'이라고 해야 할지 잠시 망설였다. 일지를 쓰는 것 외에 업무랄 게 아예 없는 날도 있었다.

"전임자도 썼겠군요."

"저부터 시작한 게 아니라면요."

"제가 봐도 됩니까?"

"안 됩니다."

"중요한 건가 봅니다."

"영장을 가져오셔야 보실 수 있어요."

"못 보겠군요. 영장을 받는 건 까다롭고 시간이 걸리는 일이어서요."

"보여주기 민망해서 해본 말입니다. 이거 보시면 아마 그러실 겁니다. '이 사람, 노는 게 일이군' 하고요. 부끄럽지만, 맞습니다. 그저 가만히 앉아서 시간을 보내는 게 다지요."

"지금이 입산금지 기간이어서 그렇겠지요."

"맞습니다. 오늘 같은 휴일에는 뭘 모르는 입산객이라도 오지만 평일에는 그마저도 없습니다. 아무도 오지 않으니 아무 일도 일어나지 않아요. 업무가 별로 없으니 뭘 하면 좋을지 창의적으로 생각하게 돼요. 어떤 날은 아침부터 일지에 적을 걸 고민하면서 시간을 보내기도 합니다. 궁리를 많이 하니까 그만한 돈을 받아야 마땅한 일이지요."

"월급 말입니까?"

"네, 많은 편이거든요."

박인수가 부끄러움과 자랑스러움이 섞인 표정으로 대꾸했다.

"보통 뭘 적으시나요?"

"정해진 형식이 없어요. 그러니까 오히려 더 자세히 적게 됩니다. 본 것, 들은 것, 냄새 맡은 것까지 다 적지요. 아침에 출근해서 사무실 문을 열 때부터 저녁에 사무실 문을 잠그기 전까지의 모든 행동을요. 심지어 찻잔을 설거지한 걸 적기도 했어요. 말로 하니 부끄럽지만 일지에 적을 때는 당연하다는 생각이 듭니다. 그렇게 하지 않으면 출근 시간과 퇴근 시간 말고는 적을 게 없으니까요."

박인수는 이제까지의 우쭐한 말투를 버리고 속내를 털어놓았다. 이하인을 보내고 나면 그는 다시 스도쿠 책이나 들여다보는 따분한 일과 속으로 들어가야 할 테니까. 가급적 이하인이 오래 남아 말 상대가 되어주었으면 싶었다.

"숲에 관리사무실은 하나뿐이죠? 그럼 할 일이 많을 것 같은데요."

"글쎄요. 봄이 되면 그럴 겁니다. 지금은 일이 없다 보니 이런 생각도 했습니다. 해야 할 일을 찾아내는 게 일이 아닌가 하고 말입니다. 지금은 종일 그저 앉아만 있습니다. 아, 이런. 제 한탄만 늘어놓는군요. 형님은 언제 여기에서 근무하신 겁니까?"

"정확히는 모릅니다. 여섯 달 전쯤 전화를 받은 게 마지막입니다."

"여섯 달이오? 한참 전이군요."

"형은 주로 어머니와 연락을 했죠. 필요할 때면 저에게 했지만요."

"무심했나 봅니다."

"사이가 나쁜 거지요."

"보통 형제들이 다 그렇죠."

"형제가 있으세요?"

"삼 형제예요."

박인수가 잠시 뜸을 들였다가 말했다.

"동생과는 별로예요. 형과는 좋아요."

"동생분이 질투하시겠네요."

"형과는 나쁠 수가 없어요."

"착한 분인가 봐요."

"죽었거든요."

"아, 제가 괜한 걸 물었습니다."

"오래전 일인걸요. 제가 아홉 살 때였으니까요. 사이가 좋아진 건 그다음부터였죠. 형이 죽었을 때 얼마나 놀랐는지 몰라요."

"갑자기 사고를 당하신 건가요?"

"아니요. 기도가 이뤄진 줄 알고 그랬죠. 늘 형이 죽었으면 하고 바랐거든요. 좀더 커서는 있을 때 잘해줄 걸 그랬다고 후회했죠. 물론 형이 죽어서 그렇게 생각한 거예요. 날 때리지 못할 테니까요. 죽은 사람이 주먹을 날리는 법은 없으니까요."

오래전 형의 죽음을 별 회한 없이 말하는 박인수의 얘기를 들으며 이하인은 자신과 처지가 비슷하다고 생각했다. 형 얘기를 털어놓게 된 건 그 때문이었다.

"형님하고 자주 싸웠나요? 어렸을 때 말이에요."

박인수가 물었다.

"싸움이 안 됐죠. 일방적으로 얻어맞았으니까요. 형은 자주 절 위협했어요. 언제고 죽기 직전까지 패주겠다고요."

오래전 일인데도 이하인의 머릿속에 칼날을 씹는 듯한 형의 말투가 생생하게 떠올랐다. 형은 이하인의 말이라면 무엇이든 일단 어깃장을 놓았다. 매번 잘못을 지적하고 수정하려 했으며 윽박질렀다. 수시로 이를 갈았고 말할 때도 자주 으드득 이 가는 소리를 내 신경을 거슬렀다.

"나한테 치통이 올 때마다 너를 패줄 거야."

이하인은 형의 그 말을 똑똑히 기억하고 있었다. 기억하다마다. 그 말은 몸속 세포 속에 뼈 속에 근육 속에 심장 속에 혈관 속에 고스란히 남았다. 그 말을 떠올리면 세포는 죽었고 뼈는 구멍을 키웠으며 혈관이 좁아들었고 심장이 박동했다.

그 이후 이하인이 가장 두려워하는 말은 '치통'이 되었다. 형은 이가 약했다. 자주 치통을 앓았다. 한 달이면 서너 번은 죽는소리를 했다. 이제까지는 형의 기분이 좋지 않을 때, 형이 그에게 비웃음을 당했다고 생각할 때, 부모가 그를 칭찬할 때, 그가 친구들과 신나게 놀다 돌아왔을 때, 형이 낮잠을 충분히 자지 못하고 깨어났을 때, 그러니까 '아무 때나' 맞았다. 앞으로 치통 때문에 맞게 되더라도 아무 때고 맞는 것은 똑같았다. 형에게는 '아무 때나' 치통이 왔으니까. 다만 맞는 이유가 생길 뿐이었다.

박인수는 몸을 이하인 쪽으로 기울였다. 전임자가 실종되었다면 아무 말도 없이 근무지에서 이탈한 것일 텐데, 진 선생은 왜 한마디도 해주지 않은 걸까, 전임자의 사례를 들어 최소한 주의라도 주었어야 하지 않을까 생각하면서. 그는 의아함을 떨치려고 이하인의 얘기에 집중했다.

이하인은 처음으로 다른 사람에게 형 얘기를 하면서 모르고 있던 사실을 깨달았다. 형에게 남은 감정이 책임감이나 죄책감만은 아니라는 것이었다. 이하인은 폭력적이고 비열하며 걷잡을 수 없이 낙오한 형을 여전히 혐오하고 있었다. 형을 보지 못하는 동안 평화로웠고 형이 다시 나타나자 평화가 깨졌고 형이 미래의 평화까지 위협할까 봐 겁이 났다.

이하인은 자신에게 형을 찾으려는 마음이 조금도 없다는 것을 깨달았다. 그는 어머니의 조바심 때문에, 사회적으로 성숙하고 무고한 선의의 인간이라면 해야 할 도리로서 형을 찾는 중이었다. 제가 다 찾아봤어요. 형이 일하던 숲까지 가봤어요. 거길 가느라고 쓴 돈은 얼마고 그 때문에 자리를 비우느라 회사에서 욕을 얼마나 먹은 줄 아세요? 그걸 다 돈으로 따져볼까요? 원래 변호사의 일이 그래요. 뭐든지 시간당 수익을 따지죠. 이만하면 내내 얻어맞고 멸시받던 동생으로서 할 만큼 한 거죠. 내 잘못이라곤 단지 형 다음으로 어머니 자궁을 썼다는 것뿐이에요. 이하인은 정신이 말짱할 때나 그렇지 않을 때 내내 형 걱정에 눈물 바람인 어머니를 붙들고 지금 당장 그런 말을 내뱉고 싶어 애가 탈 지경이었다.

이하인은 어렸을 때 탈장으로 병원에 입원한 것을 제외하면 한 번도 앓은 적이 없었다. 그러나 형이 던진 돌에 맞아 이마가 찢어져 꿰맸고 형의 주먹질에 코뼈가 부러져 교정했으며 형의 장난에 깨진 유리 조각이 박혀 흉터를 남기는 바람에 길게 이어져 있던 생명선이 끊어져버렸고 몇 번이나 심각한 고막 파열 위기에 몰렸다. 허벅지나 등같이 보이지 않는 곳에는 멍이 끊이지 않았고 형이 라이터 불로 앞머리를 태우는 바람에 아이들의 놀림감이 되었으며 팔뚝과 종아리에는 형이 손톱으로 눌러 만든 자국이 점처럼 붉게 남았다.

한 번도 물건을 훔쳐본 적이 없지만 어머니 지갑에 손을 대는 도둑 취급을 받았다. 돈이 없어진 날이면 형은 앓아누워 나약한 목소리로 이하인이 지갑 뒤지는 걸 봤다고 증언했다. 그의 생일이나 졸업식 때면 부모님은 갑자기 쓰러져 정신을 잃은 형을 데리고 병원 응급실로 가야만 했다. 그는 학교 시험에서 몇 과목 안 좋은 성적을 받거나 사법시험에서 한 번 낙방한 것을 제외하면 실패를 해본 적이 없었다. 그럼에도 언제나 실패한 느낌이었고 간혹 칭찬을 받을 때도 수모를 당하는 기분이었다. 가까운 누군가로부터 지속적으로 모욕과 비난을 받는 것은 그를 수치스럽게 했고 위축되고 주눅 들게 했다. 나중에는 그런 자신의 모습을 깨닫고 스스로를 경멸하기에 이르렀다. 넌 쓰레기고 빌어먹을 돼지 새끼야. 형이 말했고 그는 언제나 고개를 끄덕이며 그 말을 따라 했다. 그는 쓰레기였고 빌어먹을 돼지 새끼였다. 끊임없이 형이 상기시켜주는 바람에 잠시도 그 사실을 잊은 적이 없었다.

"남자들은 원래 잘 치고받고 싸우면서 자라요."

박인수가 위로하듯 말했다.

"남자들이 원래 그런 건 아니죠. 그런 사람이 있을 뿐이죠. 저는 맞기만 했어요. 한 번도 대들어본 적이 없어요."

진심과 마주하고 나자 다소 냉담해졌다. 그는 자신이 형을 찾아 사경을 헤매는 어머니께 데려가기 위해 길을 나선 게 아니라는 걸 알았다. 어머니는 결코 형을 볼 수 없을 것이다. 그 역시 형을 다시 만날 일이 없다는 걸 확인하러 굳이 여기까지 온 것이었다.

"대들기라도 했어야죠."

"그랬더라면······" 이하인이 잠시 멈췄다가 말을 이었다. "더 맞았겠죠."

"하하, 맞아요. 대들면 더 때리게 되는 법이니까요."

형에 대해서라면 이제껏 누구에게도 말해본 적 없었다. 박인수에게 형 얘기를 털어놓은 것은 처음 보는 사람이고 두 번 다시 마주칠 일이 없어서였다. 자신이 털어놓은 진심 때문에 곤란해질 리 없고 비난받을 리도 없었다. 박인수가 어떤 반응을 보이건, 실망하건 비난하건 모욕하건 그에게는 상처가 되지 않을 것이었다. 박인수의 거만한 태도와 말투가 묘하게 형을 연상시켰지만 조금도 두렵지 않았다. 적어도 박인수는 그를 팰 리 없으니까.

"여기에 있으면 부엉이 울음소리도 들리고 그럽니까?"

"부엉이요?"

"네."

"글쎄요, 밤에는 들릴 겁니다. 별의별 소리가 다 들리니까요. 그건 왜 물으십니까?"

"형이 그랬거든요. 숲에서 부엉이가 울고 나무들이 달려든다고요."

"부엉이가 울고 나무들이 달려든다고요?"

"네."

"글쎄요, 부엉이가 운다는 거요. 나무가 달려든다는 얘기도 그렇고요. 제가 생각하기에는 좀 엄살 같네요. 저는 하루 종일 여기 앉아서 나무들을 지켜봅니다. 처음엔 무서웠어요. 저렇게 떼로 무리지어 서 있으니까요. 이젠 안 그래요. 나무들이 할 수 있는 건 하나뿐이라는 걸 알았거든요. 깊디깊은 땅속에 처박혀 서 있는 거요. 나무들은 자리를 옮길 수도 없지요. 오로지 그 자리에만 서 있어야 해요. 바람이 불면 흔들리고 가을이 되면 잎을 떨어뜨리는 일도 하지만 그건 다 원래 하기로 되어 있는 일들이에요. 새로울 게 없다는 말이죠. 부엉이 울음소리도 마찬가지예요. 저도 처음엔 놀랐습니다. 숲에서는 별의별 소리가 다 들려오니까요. 그런데 조금 지나면 괜찮아져요. 숲에서 나는 소리라는 걸 알게 되니까요. 여긴 숲이니까 부엉이 우는 소리가 들리는 게 당연해요. 낯선 소리가 아니라는 겁니다. 사람들이 사는 마을이라면 부엉이 대신 개 짖는 소리가 들리겠죠."

"맞습니다. 저도 괜한 말이라고 생각했어요."

"일지에 숲에서 들리는 소리만 적어본 적도 있어요. 숲이 조용하고 고요하다지만 다 몰라서 하는 소리예요. 소리가 끊이지 않는 곳이에요."

그렇게 말하고 박인수는 숲의 소리를 듣듯 입을 다물었다. 이하인도 귀를 기울였다. 불어오는 바람 소리 사이로 나무들이 가지를 치는 소리, 새 우는 소리, 사무실 유리창이 덜컹거리는 소리가 섞여 들렸다.

"일지는 어느 분께 제출합니까?"

"진 선생이라는 분이 계십니다."

"학교 선생입니까?"

"아닙니다. 연구소 직원이에요. 직원들이 저들끼리 선생이라고 부르는 모양이에요."

"그분을 만날 수 있을까요?"

이하인이 그렇게 묻자 박인수는 자신이 혹시 진 선생에게 해가 되는 일을 한 건 아닌가 싶어졌다. 처음 본 사람에게 관리자를 알려준 게 대단한 내부 정보라도 빼돌린 것 같았다. 하필 상대가 변호사이니 오해 살 일을 한 것만 같아 조바심이 났다.

"우선 제가 물어보겠습니다."

"그럼 이것 좀 봐주십시오."

이하인이 한 결혼식의 단체 사진을 내밀었다.

"9년 전 사촌 결혼식에서 찍은 사진이에요. 형의 가장 최근 사진이더군요."

"누가 형님이죠?"

이하인이 사진 맨 뒷줄에 서 있는 남자를 가리켰다.

"이 사람요."

"작아서 잘 안 보이네요."

"평범하게 생겼죠."

"좀 마른 편이네요."

"머리는 검고 덥수룩해요. 키가 크고 몸이 가늘죠. 얼굴이 좀 길고 눈에는 쌍꺼풀이 없고요. 하도 인상을 써서 일찍부터 미간이며 이마에 주름이 많이 생겼습니다."

"꼭 변호사 양반처럼 생겼나 보네요."

"네?"

이하인이 당황하여 박인수를 보았다. 농담을 하는 얼굴은 아니었다. 이하인은 서서히 얼굴을 일그러뜨렸다. 자신이 형을 닮았다니. 누구보다도 끔찍이 증오하는 형을.

이하인은 벌떡 일어서서 잘 부탁한다고 인사하고 갈 채비를 했다. 이렇게 사무적인 관계로 돌아오고 나니 형에 대해 순순히 털어놓은 것이, 그러다가 이가 욱신거릴 정도로 형에게 분노가 들끓었던 것이 오래 앓다가 속을 비운 것처럼 후련하면서도 부끄러웠다.

5

국토원의 통계 자료를 보면 행정구역으로 분리된 대지 면적 중 숲이 차지하는 비율이 88퍼센트이다. 전체 국토 면적 중 숲의 비율이 65퍼센트인 것과 비교하면 쉽게 남다른 면적을 짐작할 수 있다. 신입사원 교육을 받으면서 담당자에게 그 얘기를 들었을 때 진하경은 방대한 넓이에 감탄하기보다는 겨우 그 정도밖에 안 되는 것에 실망했다. 시각적으로 숲은 마을의 전부인 것처럼 보였다. 주택가와 상점가는 말하자면 숲 속의 자그마한 야영장이라고 할까. 그렇게 보면 연구소 부지는 숲 입구의 관리사무실쯤으로 생각할 수 있었다.

그 얘기를 하자 교육 담당자는 피식 웃으며 진하경의 무례를 꾸짖는 말투로, 연구소는 외국에서도 명성을 인정받을 만큼 영향력 있는 산림학 논문을 다수 발표해왔다고 강조했다. 진하경은 내색하지 않았지만 그것은 연구원들의 능력 때문이 아니라, 순전히 활엽수림이 풍부하고 혼합림이 발달하여 활동성 높은 거대한 숲을 실습장으로 가진 덕분이 아닐까 추측했다. 교육 담당자는 국감 자료를 인용하여 숲의 생식성 연구가 나날이 성과를 거두고 있다고 강조했다. 진하경이 알아듣지 못한 표정을 짓자 답답하다는 듯 말했다.

"그게 뭘 의미하는지 모르겠어요?"

"나무가 잘 자란다는 얘긴가요?"

"맞아요. 연구소 재정이 풍부해진다는 얘기이기도 해요."

담당자가 비밀을 알려주듯 싱긋 웃었다. 진하경도 따라 웃었다. 나쁘지 않은 일이었다. 연구소의 재정이 풍부해진다는 것은 그만큼 급여가 인상될 확률이 높다는 거니까. 그런 이점이 아니고서야 이 따분하고 작은 산골 마을의 연구소까지 올 리가 없지 않은가.

그녀가 마땅한 연구 성과나 경력도 없이 연구소 직원으로 채용된 것은 다 삼촌 덕분이었다. 그렇다고 해서 삼촌에게 고마운 마음은 들지 않았다. 그녀로서는 일정 부분 희생을 감수했다. 고마울 이유가 없었다. 그녀는 삼촌이 연구소에서 어떤 일을 하길래 전공자도 아니고 관련 자격증도 없고 경력도 없는 자신을 정직원으로 채용할 수 있는지 의문이었지만 묻지 않았다. 얼핏 보아도 그녀의 이력이 다른 연구소 직원에 비해 처지는 건 분명했다. 간혹 업무 때문에 연구원들을 만날 때면 노골적으로 자신을 깔보는 연구원을 상대하며 자괴감을 느끼곤 했다. 산림관리부에서 근무하는 그녀의 업무라고는 삼촌이 내미는 벌채 허가서에 결재를 받아주고 벌채 내역서를 정리하는 게 전부였으니 높은 학력과 대단한 성과가 필요할 리 없는데도 그랬다.

직원들은 구 연구소 부지에 남아 있는 걸 유배됐다고 말했지만, 그녀는 연구원들을 상대하느니 텅 빈 공간을 상대하는 게 나았다. 할 수 있다면 보직을 바꿔서라도 이곳에 남을 생각이었는데, 그럴 필요도 없이 산림관리부 업무가 이원화됨에 따라 자연스럽게 여기에 남게 되었다.

몇몇 별정직 직원과 관재과 일부도 남았다. 관재과 소속인 삼촌도 남았다. 삼촌은 현장에서 산림 벌채 업무를 통솔하고 있다는데, 그게 어떤 식으로 진행되는 일인지 그녀는 자세히 몰랐고 관심도 없었다. 삼촌 역시 창고나 다름없는 이곳에 남은 걸 당연하게 여기는 걸 보면 자신과 마찬가지로 연구원들에게 멸시를 받거나 차별 대우를 받을 만한 업무를 하는 게 아닐까 막연히 짐작할 뿐이었다.

연구소가 이전하기 전에도 삼촌은 연구소 사람들보다 마을에서 상점을 운영하는 늙은이들과 어울리는 경우가 많았다. 진하경이 보기에는 무식한 촌로들이었는데, 삼촌은 때론 그들에게 쩔쩔매는 것처럼 보였고 때론 장악한 듯 보이기도 했다.

마을 사내들은 실제로는 늙은이라고 불리기 억울한 나이였지만, 그녀는 싸잡아 '늙은이'라고 부르며 얕잡아 봤다. 그녀가 나타나기만 하면 힐끔대고 말수를 줄이거나 반대로 들으라는 듯 자기 자랑을 늘어놓는 게 역겨워 그런 생각이 드는지도 몰랐다. 그녀는 틈만 나면 삼촌에게 투덜거렸지만 그럴 때마다 "나쁜 짓할 사람들이 아니다"라는 말을 들어야 했다. 삼촌의 말뿐인 장담도 그다지 마음 놓이는 것은 아니었다. 그녀는 늙은이 주제에 다부진 근육질의 사내들이, 그것이 젊은 시절을 막노동으로 부지한 증거인 것 같아 여전히 불쾌했고 몸뚱이만 크고 징그러운 다족류 벌레처럼 여겨질 때도 있었다.

일은 지루하기만 했다. 하는 일은 많지 않았고 해야 할 일도 없었다. 우울해지고 늙고 고립된 느낌을 받지 않으려면 이 마을을 떠나는 게 상책이었다. 첫해에는 멋모르고 겨울 휴가철에 마을에 남았다. 연구소 일도 그렇고 온통 숲에 둘러싸인 마을도 그렇고 사람들도 낯설어서, 영영 떠나고 싶어질 마음이 들기 전에 정을 붙이자는 생각에서였다. 진하경은 그때 한번 눈이 내리기 시작해서 열이틀 계속되는 걸 지켜봤다. 눈으로 덮이면서 마을은 동면하는 짐승처럼 묵묵해져갔다. 나뭇잎이 떨어지기도 전에 눈이 시작되는 해도 있었다. 올해도 그럴 것이라는 예보가 있었으니 일찌감치 마을을 떠나는 게 좋을 터였다.

눈이 내리는 동안에는 꼼짝없이 갇혀 있었다. 설상차와 제설차가 분주히 오갔지만 복구는 언제나 폭설보다 늦었다. 그동안 할 수 있는 일은 끝없이 쏟아져 내린 눈이 푸른 나무의 가지와 가지의 빈틈을 서서히 채워나가다가 이내 나무를 뒤덮고 숲을 덮는 장면을 지치지 않고 지켜보는 것이었다. 텅 빈 사무실에서 눈이 내리는 걸 보며 그녀는 자주 고함을 질렀다. 아무도 소리에 반응하지 않았고 아무도 그녀에게 왜 난데없이 고함을 지르느냐고 묻지 않았다. 그녀가 외로움에 지쳐 내지르는 소리를 들어주는 건 소복이 쌓인 눈밖에 없었다. 그때 진하경은 다짐했다. 할 수 있는 한 멀리, 정말이지 멀리 떠나보자고. 가능하면 나무나 숲이 전혀 없는 곳으로. 겨울철에도 눈이 하나도 내리지 않는 곳으로. 그러나 사막은 아닌 곳으로. 덥고 힘든 건 추운 것만큼이나 질색이니까.

사무실 입구에서 두리번거리는 이하인을 발견한 것은 진하경이 인터넷에 접속하여 나무와 숲과 학술기관이 없는, 그러나 사막은 아닌 여행지를 검색하고 있을 때였다. 사무실에는 진하경 혼자 있었다. 이 지방 출신으로 산림관리부에서 그녀의 유일한 동료인, 숱 많은 검은 머리가 인상적인 선임자는 이미 휴가 중이었다.

이하인은 수수한 빛깔의 정장 차림이었다. 폭이 좁은 파란색 줄무늬 넥타이가 단박에 눈에 띄었다. 색감이나 디자인 때문은 아니었다. 연구소 직원 중에 넥타이를 매는 사람은 거의 없었다.

이하인은 진하경이 아까부터 자신을 뚫어져라 보고 있다는 걸 알았으나, 낯선 방문객에 대한 경계심이라기보다는 마땅히

할 일이 없고 시선을 둘 데가 없는 거라고 생각해서 별로 괘념치 않았다.

진하경은 이하인이 젊은 남자라는 데에 시선을 빼앗겼다. 무엇보다 머리통의 색이 검고 숱이 많다는 게 마음에 들었다. 마을의 늙은이들은 자기 머리가 더 세었다는 걸 자랑으로 삼는 치들이었다. 문득 이하인이 자신에게 뭔가 묻지 않고 멍하니 서 있다는 게 신경 쓰였다. 사무실에 들어섰을 때 은행 창구를 이용하는 고객에게 하듯 도와줄 일이 없느냐고 친절하게 물었어야 하는 게 아닐까 후회되었다.

드디어 이하인이 진하경 쪽으로 왔다. 머뭇거리는 기색이 없는 것으로 보아 이하인 역시 자신을 보고 있었다는 걸 알았다. 진하경은 이하인에게는 보일 리 없는데도 여행지를 검색하던 인터넷 창을 닫았다.

"무슨 일이죠?"

진하경이 물었다.

"바쁘신 것 같은데, 뭘 좀 여쭤봐도 됩니까?"

"연구소 직원이 아니네요."

"네."

"주민도 아니고요."

"아닙니다. 이 마을은 처음입니다. 잠깐 돌아봤지만 어쩐지 이 마을에서는 살고 싶은 생각이 안 드는군요. 전 번화하고 시끄러운 곳이 좋습니다."

이하인이 미안하다는 표정으로 말을 이었다.

"아, 죄송합니다. 이 마을이 나쁘다는 건 아니에요. 다만 너무 조용하고 한적해서요."

"괜찮아요. 저도 그런 곳이 좋아요. 북적이고 시끄러운 곳요. 저도 이 마을 태생이 아니거든요."

"네, 그렇게 보이시는군요."

이하인의 말에 그녀는 기분이 썩 좋아졌다. 행여 자신이 촌구석 태생이라고 오해받을까 봐 조바심을 느꼈던 것이다.

진하경은 이하인이 내민 명함을 꼼꼼히 살폈다. 명함에 적힌 간단한 정보를 읽는 동안 자신이 이하인이라는 사람에게, 정확히 말하면 도시에서 온 젊은 변호사에게 매혹되었다는 것을 깨달았다. 잠깐이지만 냉담하게 군 걸 후회했다. 이하인이 이 마을 사람이 아니고 변호사라는 점을 제외하면 아무런 매력 없이 생긴 얼굴이라는 것, 엄격하게 따져보면 불균형하고 못생긴 축에 들기도 한다는 건 안중에도 없었다.

"여기서 일하신 지 오래되셨습니까?"

"4년째예요."

4년간 이 마을에서 지낸 일이 고독과 무료와 싸우는 일이었음을, 4년 전만 하더라도 이하인이 말한 대로 번화하고 시끄러운 곳에서 살았다는 걸 얘기하려는데, 이하인이 다시 물었다.

"4년요? 그럼 이 마을에 대해서라면 훤하시겠네요."

"길이나 안 잃어버리는 정도지요, 뭐."

"마을 사람들하고는 어떠십니까?"

"그것도 마찬가지예요. 얼굴이나 아는 정도예요."

"얼굴을 보면 대강 누군지 아신다고요?"

"네, 워낙 주민 수가 적고요. 제가 눈썰미가 좋은 편이에요."

"그럼 혹시 이 사람을 아십니까?"

이하인은 사진을 내밀고 그것을 들여다보는 진하경을 '관찰'했다. 이하인은 그런 식으로 뭔가를 내밀었을 때 상대가 반응하는 걸 지켜보는 일을 즐겼다. 딱히 그럴 필요가 없을 때에도 그랬다. 상대방이 상황을 모면하기 위해 속이거나 둘러대는 말을 할 때의 어조나 미묘한 표정의 변화를 알아채는 일이 즐거웠다. 진하경은 눈을 찡그리고 이하인이 가리키는 사진 속 얼굴을 가까이에서도 들여다보고 멀찍이 두고 보기도 했는데, 뭔가를 숨긴다기보다는 시력의 문제인 것 같았다. 사진을 볼 때만이 아니라 먼 곳을 볼 때는 습관적으로 눈을 조금씩 찡그렸다.

"이 사람이 송사에 휘말린 거예요?"

"송사요? 아, 말하자면 그렇지요."

"무슨 소송이에요? 이혼요?"

"비슷하지요, 뭐. 제가 하는 일은 대체로 그렇습니다."

이하인은 진하경의 관심을 꺾지 않기 위해 그렇게 둘러댔다. 딱히 거짓말을 한 것은 아니었다. 그저 자신의 일을 설명한 것이었으니까.

"이 마을 사람이에요? 낯이 선데……"

"저기 숲에서 일한다는 것 같습니다."

이하인은 진하경을 떠보기 위해 그렇게 말했다.

"숲요? 관리인이라는 말인가요?"

"네."

"아, 관리인이 이렇게 생겼군요. 그런데 그 사람이 결혼했나요? 그럼 설마 처자식을 두고 이리로 도망온 거예요? 세상에나."

"이곳 관리인은 여기에서 혼자 지내나요?"

"네, 그런 걸로 알고 있어요."

"그런데 이렇게 생겼다고 하신 걸 보니 관리인을 본 적이 없으신가 보죠?"

"본 적은 없어요."

"가끔 연구소에 오거나 하지는 않습니까?"

"일이 있다면 올 수도 있겠죠. 하지만 못 봤어요."

"관리인과는 통 왕래가 없는 모양이네요. 이 부서 소속이라고 들었는데요."

"형식적으로는 그래요. 실제로는 관재과에서 관리하고요."

"그렇군요, 관재과. 그런데 관리인이 혼자 지내는 건 어떻게 압니까?"

"늙은이들이 술 먹고 떠들면서 하는 얘기를 들었어요."

"늙은이들요?"

"아, 죄송해요. 마을 어른들요."

"연로하신 분이 많은가 보군요."

"보기에 따라서는요."

"그분들이 관리인에 대해 뭐라고 하던가요?"

그녀는 멈칫했다. 도시에서 왔다는 것 때문에 이하인이라는 남자에게 동질감과 호감을 느꼈으나 문득 이 남자 역시 그럴까 하는 생각이 들었다. 그녀는 어조를 냉담하게 바꾸었다.

"이혼하는 데 평판도 필요한가요?"

"실은 이혼 소송이 아닙니다."

"그럼 뭔가요?"

진하경은 이하인이 자신을 놀리는 건가 싶어 조금 기분이 상했다.

"실종 사건입니다."

"실종요?"

"네."

"누가요? 관리인의 부인요?"

"아니요. 관리인요."

"에이, 농담도요. 관리인이 실종됐다면 저희가 모를 리 있어요?"

"현재 관리인 얘기가 아닙니다."

"그러면요?"

"대략 6개월 전까지 근무한 관리인 얘깁니다."

"그러니까 지금 6개월 전에 근무한 관리인이 실종됐다는 말

쏨인가요?"

"네."

"뭔가 잘못 알고 계시네요. 관리인은 6개월 전이나 지금이나 같은 사람이에요."

이하인은 진하경의 얼굴을 쳐다봤다. 거짓말을 하는 것 같지는 않았다. 오히려 이하인이 모르는 걸 가르쳐준다는 듯 의기양양한 표정이었다.

"아, 목이 아프네요. 그러지 말고 저쪽으로 가서 앉으세요."

진하경이 자신은 의자에 앉은 채로, 이하인은 선 채로 얘기를 나누고 있다는 걸 갑자기 깨달은 듯 말했다. 이하인은 진하경이 가리킨 소파로 갔다. 진하경이 사무실 안쪽에서 커피를 두 잔 타 와 이하인 맞은편에 앉았다.

"커피 냄새가 좋군요."

"나무 냄새예요."

"이런 냄새가 나는 나무도 있나요?"

"그럼요, 있죠."

"역시 연구소에서 근무하시는 분답군요."

"커피나무요."

"네?"

"농담이에요. 연구소 사람들은 커피에서 나무 냄새가 난다고 말하거든요."

"그럼 이게 피톤치드 냄샙니까?"

"그건 자일리톨 껌에서 나는 냄새고요."

진하경과 이하인이 오래 봐온 사람들처럼 웃음을 터뜨렸다. 진하경은 이하인이 자신의 말에 잘 응수해주는 것에 조금 들떴다. 대화가 잘된다는 느낌이었다. 그저 필요한 것을 묻고 짤막하게 대답하는 것도 대화라고 본다면 말이다.

"제가 근무하는 지난 4년간 관리인이 바뀐 적은 없어요. 제가 오기 전부터 근무하던 분이 계속 계시죠."

"본 적도 없다면서 관리인이 안 바뀐 건 어떻게 압니까?"

"그거야…… 제가 채용 공고를 낸 적이 없으니까요. 매달 월급도 같은 이름으로 지급되고요."

"관리인은 이 부서에서 채용합니까?"

"그래야 한다면 그랬을걸요."

"관리인 이름이 뭡니까?"

"이름요?"

"혹시 박인수 씹니까?"

"그 이름이 아니에요. 사실 관리인 이름을 부를 일이 없어서 정확하지 않지만, 성이 '김'인 것 같아요."

"김이라……"

"네."

"혹시 관리인을 알 만한 분이 계실까요?"

"마을 사람들은 대부분 알걸요. 워낙 늘 모여서 술을 마시니까요. 남자니까 같이 어울렸겠죠. 남자라고 해야 몇 명 되지도 않고요."

"어느 분이 특히 잘 아실까요?"

"글쎄요, 세탁소 주인?"

진하경이 세탁소 주인이라고 대답한 것은 그가 낯선 사람에게 가장 냉담하고 경우에 따라서는 모멸감을 줄 수 있는 인물이라는 생각이 들어서였다. 그렇게 되면 이하인은 자신이 이 마을에서 얼마나 유별나게 친절했는지 기억하게 되리라. 마을 사람 모두에게 환대를 받아서는 자신을 기억할 리 없으니, 친절한 사람을 소개해줘서 좋을 게 없었다.

"세탁소는 어디에 있나요?"

"눈 감고도 찾을 수 있어요. 상점가라야 뻔하니까요. 상점가 끝 쪽이에요."

"그분 말고는요?"

"다들 오래 사셨으니까 아무나 붙잡고 물어봐도 될 거예요. 참, 서점 주인도 꽤 오래 계셨다더군요."

"네, 고맙습니다. 실은 어제 숲에 가서 현재 관리인을 만나고 왔습니다."

"그래요?"

"근무한 지 2주 됐다고 했습니다."

"그럴 리가요?"

"6개월 전까지 근무했다가 실종된 사람은 이경인이라는 사람입니다."

"관리인이 아닐 거예요. 관리인은 '김'이라는 사람 한 명뿐이에요."

이하인은 형이 관리인이 아닐지도 모른다는 생각을 처음으로 해보았다. 어머니한테 관리인이라고 둘러댄 것일 수도 있었다. 당당하게 말하기 어려운 일이라면 형은 틀림없이 그렇게 말했을 것이다.

"그럼 여기서 일한 사람 중에 이경인이라는 사람이 있는지 확인할 수 있습니까?"

"정규직이나 계약서를 쓴 비정규직이라면 확인할 수 있지만 계약서 없이 일하는 사람이라면 불가능해요."

"연구소에 그런 사람도 있습니까?"

"많아요."

"어떤 사람들입니까?"

"벌목꾼들요."

"벌목꾼이요?"

"네."

"벌목 규모가 큽니까?"

"숲이 크니까요."

"인부들이 많겠군요."

"아마도 그렇겠죠."

"인부를 통솔하는 분이 누굽니까?"

진하경은 그제야 이하인에게 너무 많은 얘기를 해주고 있다는 느낌을 받았다. 이하인이 자신에게 호감을 보이는 것 같지만 단순히 정보를 수월하게 얻으려고 그런 태도를 보이는 것도 같았다. 어쨌거나 삼촌 얘기는 섣불리 꺼내지 않는 게 좋을 것 같았다.

"오늘은 안 계세요. 휴가 중이에요."

"그럼 관리인 인사를 담당하는 분은요?"

"그분도 휴가 중이에요."

"휴가 중인 분이 많군요."

"같은 분이에요."

"출근 일도 같겠군요."

"네, 2주 후요."

"2주요?"

"휴가가 워낙 길어요."

"시간이 오래 걸리겠군요."

"아마 길면 이틀 정도요. 제가 전화를 해보면 되니까요."

벌채 인부를 관리하는 사람이나 관리인 인사를 담당하는 사람은 모두 삼촌이었다. 진하경은 먼저 삼촌에게 물어보고 나서 이하인에게 알려줄 생각으로 그렇게 말했다. 만약 삼촌이 알려주지 말라고 하면, 휴가 중이라 연락이 되지 않았다고 둘러대면 될 테니까.

"어디에 묵으세요?"

"게스트하우스에 있습니다."

"시끄럽지는 않나요? 벌목꾼들이 거기 묵는다고 하는 것 같던데."

"어제는 피곤해서 시끄러운 줄도 모르고 잤습니다."

"다행이네요. 여기에 호수와 전화번호를 적어두세요."

진하경이 메모지를 내밀었다.

"고맙습니다."

"있지도 않은 사람이 실종된 사건이라니. 재미있네요. 무슨 일인지는 몰라도 실종된 사람을 꼭 찾으세요."

"물론입니다."

"그런데 언제 가시나요?"

"가능하면 일찍요. 하지만 꼭 전화는 받고 가겠습니다."

이하인이 웃음 띤 얼굴로 인사했다. 진하경도 활짝 웃었다. 진하경은 생전 처음 본 남자와의 사이에 생긴 허술한 공모 의식이 더할 나위 없이 마음에 들었다. '꼭'이라는 말을 써서 약속임을 강조한 것도 좋았다. 그건 그렇고 관리인이 여러 명 나타난 건 어떻게 된 노릇일까. 진하경은 어리둥절한 채로 이제는 다 식어버린 커피를 홀짝 삼켰다.

6

달궈진 쇠는 발정한 짐승처럼 쉽게 식지 않는 법이다. 발정

난 짐승은 보기만 해도 알 수 있는 것처럼 쇠도 굳이 만져보지 않아도 달궈졌는지 아닌지 알 수 있다. 색깔 때문만은 아니다. 공기 때문이다. 달궈진 쇠는 공기를 바꾼다. 뜨겁게 달아오른 쇠가 뿜어내는 열기는 공기를 눅눅하게 하고 입자를 무겁게 해서 숨구멍을 막고 목을 쥔다.

최창기는 그 텁텁한 훈기에 홀려 늘 온도를 최대치로 하고 다리미질을 했다. 실크라면 갖다 대기만 해도 타들어갈 정도의 고온으로. 처음 다리미를 잡았을 때는 매번 손을 데고 여러 번 옷을 태웠다. 뜨거운 다리미판에 손이 닿으면 즉시는 아무런 느낌이 없다. 피부가 뜨겁게 달궈지고 나서야 통증이 시작되곤 했다. 여러 벌 옷을 태우고 여러 곳에 흉터를 남기고서야 최창기는 상처와 고통 사이에는 얼마간 시차가 있다는 걸 깨달았다.

그의 손을 여러 번 지졌던 다리미는 직경 140센티미터의 다리미판 위에 얌전히 놓여 있었다. 다리미는 세탁소를 개업할 때부터 사용한 것이었다. 개업이라기보다는 인수라고 해야 맞았다. 세탁소 개업을 위해 그가 한 일은 상호를 짓는 것뿐이었으니까. 모든 준비는 진이 알아서 했다. 진은 그에게 왜 세탁소냐고 묻지 않았다. 그가 지금까지 진을 아는 체하는 이유가 있다면 단 하나, 진이 질문이 많지 않은 타입이어서였다.

뜨겁게 달궈진 쇠로 하얀 셔츠를 반듯하게 밀어붙이면서 최창기는 간혹 고개를 들어 거리가 서서히 어둠에 물드는 것을 지켜보았다. 세탁소의 일이 대체로 좋았지만 그중에서도 거뭇

거뭇해지는 저물 무렵에 유리창 앞에서 다리미질을 할 때가 가장 좋았다. 유리창에 그의 얼굴이 흐릿하게 떠도는 때 말이다. 불그스름한 빛에 드러난 얼굴은 광대뼈가 툭 튀어나와 있고 입술선이 흐려 경솔해 보이고 세로로 깊게 팬 미간 주름이 신경질적인 인상을 만들고 있었다.

유리창에 비친 자신을 최창기는 종종 매혹된 표정으로 바라보았다. 그는 전체적인 인상을 지우고 희미한 그림자나 허공에 뜬 유령처럼 보이는, 유리창에 비친 모습이 마음에 들었다. 어떤 거울이나 반사경도 이처럼 자신을 완벽하게 복사할 수 없었다. 자신은 흐릿하게 드러나야 마땅한 존재였다.

유리창에 비친 것으로는 확인할 수 없지만 그의 겉머리는 거의 백발에 가까워졌다. 그러나 놀랍게도 속에서는 검은 머리가 자라고 있었다.

"아직 세지 않은 거야. 검은 머리가 나는 게 아니라고."

이안남이 그렇게 말했을 때 최창기는 샘이 나서 그러는 거라고 무시했지만, 그 말을 들은 후로 검은 머리가 나는 것인지 머리가 점점 세는 것인지 헷갈리기도 했다. 이제는 늙는 거 말고는 인생이 바뀔 리 없는 나이였으므로 아무려나 상관없었다.

드라이클리닝 용제 냄새에, 한때 영업이 잘될 때는 옆에 있는 주유소 기름 냄새가 섞이고, 하루 종일 다리미를 켜놓아 습기로 가득 차 있어 냄새가 잘 빠지지 않지만, 그는 두통 하나 없이 이 기름내 나는 공간에서 잘 버티고 있었다. 세탁소의 거의 유일한 방문객인 이안남이 만성비염 때문에 후각이 둔한데도 냄새에 진저리 치는 걸 보면 참기 힘들 정도로 지독한 게 분명한데 말이다.

다려야 할 옷도 없고 수선해야 할 바지도 없고 갈아 끼워야 할 지퍼도 없을 때—그럴 때가 대부분이었다—최창기는 멍하니 천장에 걸린 옷들을 바라보며 시간을 보냈다. 천장 가득 정육된 고기처럼 걸린 옷들은 연구원들 것이었다. 연구소가 이전하면서 연구원들도 다 떠나갔기 때문에 이제는 찾아갈 가망성이 거의 없는 옷들이었다. 최창기는 세탁소에 손님이 오지 않는 것이 천장에 빼곡하게 걸린 옷 때문이 아닐까 생각하기도 했지만, 터무니없었다.

손님이 없는 것은 불쾌한 냄새나 훈훈한 열기 탓이 아니었다. 최창기가 친절하지 않거나 인상이 나빠서도 아니었다. 애당초 올 손님이 없었다. 연구원들마저 다 빠져나가버린 지금은 주민들이 옷을 죄다 세탁소에 맡기지 않는 이상, 그럴 리 없으니, 한가할 수밖에 없었다. 고온의 다리미에 여전히 손을 데고 드라이클리닝기를 한 달이면 두어 번 돌릴까 말까 하고 그나마 매번 시간 조절을 못하는 것은 당연한 노릇이었다.

습관처럼 유리창 쪽을 보다가 최창기는 깜짝 놀랐다. 허공에 뜬 그의 얼굴 옆으로 한 사내가 서 있었다. 사내의 얼굴이 잘 보이지 않았지만 이곳 사람은 아닌 게 분명했다. 마을 사람 중에는 유리창 밖에 서서 빤히 바라보고 있을 사람이 없었다. 그를 찾아올 사람이라면 유리창이 부서져라 소란스럽게 문을 열고 들어올 술꾼들뿐이었다.

한때는 낯선 사람들이 잘도 드나들었다. 학회에 오는 연구원들이 게스트하우스에 묵으면서 최창기에게 세탁이나 다리미질을 맡기는 경우가 흔했다. 연구소가 이전하고는 그런 일이 뚝 끊겼다.

낯선 사내에 대해 이안남에게 들은 바도 없었다. 그런 소식은 이안남이 제일 빠른데도 그랬다. 이안남의 술집은 낮에는 간단한 식사류를 팔았다. 마을을 찾아온 낯선 사람이라면 한 번쯤은 들르게 되는 곳이었다. 맛이 있거나 특별한 요리가 있어서가 아니라 근처에 밥을 먹을 마땅한 식당이 없어서였다. 식당에 들르지 않더라도 연구소 소식은 보통 이안남이 먼저 알았다. 진하경이 날마다 이안남의 식당에서 점심을 먹는 탓이었다. 연구소 소식을 이안남에게 전하는 건 대개 진의 조카라는 그 여자였다.

거리에 서서 유리창 안쪽을 보고 있던 이하인이 최창기를 의식하고는 가볍게 고개를 숙여 인사하고 세탁소 문을 열었.

"영업 끝났소."

최창기가 크게 소리쳤다. 이하인은 아랑곳 않고 가게 안으로 들어왔.

"불이 켜져 있길래요."

"불이야 늘 켜둬요. 여기서 살림도 사니까."

세탁소의 열기 속에 드러난 최창기의 얼굴은 야위고 깡마른 데다 시커멓게 그을려 있었다. 햇볕에 그을린 건 아닌 것 같았다. 혈색 없이 시커멓기만 한 게 건강이 좋지 않아 보였다. 말할 때 살짝 드러나는 치아가 유독 하얘서 그을린 얼굴과 대조를 이뤘다.

최창기는 노골적으로 이하인을 무시하듯 다리고 있던 셔츠를 소리 나게 탁탁 털어 옷걸이에 걸었다. 별로 할 일이 없다는 게 빤히 보이는데도 장대를 들어 천장에 걸린 옷들을 넘겨보았다. 이하인은 자리를 뜰 기미가 없어 보였다. 관광지의 기념품점을 구경하는 눈빛으로 세탁소 이곳저곳을 구경하고 있었다. 어디에서나 볼 수 있는 조잡하고 값싼 물건을 그저 휙 둘러보는 눈빛이었다.

최창기는 불쾌해져서 이하인을 내쫓으려다 문득 자신이 이안남보다 먼저 낯선 방문객을 알게 될지도 모른다고 생각했다. 물론 그런 식의 우위는 아무런 소용이 없지만 말이다.

"무슨 일이오? 영업이 끝났다는데."

최창기가 귀찮은 내색을 숨기지 않고, 그렇지만 상대해줄 용의가 있다는 듯 말했다.

"옷을 맡기러 온 건 아닙니다."

"그거 말고 세탁소에 올 일이 뭐가 있다고."

최창기가 퉁명스럽게 대꾸하며 사내 쪽으로 몸을 돌렸다. 낯선 사람에 대한 호기심이 남아 있다는 게 스스로 생각해도 놀라웠다.

"그럼 옷을 맡겨도 됩니까? 세탁해야 할 게 있기는 합니다만."

"못 들었소? 영업은 끝났다고 하지 않았소?"

"내일은 몇 시부터 영업합니까?"

"대중없소."

"네?"

"내가 일어나 문을 열면 시작이지."

"하하, 죄다 어르신 마음대로 하시는군요. 주인어른 맞으시죠?"

"내가 여기 주인이냐고 묻는 거요?"

"네."

"여기 주인이야 은행이지."

"하하, 어느 은행에 주인어른이 계십니까?"

"근방에 빚을 안 진 은행이 없으니 아무 데나 가도 만날 수 있을 거요."

"빚을 받으러 온 건 아닌데요."

"그럼 왜 주인을 찾소?"

"이 마을에서 오랫동안 지내신 분을 만나러 왔습니다."

"이제는 늙은이를 찾는다는 소리요?"

"늙은이라니요. 어른을 찾는다는 겁니다."

"난 그냥 늙은이요. 어른은 과분하지."

"이 마을에서 가장 오래 지내신 분이라고 들었습니다."
"누구한테? 누가 그런 말을 합디까?"
"연구소에 계시는 분요."
"어디 연구소?"
"여기요. 아직 남아 있는 분이 계시더군요."
"여자요, 남자요?"
"여자분입니다."
"진하경이?"
"진하경요? 그분 성함입니까? 하, 이름도 예쁘시군요."
"이름도 모르고 그런 걸 묻고 들었소?"

말은 그렇게 했어도 최창기는 진하경이라면 묻지 않은 것까지 대답해주었으리라는 걸 알았다. 만날 몸을 배배 꼴 정도로 심심해서 누군가 들어줄 사람만 있다면 하루 종일이라도 수다를 떨었을 것이다. 말조심 좀 할 것이지. 여자들은 상대방을 진심으로 칭찬하는 것만 빼고는 무슨 말이든 다 해대니까. 특히 비밀스럽고 은밀한 얘기라면 좋아하면서 지껄이지. 이 마을에서 오래 산 늙은이라는 건 굳이 비밀도 아니지만.

"워낙 친절하신 분이었습니다."
"친절은 무슨. 말이 많은 거지."
"하하, 그럴 수도 있고요."

가게를 둘러보던 이하인의 눈이 다리미판 위에 놓인 흑백사진에 닿았다. 그의 시선이 멈춘 것을 보고 세탁소 주인이 말했다.

"아내요. 암이었지."

"아, 죄송합니다."

"죽은 사람 사진 본 게 무슨 잘못이라고 죄송하오. 보라고 걸어놓은 건데."

"제 아버님도 암으로 돌아가셨습니다. 친척분 중에도 앓고 계신 분이 있고요."

"없는 게 이상하지, 다들 암이니 말이오. 암이란 게 그럽디다. 자기가 죽어가는 걸 스스로 지켜봐야 하지. 더 비참한 건" 세탁소 주인이 말을 고르듯 잠깐 시간을 끌었다. "남들도 다 그 사람이 언제 죽을지 안다는 거요. 사람들이 곧 죽게 생긴 사람을 대할 때 어떡하는 줄 아오?"

"글쎄요."

"그게 답이오. 어찌해야 할지 몰라서 늘 글쎄올시다 하는 투로 안절부절못하지. 아내는 살아 있을 때도 내내 죽은 기분이라고 합디다."

말은 그렇게 해도 최창기의 얼굴에는 별다른 감정이 드러나지 않았다.

"그나저나 오래 산 사람은 왜 찾소?"

"누굴 좀 찾느라고요."

"사람? 사람을 왜 늙은이한테서 찾아?"

"어른이 아실 만한 일이어서요."

"무슨 소리요?"

이하인은 그쯤에서 최창기가 참을성이 많지 않다는 걸 알아차렸다. 더 말을 돌려 했다가는 당장 쫓겨날지도 모른다는 생각에 명함을 꺼냈다. 최창기가 천천히 명함을 훑었다. 명함에 적힌 글자라야 얼마 되지 않기 때문에 다 읽을 만한 시간이 흘렀는데도 최창기는 계속 명함을 들여다보았다. 이하인은 자신이 변호사라는 것을 두고 최창기가 뭔가 생각하는 건 아닐까 짐작했다. 사람들은 대체로 송사에 관심이 많았다. 자기 일이 될까 겁냈고 남의 일은 방관하며 즐겼다.

최창기는 이하인이 변호사라는 걸 알고 나자 바깥을 장악한 숲의 어둠이 세탁소를 좀더 농밀하게 만드는 것 같다고 느꼈다. 소리도 공기도 목소리도 바닥 쪽으로 가라앉고 있었다. 변호사가 왜 이 산골 마을에서 사람을 찾는다는 걸까. 뭔가 조사해야 할 일이 생긴 걸까. 그게 뭘까.

"지금은 숲에 못 올라갑니까?"

"그걸 꼭 노인한테 물어야 아오? 마을 여기저기에 차압 딱지처럼 빨갛게 입산금지라고 붙어 있을 텐데?"

"봤습니다. 이태 전부터는 많은 구역이 입산금지가 됐다는 것도 알고 있고요."

"헛수고를 했소. 굳이 노인을 찾을 일이 아닌데."

"그래도 어르신들은 아실 텐데요."

"이 밤에 숲에 올라가서 뭐 한다고."

"갈 수 있으면 낮에 가지요."

"낮에도 못 가오. 그나마 갈 수 있던 곳도 입산금지 기간이라 못 가오. 숲이 노약자 우대해주는 것도 아니고, 노인이라고 들여보내줄 리 없소. 우대받을 만큼 내가 늙은 것도 아니고. 거주자 우대도 안 해주오. 여기 산다고 아무 때나 올라갈 수 있는 건 아니라는 말이지."

이하인이 싱긋 웃었다. 입산이 통제되었다고는 해도 알 만한 사람은 들어갈 수 있지 않느냐고 따져 묻는 것 같았다. 최창기는 기분이 나빠졌다. 나지도 않은 웃음소리가 들리는 느낌이었다.

"숲에 자주 가십니까?"

"허허, 사람 참. 몇 번을 말하오. 입산금지 기간이오. 따뜻해지면 갈 수 있을 거요."

"금지되기 전에 말입니다."

"숲을 별로 좋아하지 않소. 보기에나 좋지."

"저도 별롭니다."

"그런데 왜 가려는 거요?"

"못 올라간다고 생각하니 가보고 싶어서요."

"숲은 무서운 곳이오."

"뭐가 무섭습니까?"

"유령이 있소."

"유령요?"

"숲 한가운데서 날마다 곡소리가 난다는 얘기도 있고, 죽은 사람을 봤다는 사람도 있고, 그렇소."

"직접 보신 건 아니네요."

"봤으면 무서워서 여기 못 살지."

"귀신 말고 이 사람은 보신 적이 없으십니까?"

최창기는 얼떨결에 이하인이 내미는 사진을 받아 들었다. 결혼식 단체 사진이어서 하나같이 얼굴을 알아볼 수 없을 만큼 작았다.

"누굴 말하는 거요?"

"여기 이 사람요."

이하인이 가리키는 손가락 끝에 얼굴이 길고 코끝이 둥근 사람이 보였다.

"이게 누구요?"

"이경인이라는 사람입니다."

"이경인."

최창기는 천천히 그 이름을 말했다. 그 이름을 입 밖에 낸 것은 오랜만이었다. 그 이름을 다시 부르게 된 것이 어리둥절했다.

"여기 숲 입구의 관리사무실에서 일했습니다."

이하인이 최창기를 살피며 말했다. 최창기는 사진에서 고개를 들지 않았다. 단체 사진 속에서 이경인은 긴장한 것처럼 얼굴이 굳어 있었다. 다른 사람들은 어색하게나마 웃으려고 하는데, 이경인만이 경찰에 구속되어 찍히는 사진처럼 경직된 표정이었다.

그 얼굴을 보고 있자니 이가 욱신거리며 쑤셔왔다. 치통을 느낀 것도 오랜만이었다. 아득한 곳에서 뭔가가 최창기에게 말을 걸었다. 이제는 털어놓으라고 속삭이는 목소리도 들렸다. 하지만 무슨 말을 하란 말인가? 최창기는 스스로에게 되물었다. 도대체 내가 아는 게 뭐란 말인가. 뭘 아는 척해야 한단 말인가. 대답을 종용하는 자신과 아는 게 없다고 발뺌하는 자신과의 싸움을 최창기는 멍하니 지켜보았다. 둘은 저마다 살아남을 궁리를 하며 싸우고 있었다. 뭔가 알고 있는 자신은 쉴 새 없이 수다를 늘어놓고 일감을 만들어 다리미질을 했다. 그렇지 않은 자신은 생각이 떠올라도 잊어버리려고 애썼고 잘못 기억하고 있는 것이라고 부인하며 입을 다물었다. 그 둘의 싸움을 지켜보는 일은 익사하는 기분과 비슷했다. 물에 빠져본 적은 없지만 만약에 물에 빠진다면 그런 기분일 것 같았다. 서서히 숨통이 조이다가 완전히 끊어지는 기분.

드디어 내부의 누군가가 백기를 들었다.

"모르오. 숲에는 도통 관심이 없어서."

이제야 새삼 깨달은 것이지만 낯선 사람과의 대화는 언제나 최창기를 피로하게 했다. 그들은 무엇인가를 알려고만 들었다. 뭔가를 떠보고 재보는 것에 익숙했다. 호기심 따위를 가지는 게 아니었다. 애초에 사내를 내쳤어야 했다. 하지만 오늘은 나름의 성과가 있었다. 내부의 싸움이 흥미로웠다. 한쪽은 뭔가 아는 것을 폭로하려 들었다. 한쪽은 밀고자가 되기를 거부했다. 그 자체로서 의미가 만들어졌다. 최창기는 뭔가 알고 있지만 먼저 나서서 말하고 싶지는 않았다.

"작은 마을이어서 낯선 사람이 오면 금세 눈에 띌 텐데요. 저처럼 말입니다."

"지금은 연구소가 이전을 해서 이 꼴이 됐지만, 연구소가 있을 때만 해도 여긴 낯선 사람들 천지였소. 다른 도시 사람들이 수시로 방문했지. 방문객 카드를 목걸이처럼 건 사람들이 일년 내내 상점가를 오갔소. 한때는 연중 숲 해설가 교육이 있었소. 젊은 사람이나 늙은이를 태운 버스가 숲하고 연구소를 왔다 갔다 했지. 입산금지 전에도 예약을 해야만 숲에 갈 수 있었기 때문에 오히려 입소문이 나서 관광객이 많았소. 그 사람들이 기념품을 사고 밥을 사 먹고 기름을 넣고 옷을 맡기고, 그랬소. 생각해보면 그때만큼 좋은 시절도 없었지."

최창기가 추억에 젖듯 아련하게 말끝이 잦아드는 걸 의식하고는 결론을 내듯 말했다.

"미안하지만 못 봤소."

이하인이 사진을 도로 지갑에 넣었다. 이하인은 최창기가 오랫동안 사진을 들여다보고 나서야 본 적 없다고 말한 것, 그렇게 말할 때 음조가 높아지고 처음으로 그에게 미안하다고 말한 것 등을 기억했다. 그것은 최창기가 거짓말을 하고 있다는 증거인지도 몰랐다. 보통 거짓말을 하는 사람들은 진실을 말하는 사람보다 더 깊이 생각하는 척하니까. 높은 음조와 부드러운 어조는 거짓말의 보편적인 특성이었다. 하지만 이하인은 자신이 범죄자들의 거짓말에 신물이 난 경찰처럼 사람들의 말을 매번 거짓말로 판단하는 경향이 있다는 것도 알고 있었다. 그는 본성적으로도 그렇고 산술적으로도 인간은 속임수를 쓸 때보다 정직하게 굴 때가 많다는 걸 잊지 않으려고 했다.

"그 사람이 누군데 찾는 거요?"

최창기는 이하인이 누군가에게 의뢰를 받은 사람인가 싶어서 물었다. 최창기는 내심 마을에 형사나 변호사 같은 사람이 나타나면 어떻게 될까 생각해왔다. 형사가 나타나서 뭔가 탐문해주면 좋겠다고 생각하기도 했다. 그때도 최창기 내부의 두 사람은 시간을 끌며 끊임없이 다툴 것이었다.

"형입니다."

"형?"

"네."

이하인이 짧게 대답했다. 최창기는 무뚝뚝한 표정으로 그를 바라보았다. 변호사는 적어도 사건을 수사하는 사람은 아니었다. 그 점이 다행이라면 다행이었다. 이하인이 형사였다면, 강압적인 성향이었다면 최창기는 참지 못하고 뭔가를 털어놓았을 것이다. 만약에 이하인이 좀더 끈질기게 대답을 요구했다면, 최창기가 현실적인 두려움에 쉽게 내부 다툼을 포기했다면, 어떻게 되었을까. 물론 그렇게 해서는 안 되는 일이었다. 최창기는 이를 앙다물었다. 그는 숲을 배신할 수 없었다. 배신해서는 안 되었다. 그랬다면 그는 이미 죽었을 것이다.

7

 진이 어떤 업종이 좋겠느냐고 물었을 때 한성수는 망설이지 않고 서점이라고 했다. 진이 조금 놀라는 것 같았다. 아내는 확실히 놀랐다. 놀랐다기보다 어이없어했다. 아내는 기가 막히다는 표정으로 한성수를 쳐다봤다. 한성수가 끝내 아내에게로 시선을 돌리지 않자 진이 함께 있는 것도 아랑곳 않고 손가락으로 허리를 쿡쿡 찌르며 재촉했다.
 "다시 말해요. 서점이라니요? 어제 나랑 얘기할 때만 해도 안 그랬잖아요."
 얘기라니. 일방적으로 퍼부어놓고선. 한성수가 꿈쩍하지 않자 아내가 이번에는 진을 보고 말했다.
 "식당요. 우린 식당을 할 거예요."
 진이 아내를 힐끗 보고 다시 한성수에게 물었다.
 "서점이라고 했나?"
 "그래, 서점."
 "말도 안 돼. 당신이 책을 팔아? 우리가 책을 판다고? 글자 읽는 거라고는 전화번호부가 다면서?"

한성수는 아내의 항변에 아무런 대꾸도 하지 않았다. 놀라고 당황했다가 이제는 화가 나서 눈을 부릅뜨고 있을 아내에게 고개를 돌리지 않기 위해 몸에 단단히 힘을 주었다. 진은 의아하다는 표정을 숨기고 곧 고개를 끄덕여 수긍했다.

진이 가게 자리를 알아봐준다고 했을 때, 아내는 들뜬 표정을 숨기지 못했다. 그것이 질질 끌고 다녀야 하는 다리 몫이라는 걸 모른 척했다. 쓸모도 없는 남편의 다리에 비하면 가게가 생긴 것은 복권에 당첨된 것이나 다름없다고 생각했을 것이다.

한성수도 가끔은 그렇게 생각했다. 인생에서 유일하게 주어진 행운이 자신이 입은 부상이라는 생각 말이다. 아이러니한 상황이 주는 자괴감이 한때 그를 짓눌렀으나 그 무게는 행운이 내미는 달콤함에 비하면 솜처럼 가벼웠다.

진이 커다란 수첩을 딱 소리가 나게 접어 가방에 넣고는 일어섰다. 진과 얘기할 때 좋은 점은 장황하게 이유나 사정을 설명할 필요가 없다는 점이었다. 그와의 대화는 언제나 간결했고 명쾌했다. 변명의 여지가 없다는 점에서 얘기를 하고 돌아 나오는 길이 석연치 않기는 했다. 뭔가 잘못한 게 아닌지, 좀더 생각하고 대답했어야 하는 것 아닌지, 사정을 덧붙여 말하는 게 좋지 않았을지 후회가 되었다.

"서점이라고?"

진이 나간 후 아내가 한성수에게 빽 소리를 질렀다.

"그래."

한성수는 싸움을 포기한 듯 낮은 목소리로 대꾸했다.

"왜? 왜 서점이야? 당신 책 좋아해? 책 팔고 싶어? 누가 산다고? 이 동네에서 누가 책을 살 거 같아? 연구소 직원들? 걔들만 보고 먹고살자고? 연구소도 곧 이전할 텐데? 연구소 직원이 책 사는 거 봤어? 연구소 자료실이 얼마나 좋은지 몰라서 그래? 관광객들이 지도나 사지 책을 살 거 같아? 설마 팔지 않고 읽을 생각이야? 당신이? 세상에, 당신이 책을 읽겠다고?"

아내는 화를 억누르지 못하고 두서없이 퍼부었다. 진에 비하면 아내는 늘 말이 많았다. 누구와 비하더라도 많은 편이었다. 아내는 늘 그에게 이유나 사정을 캐물었고 변명할 것을 요구했고 뭔가 잘못한 게 없는지 따져 물었다. 진과의 대화가 그를 자책하게 한다면, 아내와의 대화는 육체적으로 피곤하고 질리게 했다.

그는 아내의 끝도 없이 되풀이되는 질문에 한마디도 대꾸하지 않았다. 질리고 지치기도 했지만 스스로도 이유를 잘 몰랐기 때문이었다. 창업의 유일한 조건은 마을에 있는 상점과 같은 업종이 아니어야 한다는 것이었지만, 그것도 도의적 차원이었을 뿐 강제된 규칙은 아니었다. 분명한 것은 마을에 없어서 서점을 하려던 건 아니라는 점이었다.

아내는 그에게 식당을 차려야 한다고 말해왔다. "두고 봐. 이 동네에서 먹고살 수 있는 방법은 그것밖에 없을 테니까." 식당이라고 하지만 실은 술집을 말하는 것이었다. 그 역시 아내의 천박하고 경박한 판단에 동의했다. 이 동네에서 최소한 빚을 지지 않을 방법은 술을 파는 것밖에 없었다. 동네 남자들이 하는 일은 나무를 베는 일과 술을 마시는 일뿐이었다. 상점가의 유일한 손님이던 연구소 직원들은 이전하면서 모두 떠나게 될 것이 분명했다. 그렇게 되면 식당도 장담할 수 없을 테지만, 그나마 유지는 될 거였다. 술을 팔아서 돈을 벌지 못한다고 해도 한성수에게 그다지 나쁜 일은 아니었다. 그가 마실 수 있는 술은 얼마든지 있으니까 말이다.

12년 전 가게를 차릴 당시에도 한성수는 식당을 권한 아내가 옳다고 생각했다. 지금은 확실히 알았다. 아내가 옳았다. 12년이 흐르는 동안 다른 가게가 해마다 빚을 늘려가고 있는 반면 술집을 차린 이안남만 진에게 진 빚을 조금씩 갚고 있었다. 물론 이안남은 그런 내색을 하지 않았지만, 몇 남지 않은 마을 사람들은 야반도주하는 것 말고 마을을 떠날 수 있는 유일한 사람이 이안남뿐이라는 걸 알았다. 그러나 정작 이안남은 이미 알코올중독자가 되어 어디로도 가고 싶어 하지 않았다.

한성수가 서점을 고집한 이유를 굳이 말하자면, 마을 사람들을 만날 일이 없을 것 같아서였다. 숲에서 일할 수 없게 되었을 때 한성수에게 찾아든 것은 기이한 허탈감이었다. 이제 더 이상 숲에서 지내지 않는다는 생각이 들자 숲 말고는 가고 싶은 곳이 없어졌다. 동시에 몹시 홀가분했다. 오랫동안 이 순간을 기다려온 느낌이었다. 처음에 입은 부상은 그에게 세상을 등지고 숲으로 들어가게 했는데, 이번 부상은 숲을 등지고 세상 밖으로 나오게 했다. 그는 두 번의 부상이 인생의 영역을 마음대로 조율하는 걸 무기력하게 지켜볼 수밖에 없었다.

최창기에게 물어본 적은 없지만, 아마도 그 역시 비슷한 이유로 세탁소를 고집한 건 아닐까 하고 생각했다. 물론 나중에야 최창기의 아버지가 고향에서 세탁소를 했고 어린 최창기가 아버지 대신 곧잘 다리미질을 해왔다는 걸 알게 되었지만, 그걸 알게 된 후에도 생각은 바뀌지 않았다. 누가 이 산골 마을에서 바지와 셔츠를 다려 입는다고—연구원들을 제외하면 최창기뿐이었다—날마다 다리미를 가열하는 걸까.

모르긴 몰라도 최창기에게 가업을 이으려는 생각 따위는 없는 게 분명했다. 최창기는 늘 아버지가 옷감 대신에 다른 걸 다리곤 했다고 농담 삼아 말했는데, 한성수는 아마도 그 농담이 최창기가 더운 여름에도 절대 윗도리를 벗지 않는 것과 관련이 있지 않을까 생각했다. 전적으로 한성수의 생각이었으나, 아들이 아버지에게 그런 일을 당하는 것은 비일비재하고 제법 가능성 높은 추측이었다.

아내는 서점을 시작하고 3년이 지나자 딸을 데리고 시내로 가버렸다. 서점에 있는 책을 팔 가망이 없고, 서점 안에 있는 책을 읽을 가망도 없다는 걸, 앞으로 백 년을 더 기다려도 서점을 인수할 사람이 나타나지 않으리라는 걸 알아차리기까지 3년이 걸린 셈이었다. 3년간 아내는 서점을 팔고 술집을 차리자고 꾸준히 졸랐다. 말도 안 되는 소리라는 건 아내가 잘 알았다. 서점이 팔릴 리 없었다. 살 사람이 없을 테니까.

한성수라고 걱정이 아예 없는 것은 아니었다. 그의 뜻대로 서점에서 동네 사람을 만날 일은 거의 없었다. 그것은 장사가 전혀 되지 않는다는 의미였다. 연구소가 있을 때에는 진의 도움으로 연구소 구매 서적의 일부를 납품하기도 했는데, 연구소가 이전한 후로는 그것도 뚝 끊겨버렸다. 어떤 때는 한 달간 두 권을 팔 때도 있었다. 만 원도 안 되는 얇은 주간지였다. 마을 사람들 중에 책을 보는 사람이라고는 글자를 읽을 줄 모르는 아이들뿐이었다. 연구소가 이전하면서 아이들 역시 부모를 따라 떠나면서 마을에는 책을 읽는 사람이 거의 남지 않게 되었다.

하지만 한성수는 오랜 경험으로 걱정할 필요가 없다는 것도 알았다. 장사는 되지 않았고 앞으로도 되지 않겠지만, 상관없었다. 그에게는 가게를 차릴 때의 빚이 있었고 장사가 안 될 때마다 대출을 받아 생활비로 썼으므로 빚이 불어났고 앞으로도 장사가 안 될 테니 빚은 점점 더 불어나겠지만, 빚은 서점의 책을 모두 정가대로 팔고 서점을 팔고 집을 팔고 시내 병원에서 간호사를 하는 딸의 월급을 평생 차압한다고 해도 갚을 수 없는 금액이었지만, 괜찮았다.

빚을 갚자고 들면 걱정할 게 태산이지만, 갚지 말자고 생각하자 괜찮아졌다. 많은 빚을 졌고 앞으로도 지겠지만, 빚을 껴안은 채로 살아가면 되는 것이니까. 빚과 상관없이 그는 이 마을에서 지금처럼 살 수 있었다. 어떤 사실도 말하지 않고 어떤 경험도 밝히지 않고 그가 본 것을 말하지 않는다면 말이다.

그는 자신이 진 어마어마한 빚이 서점이나 집을 담보로 한 것이 아니라는 걸 알고 있었다. 물론 서류상으로 빚은 그 둘을 다 담보로 하고 있지만, 그것은 진의 말대로 형식적인 절차에 불과했다. 그가 숲에서 한 일, 그동안 목격한 것, 그가 공모자로 가담한 일 모두가 담보였다. 담보를 함부로 사용하지만 않는다면—그럴 생각이 조금도 없었다—그는 평생 조금씩 빚을 불리며 한가하게 서가에 쌓인 먼지나 털면서 지낼 수 있는 것이다. 그런 방식의 삶도 썩 나쁘지 않을 것 같았다. 어차피 그는 말수가 적었고 얼마 전부터는 술도 아예 끊었고 만나는 사람도 없었다.

이하인이 서점에 나타났을 때, 한성수가 비교적 태평하게 카운터에 앉아 졸고 있던 것은 그 때문이었다. 그에게는 걱정이랄 것이, 두려움이랄 것이 없었다.

이하인은 되도록 구둣발 소리를 내지 않도록 조심하며 서점을 둘러보려고 했으나 카펫이 깔려 있지 않아 아무리 주의해도 소리가 났다. 한성수는 그 소리에 잠이 깨서는 서점에 손님이 들어오는 게 희한한 일이라는 얼굴로 이하인의 동선을 따라 시선을 옮겼다. 참다 못한 이하인이 한성수가 있는 쪽으로 다가가 물었다.

"여기에 산림학 책도 있습니까?"

먼저 묻지 않으면 한성수는 언제까지고 그를 쳐다보기만 할 것 같았다. 무례해서가 아니라 손님이 들어왔다는 실감이 안 나서 말이다.

"깔린 게 죄다 그거요."

한성수가 보기에는 이하인이 산림학 책을 찾고 있지만 책에는 별로 관심이 없는 것 같았다. 서가나 매대의 책보다는 한성수가 앉아 있는 주변을 유심히 쳐다보는 게 마음에 걸렸다.

"혹시 이 마을에 대한 것도 있습니까? 금강송 군락지가 워낙 유명하던데요."

"난 모르오. 직접 찾아보시오."

"그러면 벌채나 벌목에 관한 책은 어디에 있습니까?"

"모르오."

"그럼 이 중에 연구원들이 제일 많이 읽는 책은 뭡니까?"

"그건 연구소에 물어보시오."

한성수의 대답에 이하인이 웃음을 터뜨렸다. 퉁명한 한성수의 말을 농담으로 알아들었다.

"연구소에서 알 수 없는 건 여쭤봐도 됩니까?"

이하인이 카운터 앞으로 바짝 다가왔다. 한성수가 움찔하며 갈 데도 없는데 뒤로 물러서는 시늉을 했다. 이하인은 한성수를 가까이에서 바라봤다. 한성수는 표정이 거의 변하지 않았다. 말을 할 때 자주 입술을 실룩거리고 과하게 미간을 찡그리던 세탁소 주인에 비하면 거의 무표정에 가까웠다.

"여기 이 사진을 좀 봐주십시오. 이 사람이오."

한성수는 이하인의 손가락을 따라 남자의 얼굴을 바라보았다. 사진 속 남자는 그저 무심하게 카메라를 마주하고 있었다. 눈을 감지 않으려고 힘을 주고 있는 듯했는데, 단체 사진에서는 흔한 표정이었다. 어딘가 익숙해 보이는 얼굴이기도 했다.

"이게 누구요?"

"제 형입니다."

"형?"

"네."

"사람 얼굴을 잘 기억 못해서 말이오. 다시 한 번 봅시다. 그런데 형을 왜 여기서 찾습니까?"

"이 마을에서 일한 적이 있습니다."

"무슨 일을?"

한성수는 고개를 들어 앞에 서 있는 이하인을 쳐다보았다. 그러자 이하인과 똑 닮은 남자가 떠올랐다. 한성수는 사진 속 남자를 실제로 본 적이 있었다. 자세히는 아니지만 얼굴이 기억났다. 기억 속에 떠오른 사내는 겁에 질리고 주눅 들어 긴장한 얼굴로 사방을 두리번거리고 있었다. 처음 봤을 때는 햇볕에 그을렸다고 생각했지만 얼마 지나지 않아 술을 많이 마셔 시커메졌다는 걸 알게 되었다. 뭔가 살피는 듯한 초조한 인상의 사내와 실종된 형을 찾는다고는 하지만 느긋하고 죽이 맞으면 농담으로만 시간을 보낼 수 있을 것 같은 사내와의 연관성은 쉽게 찾아지지 않았다. 두 사람이 형제라면 삶이 완전히 달라진 것으로 보아 어린 시절에 몹시 사이가 나빴거나 커갈수록 동생이 형에게 미움을 받지 않았을까 하는 생각을 했다. 두 사람 사이의 공통점을 찾을 수 없어 섣불리 해본 생각에 지나지 않았다.

"본 것도 같고 아닌 것도 같고 그렇소."

"아닙니다. 무척 고마운 대답입니다."

이하인은 실제로 한성수의 대답이 흥미로웠다. 아예 못 봤다고 한 최창기나 본 것 같기도 하고 아닌 것 같기도 하다고 대답한 한성수 둘 다 거짓말을 하고 있다고 생각됨에도 그랬다. 양쪽 다 거짓말을 하는 건 아니더라도 적어도 진실을 말하지 않고 있다는 생각은 들었다. 사진을 보다가 관리인을 찾는다고 하면 얼른 사진에서 눈을 떼고 단호히 못 봤다고 대답하는 쪽은 겁이 많은 편일 것이었다. 둘러대며 거짓말할 자신이 없거나 아무리 사진이라고 해도 당사자와 눈이 마주치는 일은 꺼려지는 법이니까. 어떤 경우에는 이도 저도 아닌 듯 모호하게 말하는 게 좀더 신뢰를 얻기도 했다. 어디서 본 듯한데 정확히 기억할 수 없는 일이라면 일상에서도 비일비재하니까. 기억은 대부분 그렇게 작동했다. 아는 걸 숨기기 위해서 일부러 그렇게 말하는 게 효과적인 경우도 많았다.

"형이 어찌 되었길래 여기서 찾소?"

한성수가 넌지시 이하인에게 물었다. 이하인은 도대체 무엇을, 얼마나, 어떻게 알고 있는 것일까.

"실종됐습니다."

"어쩌다가……"

"그걸 알아보는 중입니다. 찾아봐야지요. 그런데 이 마을에는 삯일꾼들도 많다고 하던데요. 어째 통 보이질 않습니다."

"벌목꾼들 말이오?"

한성수는 조금 여유를 찾았다. 벌목꾼들 얘기라면 얼마든지 해줄 수 있었다. 이하인이 확실히 잘못 짚고 있었으니까.

"지금은 때가 아니어서 그럴 거요."

"때가 언젭니까?"

"밤이지."

"네?"

"밤에 다 모일 거요. 저기 술집에 말이오."

"낮에는요?"

"요새는 낮에 할 일이 없지. 밤에 술 먹는 게 일이지."

"저도 거길 가봐야겠군요. 그런데 벌목 일이 그렇게 힘듭니까? 제가 알기로는 요새는 기계가 다 해서……"

"나무를 베는 일은 안 그렇소. 기계가 할 일, 사람이 할 일이 따로 있지. 기계가 하는 일이야 우습지, 결국 베는 건 사람 몫이오."

한성수는 말끝을 흐리지 않으려 했으나 잠시 생각에 잠겨드는 걸 막지는 못했다.

"벌목 일을 잘 아시는군요."

"들은 얘기요. 워낙 그 일이 힘들다고 떠벌리는 사람이 많으니까."

"이 마을은 작고 조용해서 경찰이 출두할 만한 그런 일이 별로 없죠?"

"그저 작은 산골 마을이니까. 아무리 나빠봤자 이 작은 마을에서 뭐가 있겠소?"

"이 마을에서 가장 나쁜 일은 뭐였습니까?"

이하인은 한성수를 빤히 쳐다보며 물었다. 이 질문은 확실히 효과가 있었다. 한성수가 이하인의 눈을 피해 창밖으로 잠시 시선을 돌렸기 때문이었다. 분명 머릿속으로 무슨 일인가 떠올렸을 터였다.

"왜 그런 걸 묻소?"

"암에 걸리는 게 아닌가 해서요. 요즘은 어디 가나 암이 가장 골치니까요."

"그래봤자 남의 일이오. 나한테는 다리 다친 일이 가장 나쁜 일이지."

"언제 다치신 겁니까?"

"내 다리가 궁금해서 묻는 건 아닐 거 아니오?"

한성수는 되도록이면 대답을 하지 말아야 한다고 생각했지만 그럴 수는 없었다. 이하인이 묻는 것은 그가 알고 있는 것이 무엇인지 알려주었다.

"그럼 이 동네분들은 주로 뭘로 죽습니까?"

"무슨 질문이 그렇소? 뭘로 죽다니?"

한성수가 쓴 약을 삼키는 것처럼 얼굴을 찡그렸다.

"죄송합니다. 무례했습니다. 이 마을 주민들의 사망 원인을 보니 산업재해가 가장 많았습니다. 좀 특이하다 싶어서 불쑥 그런 말이 튀어나왔습니다."

"됐소. 죽는 걸 죽는다고 하는건데."

"벌목을 하다가 죽거나 다치시는 분이 많은가 봅니다."

"본 적 없어 모르오."

그 말을 하면서 한성수는 침을 삼켰다. 입안에 고인 침이 무척 쓰게 느껴졌다. 초창기에는 사고가 너무 흔해서 일하다 죽은 동료를 옆으로 치워놓고 작업을 하고, 작업이 끝난 후에 동료의 시신을 밀가루 포대처럼 어깨에 메고 나온 적도 있었다. 숲에서 나오는 동안 어깨를 짓누르는 시신의 무게 때문에 슬픔조차 느끼지 못했다.

"숲에서 사고를 당하는 게 그리 이상한 일도 아니겠네요. 길을 잃기도 하고 절벽에서 떨어지기도 하고 벌목을 하다 다치기도 하고 그럴 테니까요."

"아마 그렇겠지."

한성수가 그르렁대는 소리로 대답했다. 그는 자신이 주먹을 쥐고 있다는 것을 의식하지 못했다.

"역시 숲은 내키지 않는 곳이군요. 잠깐 책을 좀 보고 가도 됩니까?"

이하인이 허락을 받으려는 듯 앞에 놓인 책을 들어 보였다.

"문 닫을 시간이오."

"6시 17분에 닫습니까?"

이하인이 시계를 확인하고 따지듯 물었다. 한성수는 대꾸 없이 한쪽 다리를 끌고 가서 서점 문을 활짝 열어젖혔다. 이하인이 책을 내려놓고 서점을 나가려다 말고 멈춰 서서 말했다.

"제가 찾으려는 사람이 여기 없는 건 확실한 것 같습니다. 이 동네는 어째 죄다 불친절한 노인들뿐이군요."

"형님 일은 안됐소. 이만 가보시오."

한성수는 서점 문을 소리나게 닫고는 이하인이 사라질 때까지 문 앞에 서서 쏘아보았다. 한성수는 불친절한 노인이라고 빈정대는 이하인에게 두 번 다시 형을 볼 수 없을 거라고, 형과 다른 인생을 사는 듯한데, 적어도 번듯한 양복을 입고 살고 있으니 다행으로 여기라고 말하고 싶은 걸 꾹 참아야 했다. 그걸 참느라 화를 내며 문을 닫은 것이었는데, 이하인이 나가고 나자 자신이 어리석게 대처했다는 생각이 들었다. 나중에는 '형님 일은 안됐소'라고 말한 것이 듣기에 따라서는 그가 이하인의 형을, 그의 운명을 알고 있다는 것으로 해석되었을지도 모른다는 생각에 마음이 무거웠지만, 그때는 이미 사고가 난 후였다.

8

"한마디로 빚더미에 앉은 마을이에요. 빚으로 집 짓고 가게 내고 도로를 깔았다고 보시면 돼요."

게스트하우스에서 전화를 걸었을 때, 사무장은 땅이 꺼져라 한숨을 내쉬며 마을의 재정 상태를 얘기해주었다. 그 말을 하고 나서 조금 찔리는지 말을 멈췄다. 사무장은 얼마 전 정통한 정보라는 말을 믿고 무리하게 주식에 투자했다가 상당액의 빚을 졌다.

"하지만 사실 사람 사는 데는 다 빚도 있고 주식도 있고 작전도 있고, 그런 거 아닙니까? 빚 좀 있다고 무조건 의심하고 그럴 것도 아닙니다. 그런 산골 마을에서 돈 벌 게 뭐가 있어서 빚 안 지고 살겠습니까? 설령 빚이 있다고 해도 재산 관리를 못한 거지 인생 관리를 못한 건 아닙니다. 아셨습니까?"

이하인은 사무장의 말에 깔깔거리며 웃었다. 사무장이 장난스레 울적하게 짓는 표정이 보이는 것 같았다.

금융 자료를 보면 가구 부채는 상점가 형성기에 집중되어 있는데, 그 무렵 가구의 경제적 파산을 막아준 것이 연구소였다. 연구소는 마을에서 재정의 중심 역할을 하고 있었고, 연구소에서 재원을 기탁하여 만든 재정자립위원회가 주민들에게 장기융자금 혜택을 주고 있었다. 재정적인 면에서 보자면 상점들은 연구소의 투자 시설이나 마찬가지였다. 그것도 적자를 면치 못해 원금 회수 가능성이 전무한 시설 말이다.

주민들이 재정 문제를 기업이나 금융권이 아니라 연구소에 의지한다는 게 뜻밖이기는 했으나 마을을 포함한 시의 산업 구조가 대부분 숲의 연구권을 소유한 연구소를 중심으로 이루어지는 걸 감안하면 이해할 만한 노릇이기도 했다. 재정자립위원회의 융자 이자는 은행 이자와는 비교할 수 없을 만큼 저렴하고 상환 기간도 빚이 있다는 걸 잊을 만큼 길었다.

"얼마나 긴가 하면요, 융자를 다 갚고 나면 사람이 살 수 없는 지경으로 집이 낡아버릴걸요."

그 말을 하고 사무장은 또 한숨을 내쉬었는데, 융자를 다 갚고 나자 이사 갈 지경에 놓인 자기 집을 생각하는 게 틀림없었다. 그 때문에 이하인은 또 웃음을 터뜨렸다.

"주민 정착률이 높은 건 그 때문이겠네요?"

"아마도요."

거주민에 한해 융자를 해주었으므로 마을을 떠나려면 부채를 상환해야 했다. 부채 때문에 부동산 시장에 나온 주택이 거의 없었지만, 내놓는다고 해도 팔릴 리 없었다. 야반도주를 택할 수도 있었으나 구태여 살림을 다 버려두고, 근근이 생계를 이어주는 상점을 버려두고 그렇게 할 필요는 없었다. 무엇보다 다른 곳으로 도망간다고 해서 빚이 없어지는 건 아니었다.

"거기서는 뭘 하셨습니까?"

"음, 여자를 만났어요."

"여자요?"

놀란 말투로 사무장이 물었다.

"여기서도 안 만나는 여자를 왜 거기서 만나셨습니까?"

"뭘 좀 아는 여자더라고요."

"그래서 즐거우셨습니까?"

"네, 관리인을 잘 모르는 게 문제긴 했지만요. 2주 전에 새로 관리인이 왔다고 하니까 그럴 리 없다고 하대요. 채용 공고를 자기가 낸다고요."

"오, 고집스러운 타입이군요."

"제 타입은 아니죠. 그래도 추진력 있는 분이어서 오늘 담당자와 만날 수 있게 약속을 잡아줬어요. 정확히 말하면 담당자는 아니고 사정을 좀 아는 사람이라고 했어요. 담당자는 휴가 중이래요."

"젊습니까?"

"누구요? 담당자요?"

"여자분요."

"저보다는 젊어요."

"그러길 바랐습니다."

"딴 마음은 없습니다."

"어련하시겠습니까."

"연구소 여자뿐만 아니고요, 마을에서 오래 산 분들도 모두 모르는 얼굴이라고 했어요."

"형님을요? 사진 탓이에요. 요새 누가 그런 사진으로 사람을 찾습니까?"

"그런가 봐요. 그런데 말이에요. 사진이 작아서 얼굴을 알아보지는 못해도 관리인이 어떻게 생겼다거나 어떤 사람이라거나 하는 건 대체로 알아야 하지 않아요?"

"보통은 그렇죠."

"그런데 제가 만나본 사람들은 아는 게 전혀 없다는 듯 굴어요. 숲에도 안 가봤다고 잡아떼고요."

"정말 모를 수도 있지요. 형님이 숲에서 일만 했거나 그러면요."

"그럴 만한 사람이 아니에요."

"나쁜 소식이네요. 오래 걸린다는 말이잖아요."

"좋은 소식도 있어요."

"뭔데요?"

"주민 수가 자료보다 적다는 거요. 센서스 자료가 예전 것인가 봐요. 연구소가 이전하면서 꽤 많은 주민들이 시내로 따라간 모양이더라고요."

"기러기 날아간 뒤에 행방을 어찌 알리요."

"이번에는 또 누구 시예요? 알아듣지도 못하는데 매번 그러신다니까요."

"소동팝니다. 다 소용없다는 겁니다. 도대체 언제 돌아오십니까? 일은 언제 시작하실 겁니까?"

"하여튼 제가 하는 일에는 다 비관적이시라니까요. 우선 형을 찾아야지요, 어머니 소원이시라잖아요."

"효자 나셨습니다. 그 시간에 차라리 요양원에서 직접 간호하는 게……"

"뭔가 내키지 않는 게 있어요."

"어느 마을이나 캐보면 수상한 거 다 나옵니다."

"특별한 일이 아니라는 말씀이죠?"

"그럼요. 잘 보면 뭔가 있을지도 모르지만 말입니다."

"그렇죠? 뭔가 없을 리 없어요. 꿍꿍이가 있다니까요."

사무장이 한숨을 쉬었다. 늘 충동적이고 의심부터 하는 그를 자제시키는 건 차분하고 논리적인 사무장이었다.

"아니, 내 말은요. 변호사님이 잘 봐야 할 이유는 없다는 겁니다. 그러니까 변호사님이 생각하는 것처럼 토막살인, 마약, 강간, 음모, 살인 미수 이런 거 말고요. 휴, 어떻게 사시려고 그렇게 부정적이고 끔찍한 생각만 하십니까? 세상은 아름답기도 합니다. 만날 서로 죽이는 거 아니고요. 죽어가는 사람이 다 죽게 생긴 사람한테 더 살라고 간도 주고 심장도 주고 그러는 세상입니다. 아셨습니까?"

이하인이 피식 웃음을 터뜨렸다. 말은 그렇게 해도 사무장은 그보다 더 의심이 많아서 의뢰인을 믿지 못하고 늘 더 캐보라고 요구하는 경우가 많았다. 그 경우에도 무턱대고 직관에 의

지하는 게 아니라 구체적인 근거를 갖고 있기는 했다. 그들에게 의뢰인이라고 해봤자 사정이 뻔하기는 했지만. 이하인이 명백히 범죄이거나 범죄 혐의가 있는 사건을 맡을 리 없었다. 사무장은 사방에서 수집한, 배우자의 부정이나 파탄의 원인으로 몰아갈 만한 정황, 기타 재산 분할에 있어서 유리한 사유가 되는 자료를 내밀었다. 그는 자료를 근거로 어떤 경우에는 의뢰인이 위자료를 많이 받도록 어떤 경우에는 위자료를 조금 지급하도록 애썼으며 양육권 문제를 조절했다. 그에게 발달한 것이 있다면 범죄를 알아보는 촉각이라기보다는 부정과 불륜, 즉 거짓말을 알아내는 촉각이었다. 그것은 일단 의심부터 하는 것에서 비롯되었다.

"변호사라는 분이 왜 자꾸 느낌, 직관, 오감, 이런 거에 의존하십니까? 그래서 검사 못 되신 거 아닙니까?"

"또 그 소리. 검사는 하고 싶지 않았다고 말씀드렸죠?"

"꼭 못하게 되면 그런 핑계를 댑니다."

"사무장님도 참, 제가 아니면 어떻게 먹고사신다고."

"제가 어디 갈 데 없을까 봐 그러십니까? 이래 봬도 이 바닥에서 변호사님보다······"

"알았다니까요. 그럼 도대체 뭐가 있다는 겁니까?"

"마약이오."

"아까는 그런 거 없다면서요?"

"아, 제가 실수했습니다. 변호사님은 절대 은유, 상징 이런 거 못 알아듣는데 말입니다."

"그래도 사무장님이 워낙 문학적이어서 많이 늘었습니다."

"마약이 아니라 마약 같은 거요. 처음에는 한없이 좋았지만 나중에는 어쩔 수 없이 빠져들어 결국 오도 가도 못하게 되는 게 마약입니다. 그런 게 있을 겁니다."

"흠, 여긴 작은 마을이에요. 주민들도 수가 적어 그런지 서로 가족처럼 친하게 지내는 것 같고요."

"참 나, 모르시는 말씀. 원래 마약은 아는 사람들끼리 합니다. 모르는 사람 껴줬다가 들통 나는 겁니다."

"마약이 아니라면서요?"

"그러니까 이혼만 담당하시는 겁니다. 그마저도 그렇게 멀리 계시니 뚝 끊길 가능성이 있단 말입니다. 오늘도 상담하러 오겠다는 의뢰인을 다음 주에 오라고 미뤘습니다. 다음 주에 그 사람이 안 오는 거에 10만 원 걸겠습니다."

"저도 거기에 10만 원요."

"친하다는 거 말입니다. 가족처럼 친하다는 거요."

"네."

"변호사님은 가족하고 친하십니까?"

이하인이 입을 다물었다. 아무래도 가족 얘기는 농담거리로 삼을 수 없었다.

"지금도 형님 때문에 그 고생 아닙니까?"

"그게 뭐…… 저는 좀 사정이 다르지요."

"그렇단 말입니다. 안 친한 가족이 널렸습니다. 게다가 가족처럼 친하다는 말은 가족이 아니라는 걸 인정하는 말입니다. 다른 사람에 비해서 친해 보인다는 것이지 속을 다 내보일 정도로 친한 건 아닙니다. 어쩌면 가족보다 더 지독한 관계일 수도 있고요."

"가족보다 지독한 관계요?"

"가족이라고 모든 비밀을 다 아는 건 아니니까요. 가족도 모르는 비밀을 알고 있어서 내키지 않게 유대가 생겼을지도 모른다는 얘기예요."

"그 비밀이 이 마을에 계속 살게 한다는 거죠?"

"마을이 너무 좋아서 이사하기 싫거나, 이사하고 싶지만 그럴 형편이 안 되거나. 둘 중 하나 아니겠습니까? 당연히 형편이 안 될 가능성이 큽니다. 거기 계셔보니까 평생 살고 싶도록 마을이 좋습니까?"

"나쁘지 않아요. 공기 좋고 소박하고요."

"요양 잘하십시오. 그나저나 목요일에 조정위원회에 출석하셔야 하는 거 알고 계시죠? 자료 검토하셨습니까? 안 하셨다에 10만 원 걸겠습니다."

"저는 '했다'에 10만 원 걸게요. 사무장님 따라서 걸면 날리기 쉬워서요."

"만날 그러십니다. 이혼 부부 재산만 변론하지 말고 자기 인생 좀 변호하고 사십시오. 목요일에 늦으시면 우리가 위자료

물어줘야 할지도 모릅니다. 이러다 잘리시는 거 시간문젭니다. 요즘 같은 때 회사에서 휴가 쓰시는 분은 변호사님뿐입니다. 위에서 그런 기 얼마나 따지는 줄 아시년서……"

"그렇지 않아도 올라갈 생각이었어요."

"정말입니까? 언제요?"

"가능하면 빨리요. 우선 오늘 저녁에 여자분한테 소개받은 사람을 만나보고요. 빠르면 내일 갈 수도 있고요."

"담당자요?"

"네, 벌목꾼을 현장에서 관리하는 사람이래요."

"벌목꾼 관리자를 왜요?"

"그 사람이 관리인도 알 거라고 하고요."

"일을 많이 하는 사람인가 보네요."

"그 두 일이 연결되어 있거나요."

"흠, 그럴 수도 있겠네요. 어차피 숲에서 하는 일이니까요. 그런데 갑자기 왜 변덕은 부리십니까?"

"내기에 지기 싫어서요. 사무장님은 10만 원 꼭 받으실 분이잖아요."

"그렇긴 하죠. 저한테 빚이 얼만데요. 한 푼도 아쉬운 처지라서요."

"판돈을 올릴걸 그랬네요. 그런데 사무장님" 이하인이 목소리를 낮췄다. 순전히 놀려줄 생각으로 그런 것인데 뜻밖에 목소리가 갈라져 애처롭게 들렸다. 사무장이 긴장한 듯 "왜요?"

하고 되물었다.

"만약에요. 제가 내일 못 올라가면요."

사무장은 대꾸 없이 듣고 있었다. 이하인을 어떻게 달래서 올라오게 할지 생각하고 있을 것이었다.

"같은 데 돈을 걸었으니 누가 우리한테 돈을 주죠?"

사무장이 한숨을 내쉬며 "어떻게 될지 두고 보실래요?" 하고 말하고는 전화를 뚝 끊어버렸다. 이하인은 툴툴거릴 사무장을 떠올리고 수화기를 내려놓았다. 말은 그렇게 해도 형이 잠깐 다닌 적 있는 공무원 수험 학원을 일일이 탐문하고 터미널 인근의 CCTV를 전부 찾아봐준 것이나 휴가를 쓸 수 있도록 일정을 조정해준 것은 모두 사무장이었다.

전화를 끊고 나갈 채비를 하면서 이하인은 자신이 하고 다니는 식으로는 형을 찾을 수 없다고 생각했다. 그는 마을에서 오래 산 축에 드는 사람들, 그러니까 세탁소 주인이나 서점 주인을 만났다. 그들이 뭔가 알고 있다면, 그것을 알아내기 위해 비굴하게 굴어야 할지도 몰랐다. 그는 그럴 생각이 없었다. 담당자라는 사람을 만난다고 해도 마찬가지일 것이다. 지금에서야 그 사실을 깨달은 건 아니었다. 이미 알고 있었다. 이렇게 해서는 다리품만 팔게 될 것임을.

아무것도 알아낸 게 없지만, 알아낸 게 없다면 순전히 더는 알고 싶지 않아서였다. 솔직히 말하면 그는 형을 찾을 생각이 없었다. 형이 다른 마을로 떠났다면 그 유랑에 동행하고 싶지 않았고 위험에 처했다면 얽히고 싶지 않았다. 만약에 형이 죽었다면 병상에 누운 어머니는 기력을 회복하지 못하고 이대로 숨을 거둘지도 몰랐다. 그는 형 대신 상주 자리를 지키며 홀로 슬퍼해야 할 것이다. 생각해보면 그게 전부였다. 명확하지 않은 형의 상태에 애도나 슬픔의 감정은 느껴지지 않았다.

이하인은 게스트하우스 현관 앞에 서서 묵묵히 밖을 내다보았다. 하늘은 당장이라도 눈이 퍼부을 듯 내려앉아 있었지만 날만 흐릴 뿐 눈은 내리지 않았다. 한번 쏟아지면 짧게는 사흘, 길게는 열흘 넘게 눈이 내린다고 했다. 하늘을 올려다보면서 이하인은 어린 시절부터 수천 번도 더 해온 공상에 빠져들었다. 생각할수록 그것은 공상이 아니라 현실이 될 가능성이 높아 보였다. 얼마나 이 순간을 바라왔는지 모른다. 형이 죽어 이 세상에서 완전히 없어지는 순간 말이다. 그렇다고는 해도 오랜 공상이 실현된 기쁨은 그다지 크지 않았다. 대학에 입학하고 홀로 하숙집에 머물면서부터 그에게 형은 죽은 사람이나 다름없었다.

9

술병을 잡으려다 테이블 아래로 떨어뜨리고 말았다. 남아 있던 스카치위스키가 바닥에 쏟아졌다. 술이 그렇게 많이 남아 있었던 것은 아니지만 이안남은 실수를 자책하며 인상을 썼다. 쏟아진 술 때문에 가게 안에 술 냄새가 진동했다. 그러나 그것은 생각에 지나지 않았다. 가게에는 술 냄새가 가실 날이 없었다. 사방 어디를 보아도 술뿐이었다. 이안남은 떨어진 병을 치우고 화장실에서 마대걸레를 가지고 나왔다.

술이 쏟아진 부분만 닦으려다가 내친김에 바닥을 전부 닦고 있는데 누군가 가게 문을 열었다. 저녁 영업이 시작되려면 한 시간 정도가 남아 있었다. 이안남은 철저하게 브레이크 타임을 지키려고 했다. 그래봐야 술꾼들이 들어와 마셔대기 시작하는 걸 막을 재간이 없지만, 그렇지 않으면 24시간 내내 술을 팔아야 할 것이었다. 무엇보다 잠깐이나마 쉬지 않으면 그 역시 대낮부터 술을 마셔댈 게 뻔했다.

이안남이 보기에 여기는 숲의 고장이 아니었다. 숲이 주인 행세를 하는 건 낮에 불과했다. 밤은 술의 도시였다. 밤의 거리는 어두운 상점가와 가로등을 대신해 불 켜진 간판과 목재를 실은, 꼬리를 문 뱀처럼 길게 이어지는 트럭의 행렬과 술 취해 비틀거리며 집으로 돌아가는 사내들의 것이었다. 최창기는 그런 이안남의 말에 코웃음을 쳤다.

"웃기는 소리 마. 여긴 숲밖에 없어. 낮에도 숲, 밤에도 숲이야. 숲이 파랗게 보이냐 까맣게 보이냐의 차이지."

냉소적이고 매사에 무관심한 한성수 역시 그렇게 생각할지도 몰랐다. 적어도 세탁물이나 책의 도시라고 생각할 리는 없었다.

 도시의 밤은 명백히 술뿐이었다. 이안남은 오래전에 어느 술꾼에게 들은 프랑스 격언을 기억하고 있었다. 악마가 사람을 일일이 찾아다니기 힘들 때는 대리로 술을 보낸다는 말이었다. 이 마을에 딱 들어맞는 말이었다. 밤만 되면 악마의 대리인들이 차고 넘쳤다. 그렇지 않고서야 밤마다 그의 가게에 몇 남지도 않은 마을 사내들과 떠돌이 벌목꾼들이 모여드는 이유를 설명할 수가 없었다.

 이안남은 술꾼들이 몰려오려면 아직 시간이 남았다는 걸 알았다. 굳이 시계를 보지 않아도 알 수 있었다. 또 하나 아는 게 있었다. 그가 안내해주기를 기다리며 얌전히 문가에 서 있는 사람은 이 마을 주민이 아니라는 것이었다. 이 마을 주민이라면 양해를 구하는 대신 자리부터 잡았을 것이다. 영업 시간이 아니더라도 문만 열려 있다면 술을 마실 수 있는 걸 알았을 테니까.

 "아직 장사 안 해요."
 "압니다."
 "쯧, 저녁엔 밥 안 팔아요."
 이안남이 혀를 차며 말했다. 모르는 사람과 얘기를 나눌 때는 당황해서인지 더 혀 차는 소리를 냈다.
 "그것도 압니다."
 이안남은 그제야 마대걸레를 밀던 손을 멈추고 고개를 들어

남자를 보았다. 웃음이 났다. 최창기가 으스대는 목소리로 사내 얘기를 한 게 어젯밤이었다. 정확히 말하면 자정이 넘은 시각이었으므로 오늘이지만.

"그자가 나타났어."

최창기가 술을 먹다 말고 카운터 쪽으로 와서는 이안남에게 귓속말을 했다. 최창기는 벌써 취해 있었다. 귓속말이라고 하지만 관심이 있는 사람이라면 다 들을 만큼 목소리가 컸다. 다행히 취한 사내들은 최창기가 이안남과 붙어 있는 것에 아무런 관심이 없었다. 최창기는 술집에 오는 날이면 가장 늦게 바에 나타나서 가장 먼저 취했다. 취해서는 큰 소리로 술집 전부를 상대하듯 떠들어댔다. 최창기가 일어나면 모두들 인상을 쓰고 앉으라고 소리를 지르고 꾸짖고 비웃던 것도 오래전 일이었다. 이제는 대부분 떠돌이 벌목꾼들이라 그렇게 타박할 마을 사내들이 거의 남아 있지 않았고 그나마 남은 사내들은 모두 언제나처럼 주정을 해볼 테면 해보라는 듯 무시하고 술을 마셨다. 그들은 모두 이웃이었고 서로가 비슷한 듯 다른 처지에 놓였다는 걸 알고 있었다. 그렇기 때문에 내밀한 얘기를 나누거나 오랫동안 생각해온 사상을 설파하거나 정치적 성향이 드러나는 논쟁을 벌이는 것도 아닌데 끊임없이 떠들 거리가 생겼다. 대체로 소소하고 보편적이며 시시껄렁한 농담이어서 말대꾸를 하건 말건 상관없는 말들이었다.

이안남은 뭔가 묻고 싶었으나 관뒀다. 최창기 입에서 나는 술 냄새 때문에 귓속말을 듣고 싶지 않아 어서 자리로 돌아가라고 타박했다. 최창기에게 뭔가 듣지 않아도 이안남은 곧 낯선 사람을 보게 되리라고 생각했다. 술집부터 들르지 않은 게 이상했다. 무슨 볼일이 있어 세탁소부터 갔단 말인가. 적어도 한두 번은 밥을 먹으러 들렀을 텐데. 최창기에게 선수를 뺏겼다. 최창기 역시 그것을 의식해 으스댄 게 틀림없었다.

이하인은 자신을 바라보는 이안남의 표정이 웃을 듯 말듯 조금 바뀌는 것을 보았다. 자신은 웃기게 생긴 타입이 아니었으므로 이안남이 잘 웃는 사람이든지 뭔가 딴 생각을 하고 있을 것이었다.

"다섯 시 반부터예요."

"압니다."

"쯧, 어떻게 알아요?"

"간판에 적힌 걸 봤습니다."

이안남은 설불리 아는 척을 할까 봐 바쁘다는 듯 고개를 숙이고 묵묵히 걸레질을 했다. 당장 하지 않으면 안 될 것처럼 신중하게 힘을 주어 걸레를 밀었다.

"아무거나 좀 파시면 안 됩니까?"

이안남은 걸레질을 멈추고 그가 더 사정하기를 기다리는 것처럼 빤히 바라보았다. 입을 다물고 있을 때도 쯧, 하고 혀 차는 소리가 들리는 것 같았다.

"배가 고파서요. 점심을 걸렀더니 현기증이 날 지경입니다."

"쯧, 미안하지만 쉬는 시간이에요. 새벽까지 장사를 하려면 지금 쉬어둬야 해요."

"간단한 빵 같은 게 있다면 그걸 파셔도 됩니다."

"그런 건 슈퍼마켓에서 팔아요. 가까워요."

"슈퍼마켓으로 갈까 생각했습니다만, 길거리에 서서 먹어야 해서요. 밖에서 빵을 먹기에는 좀 추운 날씨고요. 보시다시피 밥 한 끼 굶었더니 완전히 힘이 빠져서 쓰러질 지경입니다."

이안남은 최창기가 말한 '그자'의 표정을 찬찬히 살폈다. 과연 쓰러질 듯 기력이 없어 보이기는 했다.

"간단한 거라도 괜찮나요?"

"그게 샌드위치 아닙니까?"

"그래요."

"제가 먹고 싶은 게 마침 그겁니다."

"감자튀김과 수프는 해줄 수 없소."

"네, 샌드위치로 충분합니다."

"그래도 세트 가격을 다 받을 거요."

"꼭 그러십시오."

"기다리시오."

이안남이 주방에 딸린 방에서 쉬고 있는 아내를 깨웠다. 아내가 귀찮은 내색을 하다가 이안남이 굳은 표정을 풀지 않자 투덜대면서도 주방으로 갔다.

"이 집은 꽤 오래된 모양입니다. 인테리어가 고풍스럽고 근사합니다."

"12년 됐소. 왜, 장사에 관심 있소?"

"장사에는 별로 소질이 없어서요. 그럼 그전부터 이 동네에 사셨습니까?"

"그랬지. 쯧, 한 30년 살았지."

"30년이요? 그때는 어땠어요?"

"연구소 하나 덜렁 있었지. 지금처럼 규모가 크지도 않았고. 여기 중앙로를 뚫고 하면서 상점도 생기고 주민도 늘고, 그랬지. 그런데 왜 그런 걸 물어보오?"

"30년 전에는 이 마을에서 뭘 하셨을까, 싶어서요."

"먹고살 궁리를 하면 다 방법이 생기지."

"맞습니다. 숲이 이렇게 큰데 일자리가 없겠습니까? 숲에서 일하는 사람들이 많죠?"

"이 동네 사람들이 다 그렇지. 거기 아니면 일할 데가 어딨다고."

"숲에 못 들어가게 지키는 사람도 있고 그렇겠죠? 관리인 같은 사람요."

이안남은 '그자'의 얼굴을 빤히 봤다. 도대체 뭐가 궁금해서 이런 걸 묻는 걸까. 이안남은 두 손을 바지 주머니에 넣었다. 이즈음 이안남의 손은 사정없이 떨거나 쥐었던 물건을 떨어뜨리는 일 중 하나밖에 할 줄 몰랐다. 손이 떨리는 걸 들키고 싶지 않았다.

"그럴 거요. 나는 도통 숲에 안 가서."

"왜 안 가십니까?"

"이 일이 얼마나 바쁜 줄 아시오? 쉴 때라곤 이 시간뿐인데, 꼭 이때에 와서 밥을 달라는 사람이 있거든."

"여기가 이 마을에서 가장 맛있다던데요."

"누군지 맞는 소리만 하는구먼."

"진하경 씨요."

"진하경이?"

"네."

"친한 사인가 보구먼."

"맛있는 식당이나 커피 얘기를 나눌 정도로만 친합니다. 마을 사람들도 자주 드나든다고요. 원래 아는 사람들이 오는 데가 맛있는 곳이잖아요."

"그거야 그렇지."

"숲에 있는 관리인도 종종 내려와서 밥도 먹고 그랬나요?"

"글쎄, 외식을 싫어하나. 아직 한 번도 못 봤지. 그쪽이 오지도 않고 내가 가지도 않으니."

"새로 온 지 2주가 됐답니다."

"벌써 그렇게 됐소? 이삿짐 들어갔다는 얘기는 들었지."

"그럼 그전에 근무하던 관리인은요?"

"그전?"

"네."

이안남은 사내를 뚫어져라 보았다. 뭔가 묻기는 했지만 이미 대답을 알고 있는 눈치였다. 최창기에게도 물었다면 똑같은 대답을 들었을 것이고 어쩌면 다른 누군가에게도 같은 대답을 들었을 것이다. 본 적이 없다는 대답 말이다. 그 이상의 대답이라면 기껏해야 본 적이 있지만 얼굴은 기억나지 않는다는 정도였을 것이다.

"관리인이 있다는 건 알고 있지. 왕래가 없어서 만나본 적은 없지만. 연구소 소관이니 그쪽에 물어봐요."

"그 관리인은 밥도 안 먹고 술도 잘 안 마셨나 봅니다."

"검약하고 건실했던 모양이지. 우리 가게에는 도통 오지 않았지."

"오며 가며 본 적은 없으십니까? 어떻게 생겼는지 기억에 남아 있다거나 하지 않고요?"

"가게로 오는 사람 말고는 통 사람 만날 일이 없는 곳이어서."

"벌목하는 분들은 자주 오십니까?"

"벌목꾼들?"

"네."

"그 사람들이야 날마다 술 먹는 게 일이지."

"일은 안 하고요?"

"지금은 때가 아니지. 때가 되면 숲에서 먹고 자고 하니까 여기 와서 술을 먹을 리 없지만 요새는 술 먹는 게 일이지. 그거 말고 할 게 없지."

"밤에 많이들 오시겠네요."

"다들 오면 금세 부자 됐게? 숙소에서 먹거나 집에서 먹거나 하지."

"잠깐 이 사진을 좀 봐주십시오."

"누구요?"

"제 형이에요."

이하인이 가리키는 사진 속 얼굴을 보며 이안남은 침을 꿀꺽 삼켰다. 어쩌면 '그자'가 이안남의 목젖이 크게 떨리는 것을 보았을지도 몰랐다. 그렇게 생각하자 이번에는 손이 떨렸다.

아무 말도 하지 않는 게 좋을 것 같았다. 말을 하기 시작하면 목소리도 사정없이 떨릴 것이다. 이안남이 하려던 말은 사진 속 얼굴을 모른다는 것이었다. 그랬다. 적어도 그것은 사실이었다. 이안남은 이제 그 얼굴을 떠올릴 수가 없게 되었다. 키가 컸는지 작았는지, 덩치가 컸는지 작았는지, 목소리는 어땠는지, 술을 많이 마셨는지 어땠는지 하는 것들이 조금도 기억나지 않았다. 관리인을 떠올릴 때면 얼굴 대신 기억나는 것은 벌벌 떨던 두 다리였다. 조금이라도 덜 두드려 맞기 위해 벌레처럼 웅크린 다리 말이다. 그 다리를 잡아 펼 때에는 자신의 손이 이렇게 떨리지도 않았고 쉴 새 없이 땀이 흐르지도 않았다. 비교적 태연하게 그 일을 수행했다. 지나간 일이니까 그렇게 기억하는 것인지도 모르지만.

이안남은 대답을 하지 않고 음식이 나오지 않는지 주방 쪽으로 고개를 돌렸다. 최창기는 '그자'가 변호사라는 건 말해주었다. 변호사라고 들었을 때 이안남도 조금 긴장한 게 사실이었다. 마을의 누군가 변론을 부탁한 보양이라고 생각했다. 변론이 필요한 사건이 무엇일지 생각하다 보니 막연해서 겁이 나기도 했다. 그러나 변호사가 관리인의 동생이라는 것을 알게 되자 시시하다는 생각이 들었다. 그런 겁쟁이의 동생이라면 이하인 역시 겁이 많을 게 분명했다. 이안남은 긴장을 숨기지 못한 걸 후회했다.

그러나 변호사라면 '강제'로 '법적 효력'을 내세워 관리인에 대해 묻거나 정보를 캘 가능성이 있었다. 이하인은 변호사인 데다가 관리인의 가족이었다. 발 벗고 나서서 경위를 파헤칠 수도 있었다. 손에 땀이 차기 시작했다. 사진을 손에 쥐고 있었다면 틀림없이 떨어뜨렸을 것이다.

"샌드위치요."

주방 쪽에서 아내 목소리가 들려왔다. 이때만큼 그 목소리가 반가운 적이 없었다. 하루 종일 자신이 아내에게 감시받는 것 같아서 언제나 마음이 불쾌하고 까닭 없이 아내가 미워진 적도 있었다. 아내가 구태여 주방 일을 하려고 드는 게 그 때문인 것 같았다. 이 순간만큼은 고마웠다. 이안남은 얼른 주방으로 가서 샌드위치를 가져다가 이하인의 테이블에 올려놓았다.

"맛있게 드시오."

"잠깐만요."

뒤돌아서는 이안남을 이하인이 불러 세웠다. 이안남이 천천히 돌아보았다. 이하인이 변호사라는 사실이 머리를 떠나지 않았고 그 때문에 법정에 선 것처럼 여전히 긴장하고 있었다.
"맥주도 한잔 주십시오."
이안남의 표정이 부드러워졌다.
"쯧, 당장 갖다드리지."
등 뒤로 이하인이 샌드위치를 베어 무는 소리가 들려왔다.
 이안남은 맥주를 가져다준 후 카운터 뒤쪽으로 돌아와서 낮은 의자에 앉았다. 익숙한 방향으로 손을 뻗었다. 아내가 있는 방 쪽과 이하인이 샌드위치를 먹는 홀 쪽을 번갈아 바라보며, 보지도 않고 작은 잔에 술을 따랐다. 이 정도는 이제 식은 죽 먹기였다. 잔에 따라놓은 술을 단숨에 마셨다. 식도를 따라 따뜻한 기운이 온몸으로 퍼졌다. 이하인이 샌드위치를 먹고 맥주를 마시며 내는 평범하고 일상적인 소리가 이안남을 안도하게 했다. 적어도 지금은 괜찮았다. 이하인은 배를 채우고 자신은 적은 양의 술로 심장을 채우고 있으니까. 오직 그것뿐이니까.

10

 이하인이 맥주를 네 잔쯤 마실 때부터 손님이 들어오기 시작하더니 이내 반 정도 자리가 찼다. 사내들은 특별히 약속이 있어서가 아니라 그저 이곳에 오면 함께 술을 마실 사람이 있다는 걸 알고 오는 것 같았다. 들어오는 대로 눈을 맞춰 일행이 되어 술을 마시는 걸 보니 그랬다. 그렇다고는 해도 왁자지껄한 분위기는 없었는데, 그동안 너무 많은 얘기들을 나눠 별달리 할 말이 없는 것 같기도 했다.

이하인은 이안남이 카운터 아래쪽에 술을 숨겨두고 조금씩 잔에 따라서 마시는 걸 보았다. 이안남은 간혹 이하인과 눈이 마주쳤으나 못 본 척하는 것으로 자신이 오래전부터 그런 식으로 술을 마셔왔다는 것을 인정했다.

처음이자 마지막으로 마을 사람들이 술 마시는 걸 지켜보자니 이하인은 오늘 밤이라면 천천히 술을 마시고 조금 취해도 좋겠다는 생각이 들었다. 생각해보니 꼭 술을 마셔야 할 것 같은 기분이었다. 누군가를 장례 지낼 때 술은 필수였으니까. 비록 마음속에서 벌어지는 일이라 하더라도 말이다.

"늦었습니다. 진입니다."

키가 작고 음성이 가느다란 사내가 이하인의 맞은편에 섰다. 왜 그런지는 몰라도 이하인은 진이 덩치가 좋고 키도 크며 굵은 음성을 가졌을 거라고 생각해왔다.

진이 자리에 앉아 술집 안에 있는 사람들을 휘익 둘러보았다. 사내들은 진과 눈이 마주칠 때마다 웃음기 없는 얼굴로 가볍게 인사했다. 진이 별말을 하지 않았는데도 이안남이 술병을 가지고 왔다. 반쯤 남아 있는 것으로 보아 마시던 것인 모양이었다.

"가사법 전문 변호사시라고요?"

진이 이하인에 대해 어느 정도 알고 있음을 비치는 것으로 말문을 텄다. 이하인은 이런 부류의 사람을 알 것 같았다. 상대를 장악하고 있다는 것을 숨기지 않는 부류 말이다.

"작은 마을이어서요. 소문이 금세 돌지요. 변호사 양반은 여기 술꾼들을 모르시겠지만 이 술꾼들은 변호사 양반을 죄다 알고 있을 겁니다. 그렇다고 제가 소문으로 안 건 아닙니다. 진하경 씨에게 들었고 박인수 씨가 쓴 일지에서 봤습니다."

"날마다 일지를 쓴다고 하더군요."

"제가 사무실에 매일 갈 수 없어서 그런 식으로 관리를 하기 시작했습니다."

"그럼 일지는 언제부터 쓰기 시작한 겁니까?"

"박인수 씨부터요."

"이경인 씨라고 아십니까?"

이하인은 상대에게 직접 화제를 던지는 게 썩 좋지 않다는 걸 알았다. 그럼에도 군더더기 없이 말하는 진을 보니 불쑥 그런 질문이 튀어나왔다.

"이경인…… 이경인이라…… 이름만 들어서는 모르는 사람입니다만."

"이전에 관리인을 한 사람입니다. 시기적으로 아마 박인수 씨 이전일 겁니다."

"박인수 씨 이전에 관리인은 오래 공석이었습니다. 특별할 게 없는 일이어서요."

"얼마나요?"

"입산이 금지된 후 관리인을 안 뽑았습니다. 그게 대략 이 년 반쯤 될 겁니다."

"이상하군요. 진하경 씨 말로는 계속 한 분이 관리인을 하고 있다던데요. 얼마 전에 관리인이 바뀐 사실도 모르고요."

"진하경 씨야 책상물림이니까 그렇죠. 그럴 법한 게 인사 기록에는 처음 관리인이 계속 근무를 하고 있는 것으로 되어 있습니다."

"왭니까?"

"그건 이후에 채용된 관리인들 개인 사정도 있고 해서 정확히 말씀드리기 곤란합니다. 간략히 말씀드리자면 서류를 완비하기 힘든 조건이었어요. 능력은 충분한데 학력이 미달되거나 심지어는 전과가 있는 사람도 있었지요. 그런 사람한테 갱생의 기회를 안 주는 건 너무한 일이라고 생각했습니다."

"서류상 계속 관리인인 그분은 어디에 있습니까?"

"다른 보직에서 일합니다."

"가능합니까?"

"아무래도 숲에 익숙한 사람이 많이 필요하니까요."

"인사 서류를 제대로 관리하지 않는 거군요."

"제 소관이 아닙니다만, 감사가 나온다면 지적당할 부분이라고 누차 얘기했습니다."

"공석이라면 매월 지급되는 임금은 어떻게 사용했습니까?"

"숲 관리를 위한 비용으로 썼습니다. 이것저것 돈이 많이 드는 일이니까요. 그것도 감사가 나오면 걸릴 테지만요."

"공석이었는데 갑자기 박인수 씨를 채용한 이유는 뭡니까?"

"한시적으로 입산을 허가하게 되면서 방문객이 늘어서 그랬습니다."

"방문객이 많은가요?"

"주말이면 제법 됩니다. 여기 금강송 군락지가 꽤나 유명합니다."

"겨울철에도요?"

"날씨가 따뜻한 주말에는 가끔 옵니다. 무엇보다 지금부터 해둬야 그런 사람들이 본격적으로 몰려드는 봄철에는 능숙해질 테니까요."

이하인은 관리사무실에 들렀을 때 자신과 엇갈려 내려가던 차를 떠올렸다.

"사람들을 통제하는 역할이군요."

"말하자면 그렇지요."

"벌목꾼도 관리하신다던데, 혹시 그중에 이경인이라는 사람은 없습니까?"

"벌목꾼은 자주 바뀝니다. 이 마을 숲은 워낙 오래돼서 텔레비전에서 보듯이 전기톱으로 베는 식으로 벌채할 수 없습니다.

거의 전 과정을 손으로 하니 힘들어서 오래 못합니다. 제가 계속 벌목꾼들을 부리기는 하지만, 너무 많아 욀 수 없을 정돕니다. 실은 이름을 부를 일도 없습니다. 김 씨, 이 씨…… 이렇게 부르면서 일하다가 갑자기 못 보게 되는 일이 흔하지요."

"못 보게 되는 일이라면요?"

"말 그대롭니다. 갑자기 안 나옵니다. 워낙 힘든 일이니까 이해도 됩니다. 인력사무소를 통한 것도 아니라서 전화해도 안 받으면, 그걸로 끝입니다."

"이걸 좀 봐주십시오."

이하인이 사진을 내밀자 진이 성의껏 들여다보다가 모르겠다는 표정으로 도로 주었다.

"잘 떠오르지 않습니다. 일한 기간이 짧으면 사실 얼굴을 익힐 새도 없고요. 다들 모자를 쓰고 일하니까 모자를 쓰지 않은 얼굴은 더 낯설고요."

"지금도 벌목 작업을 합니까?"

"겨울철에는 쉽니다."

"쉬는 기간에는 뭘 합니까?"

"날품팔이나 마찬가지니까요. 다른 도시로 일하러 가는 경우도 있습니다. 그게 아니면" 진은 술집을 휘익 둘러본 후 말을 이었다. "여기서 술을 마시든가 숙소에서 마시는 게 일입니다."

"벌목꾼들이 많은가요?"

"한창때는 마을 주민보다 많았습니다."

"벌채는 얼마나 합니까?"

"벌채 양은 숲의 밀도가 결정합니다. 숲을 좀 둘러봤나요?"

"아니요."

"하긴 그럴 기회가 없었겠네요."

"관리사무실까지만 가봤습니다."

"숲을 좀 다녀보면 얼마나 넓은지 알 수 있을 겁니다. 이 숲은 미로처럼 구불구불합니다. 성경에 새겨진 글자처럼 촘촘하게 나무들이 자라고 있어요. 어디를 봐도 나무뿐이죠."

진이 약간의 간격을 두고 말을 이었다.

"그러니 베어낼 수밖에요."

"벌채한 나무들은 어떻게 합니까?"

"팝니다."

"수익이 상당하겠네요."

"사람들이 뭣도 모르고 간벌이 숲을 파괴하는 거라고 오해하죠. 숲을 무너뜨리는 일이라고요. 하지만 새로운 나무들은 언제나 자랍니다. 벌목은 그걸 원활하게 돕는 일입니다. 벌목이야말로 자연스러운 순환 과정의 일부지요."

"글쎄요, 제가 생각하기로는 입증되지 않은 가설 같습니다."

"입증이라니요. 자연의 일은 논리로 입증할 수 없는 것들입니다. 그냥 저절로 그렇게 되는 거니까요."

"시간이 해결한다는 겁니까?"

"맞습니다. 시간이 지나면 베어낸 자리에 나무가 다시 자라면서 숲의 모양이 조금씩 바뀝니다."

"벌목이 숲의 순환 과정을 돕는다는 거군요."

"벌목의 합법성 여부를 조사하러 온 건 아니죠?"

"그저 궁금해서 물어본 겁니다."

"이경인 씨가 형이라고요?"

진이 잔에 가득 담긴 술을 단숨에 마시고 화제를 돌렸다. 이하인은 고개를 끄덕이며 진에게 형 얘기를 털어놓을까 생각했다. 관리인으로 일했다는 정보조차 확실한 게 아니라는 것과 자신이 탐문하고 다니는 것보다 경찰의 도움을 받아야 할 시기라는 점을 말이다. 그러나 말하지 않아도 진은 알고 있을 거라는 생각도 들었다. 박인수가 일지에 썼거나 함께 술을 마시며 그와 형의 내키지 않는 관계에 대해서 이미 다 떠벌렸을지도 몰랐다. 그러자 기분이 불쾌해졌다. 진에게가 아니라 자신의 내밀한 비밀을 한낱 얘깃거리로 전락시킨 박인수에게였다. 박인수에 비하면 진의 말은 간명하고 설득력이 있었다.

"형님이 관리인이라거나 벌목꾼으로 일했다는 정보가 맞습니까? 이 도시에 있었다고 해도 꼭 숲에서 일했다고는 할 수 없지요. 시내에는 여러 가지 일거리가 있으니까요."

"그럴지도 모른다고 생각했습니다."

"얘기가 다 끝났나요? 약속이 있어서요."

"아, 바쁘신데 죄송합니다."

"먼저 일어나겠습니다. 도움이 필요하면 또 연락하십시오."

이하인은 어쩔 수 없이 진이 내미는 손을 마주 잡았다. 진이 처음으로 살짝 웃어 보이고는 술집 밖으로 나갔다. 웃고 있을 때조차 얼굴이 차갑고 단정했다.

진이 나가고 나서 이하인은 빈자리를 마주 보며 잠자코 술을 마셨다. 처음에는 진이 형을 모를 리 없지만 함구하고 있다고 생각했다. 그것이 지나친 의심이라는 생각도 했다. 이하인은 거짓말을 탐지하는 데 뛰어나다고 자부하는 탓에 자신이 본 것이 거짓말을 들킨 사람의 두려움인지, 불신을 당할까 봐 두려워하는 정직한 사람의 두려움인지 잘 판단하지 못하는 경우가 많았다.

마을 사람들에 대해서도 마찬가지였다. 술을 마시면서 나누는 얘기를 들어보니 그들은 그저 그런 평범한 사람이었다. 빚이 많은 건 분명해도 비밀을 품은 기색은 없었다. 비밀이라야 어느 가족이나 어느 마을에나 있을 법한 것들일 터였다. 사무장 말대로 재산 관리에 실패해서 부채를 떠안은 평범한 산골의 소시민들이니까.

그들은 애당초 자신이 궁금해하는 것을 하나도 모르고 있을 거라는 생각도 들었다. 형에 대해 물으면 입을 다물었던 것은 대답을 하고 싶지 않아서가 아니라 할 수 없기 때문일 수 있었다. 아는 게 없어서 말이다. 형은 아예 이 마을에 없었거나 있었다고 하더라도 그다지 인상적이지 않은 상태로 잠깐 동안 근무했고 아마도 근무하는 동안 불성실했고 그 때문에 낯을 익힐 새도 없이 다른 곳으로 떠났을 거였다. 그게 이제껏 형의 인생이었다.

마을에서 지내는 며칠 동안 현재 관리인인 박인수가 사람들과 어울리는 걸 본 적이 없었다. 마을 사람들은 숲 관리인을 외지인으로, 벌목꾼을 뜨내기로 생각하고 상대하지 않는 것 같았다.

사내들의 주정 섞인 목소리가 뒤섞일수록 이하인은 그들이 서로에게 냉담한 것은 이미 오래전부터 얘기를 할 만큼 해왔기 때문이라는 것을 깨달았다. 그들은 서로가 털어놓는 얘기를 거의 알고 있었다. 그래서인지 어울려 앉아 술을 마시기는 하지만 이제껏 너무 많은 얘기를 나눠 더는 할 이야기가 없어진 노부부처럼 잠자코 있다는 느낌을 주기도 했다.

간혹 누군가 큰 소리로 한탄을 늘어놓고 불행한 과거를 털어놓았는데, 누구도 그 불행이 진짜인지 거짓인지 확인하려 들지 않았다. 그 무심함에서는 불행이 자신을 비껴가서 다행이라는 안도감도 찾아볼 수 없었다. 아마도 끔찍한 시신을 오랫동안 봐온 부검의의 표정이 그렇지 않을까 싶을 정도로 술꾼들은 무표정하게 서로를 보고 있었다. 그렇다고 냉정하거나 냉혹하게 굴지는 않았는데, 아마도 서로 처지가 같다는 걸 알아서인 듯했다.

딱히 이 마을이나 여기에서 술을 마시는 사람들만의 특성이 아니었다. 지난 며칠 마을을 돌아다니면서 봐온 사람들의 별스러워 보이고 비밀을 품은 듯 수상쩍어 보이는 행동들이 도시에서 줄곧 봐왔던 사람들의 태도와 별로 다르지 않았다. 이 마을이 주는 특이하고 불안한 느낌은 숲의 방대함에서 오는 것이었는데, 그가 사는 도시에서 고층빌딩이 숲만큼이나 거대하고 불안한 느낌을 준다는 걸 생각하면 특이할 것도 없었다.

마을에서 얼마간 시간을 더 보내면 좀더 많은 것을 알게 될 것이었다. 그러다 보면 정보는 기하급수적으로 늘어나고 정보들 간의 연관 관계가 점점 더 많아져서 그 관계를 해석하며 시간을 보낼 수도 있을 터였다. 그게 다일까. 단지 시간이 많이 걸리는 일일까. 자료와 정보는 아무리 많아도 자료와 정보에 불과했다. 아무리 많은 정보도 세계의 전부를 설명하지 못했다. 하나의 정보가 또 다른 정보에 연결되어 곧 그가 파악해야 할 정보들이 셀 수 없을 정도로 많아진다는 걸 깨닫게 할 뿐이었다. 따져보면 그것들 하나하나는 대체로 쓸 만하고 유익해서, 형의 삶과 어떤 식으로든 관련을 맺고 있을 터였다. 상황의 진상을 아는 데 근접했다는 걸 알려주는 정보도 있을 것이다. 하지만 아무것도 알아내지 못할 수도 있었다. 생각해보면 애당초 알 수 없는 일인지도 몰랐다. 진실을 파헤치려면 우선 사실이 무엇인지 알아야 했다. 사실에 대해서만이 그것이 진실인지 아닌지 판단할 수 있는 것이다. 형에 대해서라면, 형이 이 숲에서 관리인을 하다가 돌연 사라졌다는 게 유일하게 주어진 사실이었다. 그러나 정확히 말하면 그것조차 사실이라고 할 수 없었다.

숲에서 관리인을 한다는 것은 몇 년 만에 연락이 닿은 형이 요양원에 있는 어머니에게 털어놓은 얘기에 불과했다. 형은 오랫동안 알코올 의존 증세를 보였다. 치료를 받으면서 중독과 갱생을 반복하고 있었는데 어쩌면 이미 손쓸 수 없는 단계로 넘어갔는지도 모른다. 그런 사람의 말이니 신뢰할 수 없었다. 어머니가 그 말을 들을 당시 어떤 상태였는지도 불분명했다.

그렇다면 형이 사라진 것은 사실인가. 이제 와서는 그것조차 불확실했다. 있었던 것을 증명하지 못하는데 사라진 것을 증명할 수는 없었다. 즉, 그는 형에 대해 '사실'로 아는 게 하나도 없었다. 그는 사실도 제대로 모르는 주제에 진실을 알겠다고 덤벼든 것이었다. 변호사로서 늘 경계하는 게 닳고 닳은 '진실'이라는 것인데도 그랬다. 그에게 중요한 것은 의뢰인의 남편이 부인 아닌 여자와 호텔에 갔느냐 하는 것이지, 그 여자가 의뢰인의 남편이 사랑하는 사람인지 우연히 만나 하룻밤을 보낸 여성인지 하는 것은 아니었다.

하필이면 형의 실종을 두고 한 번도 매혹되어본 적 없는 진실이라는 것과 맞닥뜨리려 했다는 생각 때문에 돌연 울적해졌다. 술에 취해서 감상적으로 되었거나 실종된 형을 찾지 못했고 찾을 가능성이 없다는 것 때문에 변덕스러워진 것은 아니었다.

유난히 취기가 오른 상태로 자리에서 일어섰다. 돌아간다고 생각하자 마을에 대한 흥미가 갑자기 사라져버렸다. 도시로 돌아가면 자료를 검토하고 의뢰인에 대해 말할 수 있는 모든 '사실'을 모을 것이었다. 그가 목요일에 조정위원회에 출석해야 할 의뢰인에게는 아내가 모르는 오랜 연인이 있었다. 의뢰인은 아내가 내연 관계를 모른다는 걸 장담했다. 그러나 위원회가 다가올수록 상대측 변호사도 그 사실을 뻔한 것으로 알고 있을까 봐 걱정되었다.

"쯧, 갑니까?"

휘청거리며 일어서자 이안남이 물었다. 이하인은 자신도 취했으면서 이안남의 입에서 나는 술 냄새를 잘도 맡았다. 어쩌면 자신에게서 나는 냄새인지도 몰랐다. 이 가게에서는 모두 같은 냄새가 풍겼다.

"또 오시오. 다음에는 4시에 와도 먹을 걸 드리지. 샌드위치도 꼭 세트로 다 해드리지. 감자튀김이랑 수프도. 딴 건 몰라도 우리 집 수프는 기똥차다오."

"네, 분명 또 먹고 싶어질 겁니다."

"뭐가 문제요. 또 오면 되지. 내 맘이 바뀔지도 모르지만 말이요."

"고맙습니다만 돌아갑니다."

"언제요?"

"내일요."

"쯧, 일은 다 봤소?"

"우선은요. 나중에 다시 오게 될지도 모릅니다. 꼭 그럴 일이 있을 것 같고요. 그때는 4시에 들를 테니 박대 마십시오."

"하하, 그래요."

이하인이 다시 이안남에게 인사를 건넸다. 이안남은 처음 그를 보았을 때와 달리 상냥한 표정으로 마주 인사했다. 술에 취해서 친절해진 것인지도 몰랐다.

밖으로 나서자 아침을 먹으면서 들었던 기상예보가 떠올랐다. 곧 적설의 시기가 올 것이라는 예보였다. 당장 눈이 퍼부을 것처럼 하늘이 잔뜩 흐려 있었다. 밤사이 눈이 내리지 않기를 바라는 마음과 눈이 내려서 도시에서는 물론 어디에서도 못 볼 풍광을 볼 수 있기를 기대하는 마음이 뒤섞인 채로 이하인은 차도로 내려섰다.

도로에 내려선 그에게 감당할 수 없는 빛이 쏟아졌다. 이하인은 갑작스럽게 폭설이 시작되고 있는 거라고 생각했다. 눈이 사방 수십 센티미터 높이로 쌓일 만큼 많이 내리고 있는 것이라고. 빛에 이어 귀에 거슬리는 소음이 들려왔다. 맹렬한 속도로 다가오는 거대한 차 소리였다. 웬일인지 발을 움직일 수가 없어 이하인은 빛에 홀린 듯 우두커니 서 있었다. 차 소리에 섞여 정체 모를 짐승의 울음소리가 들렸다. 그것이 짐승의 울음소리라는 생각은 나중에야 들었다. 처음 그 소리를 들었을 때는 짐작조차 못했다. 만약 소리에 귀를 기울이지 않았다면, 재빨리 거대한 빛 무리를 피해 길을 마저 건너거나 아예 뒤로 물러섰다면, 뭔가가 달라졌을까. 난데없이 술을 마시고 취할 생각을 하지 않았다면, 형을 제사 지내려는 마음을 먹지 않았다면, 마을 사내들의 조용한 흥취에 홀려 과하게 술을 마시지 않았다면, 아예 마을 사내들과 어울려 늦게 술집에서 나왔다면, 달라졌을까.

그가 어려서부터 어머니에게 들어온 말 중에 모든 일에는 순서가 있다는 게 있었다. 어머니는 형의 편을 들기 위해 그 말을 편의적으로 사용했지만, 그는 어떤 일이 그렇게 되기까지는 상관없어 보이는 여러 가지 일들의 연쇄가 전제되어 있다는 걸로 그 말을 받아들였다. 따라서 상황을 하나만 바꾸는 식의 가정은 도대체가 무의미했다. 그럼에도 이하인은 자신이 바닥에 나뒹군다고 생각한 짧은 순간, 그 길고도 가망 없는 생각에 빠져 있었다.

이하인은 빛을 뚫고 나온 것이 눈덩이나 짐승이 아니라 거대한 차라는 것을, 자신이 곧 저 차와 충돌할 것임을 알게 되었지만, 그걸 알았을 때는 이미 늦었다. 주위를 감싼 빛은 한순간에 사그라졌다. 그의 몸이 허공을 조금 날았고 이내 맥없이 바닥으로 떨어졌다. 그는 자신의 몸뚱이가 쿵 소리를 내며 바닥에 떨어지고 나무토막처럼 무기력하게 몇 번 나뒹구는 걸 보았다. 믿을 수 없는 기분이었는데, 나뒹구는 자신이 보이는 게 믿기지 않는지 자신이 나뒹군 걸 믿을 수 없는지 알 수 없었다.

그는 아무런 상관없는 타인을 바라보듯 그 모두를 지켜보았다. 차와 충돌하고, 빛이 사그라지고 그의 몸뚱이가 차디찬 바닥에 나뒹구는 것을, 길이를 짐작할 수 없는 차가 두려움 섞인 투레질을 내뿜으며 어둠 너머 숲 사이 도로로 재빨리 사라지는 것을, 시커먼 숲이 차의 진입을 침묵하며 받아들이는 것을, 상점가 도로가 검은 구멍처럼 텅 비어 있는 것을, 그 순간에도 술집의 간판 불이 여전히 흥청망청 빛나는 것을 보았다. 이하인은 신음하는 자신의 몸뚱이를 향해 천천히 걸어갔다. 머리 쪽에서 검붉은 액체가 흘러나오고 있으며 그것이 피라는 것을 알았을 때, 불현듯 차 소리와 함께 들었던 게 무슨 소리인지 떠올랐다.

부엉이 울음소리였다.

2부

11

 숲길 위로 높고 푸른 저녁이 조용히 내려앉고 있었다. 어둠에 물들던 언덕배기가 서서히 푸른빛으로 변하다가 조금씩 검은빛으로 물들어갔다. 박인수는 사택 쪽으로 내려가다 말고 넋을 놓고 서서 마을을 뒤덮는 웅장한 숲 그림자를 지켜보았다. 조금씩 덩치를 키우는 검은 그림자는 도로를 잠식하고 한순간에 그를 압도했다. 그림자가 자신을 삼킬 것 같았다. 박인수는 걸음을 서둘렀다.
 어두컴컴해진 숲 사이 도로를 얼마간 따라 걷자 사택이 나타났다. 처음 봤을 때 사택의 무미건조한 외양이 무척이나 기능적이라고 생각했는데, 좀 지나고 나서 그 생각이 틀리지 않았다는 걸 알았다. 사택은 본래 목재 창고였던 것을 주택으로 개조한 것이라고 했다. 진 선생에게 그 말을 듣자 사택의 밋밋한 외양과 쓸데없이 공간을 낭비하는 내부 구조 같은 게 어느 정도 이해되었다.

사택은 단순한 직사각형의 건물로, 오래전에 지어진 것인 듯 창이나 문의 형태, 건물 외형을 이루는 건축 자재가 구식이었다. 층마다 형태와 크기가 같은 창이 일정한 간격으로 늘어서 있었고 창에는 모두 덧문이 달려 있었다. 어쩐지 친숙한 느낌이 들었는데 한참 지나고 나서야 그 친숙함이 전적으로 개성 없는 외양에서 오는 것임을 깨달았다. 건물의 외적인 단순함과 무미건조함은 어디서나 볼 수 있는 것이었다.

사택은 다소 낡았지만 누군가 정성껏 관리하고 꾸준히 살펴온 느낌이었다. 그렇다고는 해도 주택으로서 흠잡을 게 많았다. 울창한 숲 가운데 있는 것부터 그랬다. 집이라기보다는 야영지에 묵는 느낌을 줘서 언제라도 짐을 꾸려 떠나야 할 것 같았다. 본래 창고 용도로 지어진 건물이라는 점도 그랬다. 밋밋한 외관을 두고 그러는 것은 아니었다. 건물 내부의 공간 활용이 마땅치 않았다. 방은 침대와 서랍장을 들여놓으면 꽉 찰 정도로 작았다. 거실은 가족을 위해 넓게 설계되었다기보다 단지 공간이 남아서 활용한 것 같았다. 바깥으로 연결된 덧문이 있는 부엌은 외풍이 심해 추웠고, 좁아서 요리를 하기에 적절하지 않았다.

현관문 앞에 설 때마다 박인수는 처음 이 문을 열었던 때가 떠올랐다. 그때 느껴지던 이물감은 아직까지 그대로였다. 문을 열고 들어선 그들 가족을 반긴 것은 지독한 표백제와 세제 냄새였다. 말끔하고 단정한 느낌이 아니라 누군가 작정하고 치워댄 느낌이었다. 그 덕에 집 안에서는 오랫동안 닫혀 있던 곳에서 흔히 풍길 법한, 가구나 벽이 곰팡이와 습기로 썩어가는 냄새가 나지 않았다. 그럼에도 표백제 냄새 때문인지 냉랭하고 서늘했고 그 탓에 뜻밖의 존재가 나타날 것처럼 불안해져 선뜻 들어서기가 꺼려졌다. 그것은 냄새가 사라진 지금도 마찬가지였다.

"여보, 나 다녀왔어."

박인수는 현관문을 열고 소리쳤다. 집이 어두컴컴한 걸 보니 아내가 없는 것 같았는데도 그랬다. 아마 아내와 세오는 산책 중일 것이었다. 세오의 아토피를 치료하는 데 숲길을 산책하는 게 도움이 된다고 했다. 아내가 세오의 아토피를 치료하기 위해 한 일은 일일이 열거하기 힘들 정도였다. 이온수를 이용하거나 약품을 사용하고 박인수의 반대에도 불구하고 기도원에서 합숙도 했다. 검증 안 된 약초 투약을 권하는 사람과 주술적 요법에 의지하는 사람을 만났다. 효과는 없었다. 치료 중 만난 누군가의 말처럼 자연과 시간이 알아서 치료해주기를 기다려야 하는 모양이었다.

아내를 부르는 그의 목소리는 힘없이 작고 떨렸다. 진 선생에게 양해를 구하고 일찍 퇴근한 참이었다. 치통이 시작되어서였다. 어금니가 쑤시고 잇몸이 내려앉았다. 그에게 모든 통증은 치통으로부터 왔다. 이가 쑤시기 시작하면 상한 음식을 먹은 듯 속이 메슥거렸고 머리가 터질 듯 아팠고 관절이 쑤시면서 온몸으로 통증이 전해졌다. 어젯밤부터 그러더니 출근해서 사무실에 있는 동안에도 나아지지 않았다.

아내가 없어서인지 집 안 공기가 평소와 다르게 느껴졌다. 마치 벽지를 완전히 새롭게 바꾼 느낌이었다. 공간은 동일한데 도배를 함으로써 내밀하게 무엇인가가 바뀐 것 같았다.

그저 몸이 무겁고 쑤셔서 그런 생각이 드는 것일 수도 있었다. 숲에서 끊임없이 들리는 소리의 정체를 알 수 없는 것이 그의 피로를 부추겼다. 무슨 소리일까 귀를 기울여도 분명히 들리지 않았다. 잘못 들었지 싶으면 다시 소리가 시작되었다. 소리는 희미하고 숲은 넓어서 어느 지점에서 어떤 소리가 들리는지 구체적으로 말하기 어려웠다.

아내에게는 말하지 않았다. 사소한 것들을 의식하기 시작하면 결국 큰일이 되어버린다는 걸 알고 있었다. 그는 아내를 걱정시키지 않으려고 애썼다. 오랫동안 산책을 하고 돌아오거나 어떤 것에도 시선을 두지 않고 멍하니 텔레비전을 보고 있거나 창가에 서서 검게 일렁이는 숲을 응시하고 있다가 문득 고개를 돌릴 때면 걱정스럽게 자신을 바라보는 아내와 눈이 마주치곤 했다. 아내는 얼른 시선을 돌렸지만 고개를 돌리고 나서도 그를 응시하던 눈빛이 공기를 무겁게 하는 것을 막을 수 없었다.

박인수는 아내의 눈빛을 대할 때마다 곧 무엇인가가 끝날 것 같았다. 끝이라고 생각하니 두려웠지만 그 눈빛을 계속 대면하는 것도 두려웠다.

박인수의 두려움은 아내가 그와 있는 자리에서 세오를 꼭 안고 있을 때 정점에 달했다. 무의식적인 아내의 동작은 세오와 자신이 완전히 분리되었다는 것을 상기시켰다. 그럴 때면 삶이 커다란 시계가 되어 힘겹게 바늘을 움직여 나아가는 것 같았다. 좀처럼 차분해질 수가 없었다. 언제나 힘들여 바늘을 움직여야 했고 힘을 주지 않으면 모든 것이 그대로 멈춰버릴 것 같았다.

누구나 술 때문에 실수를 하는 법이었다. 어떤 가족이든 가족만 아는 비밀이 있는 법이었다. 말하자면 그 일이 그런 경우였다. 술에 취해 적정량 이상의 약을 삼켜 정신을 잃었을 때 그를 흔들어 깨운 것은 세오였다. 그는 간신히 눈을 떠 자신의 몸에 올라앉은 세오를 보았다. 정확히 말하면 수십 명의 세오를 보았다. 만약 세오 얼굴이 단 하나로 보였다면 그는 자신이 죽었다고 생각했을 것이다. 수십 명으로 분열된 세오는 그가 여전히 하나로 명확히 규정할 수 없는 세계에 속해 있으며 그 세계의 영향 아래 혼돈을 겪고 있다는 것을 실감하게 했다. 즉 그는 죽지 않았다. 술에 취하기는 했어도 자신이 죽으려 했다는 것을 기억하고 있는 그에게 그 실감은 무척 실망스러운 것이었다. 살아서 다행이라는 안도는 없었다. 만약 자신의 상태를 이성적으로 판단할 수 있었다면, 술과 약에 취했으며 술에 취할 때면 늘 그렇듯이 두 세계의 경계에 선 듯 감정적 혼란을 겪는다는 것을 알았다면, 그런 짓은 하지 않았을 것이다. 자신의 배 위에 올라타 죽음이 뭔지도 모르면서 본능적인 두려움으로 장난을 치듯 정신을 잃은 아버지를 흔들어 깨운 네 살배기 아들을, 얼굴이 수십 개로 보인다고 해서 있는 힘껏 벽으로 던져버리는 짓 말이다.

쿵 소리가 들렸다. 실제로는 거실에 있던 모유진이 듣지 못한 것으로 보아 작은 소리였을 테지만, 그에게는 집이 무너지는 것처럼 크게 들렸다. 벽에 금이 갔다. 무너졌다. 회색 벽돌들이 그의 기력 없는 몸 위로 와르르 쏟아져 내렸다. 재빨리 몸을 움츠렸다. 최대한 작고 둥글게. 지붕이 내려앉았다. 무너진 시멘트 잔해와 벽돌 조각이 떨어졌다. 날카로운 철근이 몸을 찔렀다. 그는 겁에 질려 엎드린 채 소리를 질렀다. 이대로 벽에 깔려 죽게 될까 봐 겁이 났다.

방문 소리가 그를 별안간 현실로 불러들였다. 그는 정신을 차리고 고개를 들었다. 모유진이었다. 그의 비명 소리를 듣고 달려온 모양이었다. 그는 며칠 만에야 보는 아내를 침입자 바라보듯 두려운 눈으로 보았다. 모유진이 날카로운 비명을 질러 댔다. 그제야 세오가 머리에서 피를 흘리며 기절한 듯 쓰러져 있는 것이 보였다. 무너졌다고 생각한 벽과 천장은 매섭고 딱딱한 눈으로 그를 쏘아보고 있었다. 그는 세오를 집어 던진 주제에 벽에 깔릴 것을 겁냈다는 것을 깨닫고는 깊은 혐오에 빠졌다. 벽에는 세오가 흘린 게 분명한 피가 묻어 있었다. 핏자국을 닦으면서 자신을 비난했다. 그 일 이후 세오가 웃지 않는다는 걸 깨달았을 때에도, 세오에게 신경질적인 울음소리 말고는 어떤 소리도 들을 수 없다는 걸 알았을 때에도, 세오가 절대 자신을 바라보지 않을 때에도 그저 자신을 비난하는 것 말고는 할 게 없었다.

그날 이후 박인수와 모유진은 한 번도 그 일을 언급하지 않았다. 세오가 웃지 않게 된 것, 말하지 않게 된 것, 박인수와 눈을 마주치지 않는다는 걸 알고 나서도 어떤 말도 꺼내지 않았다. 세오가 몸을 긁기 시작하고 세오의 몸이 붉어지고 수포가 생겼을 때에도 그랬다. 그 일 말고도 많은 것들을 말하지 않게 되었다. 그가 여러 해에 걸쳐 공무원 시험에 실패한 것처럼 자살마저 실패한 후 심한 패배감에 젖은 것을 말하지 않았고, 세오를 벽으로 집어 던진 일도 말하지 않았고, 그런 용기를 준 게 술이라는 것도 말하지 않았다. 더불어 그가 세오에게 어떻게 용서를 빌어야 할지, 죽음 대신 얻은 삶을 어떻게 살아야 할지도 서로 얘기하지 않았다. 그와 아내는 일어난 일에 대해 입을 다물었으며 해야 할 일에 대해서나 일어날 일에 대해서도 말하지 않게 되었다.

모유진은 이곳에 온 후 다시 정을 붙이기 위해 애썼다. 모유진의 노력이 안쓰럽고 고마워 박인수는 퇴근해 돌아가면 얌전히 거실에 앉아 있다가 간혹 마당을 산책하는 일과를 유지했다. 세오가 그와 단둘이 거실에 남아 있지 않으려고 할 때, 멀리 떨어져 앉은 세오를 보며 예전에 세오를 품에 안았을 때의 꽉 차면서도 부드럽던 느낌이 떠오를 때, 그럼에도 세오를 안을 수 없을 때, 용기를 내서 안으려고 다가가면 세오가 겁에 질려 울음을 터뜨릴 때, 세오의 울음에 달려 나온 모유진이 아직 잊지 않았다는 눈빛으로 그를 바라볼 때면, 마당으로 나갔다. 몸을 숨기고 싶은데 집 안에는 그가 숨을 만한 곳이 전혀 없었다.

처음에는 현관 부근을 맴돌며 걸었고 그러다 지루해지면 뒤뜰 쪽으로 갔다. 담장 역할을 하는 잡목 덤불은 어둠 속에서 보면 뭔가를 숨기고 있는 듯 비밀스러워 보였다. 거기서 검고 끈적거리는 덩어리가 쏟아져 나오는 것 같았다. 그는 자주 환영에 취했지만, 그것은 오래전 일이었다. 시도 때도 없이 검은 연기가 어른거린 적이 있었다. 눈앞을 맴도는 검고 물컹한 연기를 박인수는 자신이 뱉은 숨이라고 생각했다. 속이 시커멓게 그을려서 검은 숨이 나오는 것이라고. 연기는 불면 흩어지는 기체가 아니라 물큰한 점액질이었는데, 만지면 화를 내는 짐승처럼 그를 난폭하게 감싸 안았다. 점액질의 연기라니. 말이 되지 않지만 틀림없이 그랬다.

건물 뒤쪽에는 부엌으로 통하는 덧문이 있고, 그 옆에 작은 창고가 있었다. 창고 바로 옆으로 커다란 쇠문이 마당과 벽을 가로질러 놓여 있었다. 지하실 출입구 위쪽은 나무가 듬성듬성 서 있다가 이내 빽빽해지는 숲으로 이어졌다. 그러니 어찌 보면 쇠문은 사택과 지하실을 분리하는 게 아니라 숲과 사택을 분리하는 담장 역할을 하는 셈이었다.

상반부의 창살 간격이 촘촘하달 뿐 별다른 특징 없는 문이 박인수의 시선을 잡아끌었다. 쇠문의 자물쇠를 지하실과 숲으로 면한 쪽에서 잠글 수 있게 되어 있어서였다. 문을 열고 잠그는 것이 사택에 사는 사람이 아니라 지하실을 이용하는 사람이라는 뜻 같았다. 박인수는 창살 사이로 자물쇠를 만지작거리며 쇠문 너머 숲을 바라보았다. 사택을 둘러싼 숲이 조금씩 어둠에 파묻혔다. 먹색이던 눈앞이 어느 순간 완전한 암흑으로 바뀌었는데, 지켜보고 있음에도 그 흐름과 변화를 알아챌 수 없다는 게 흥미로웠다.

어느 날인가 박인수가 호기심을 참지 못하고 쇠문을 흔들어대자, 아내가 그 소리를 듣고 마당으로 나와서 왜 그러느냐고 물었다. 그는 당장에 아내를 불안하게 하는 짓을 멈추고, 자물쇠가 지하실 쪽에서 잠그게 되어 있다고 털어놓았다. 말을 하고 나자 친한 친구의 잘못을 고자질한 기분이었다.

모유진이 창살 사이로 손을 집어넣고 말했다.

"이렇게 하면 자물쇠를 열 수 있는데요? 열쇠가 있긴 해야겠지만요. 그런데 이 문을 열어야 해요? 나는 지하실 문을 아예 열지 못하게 되어 있는 게 좋아요. 만약 문을 열 수 있다면 열어보고 싶을 거고, 지하실에 뭔가 넣고 싶을 거고, 그걸 가지러 자주 지하실을 들락거릴 거예요. 저 지하실을 봐요. 숲과 면해서 어두컴컴하기만 하죠. 그런 곳을 자주 들락거려야 하는 거예요. 세오한테는 숨기에 아주 적당한 곳이 될 거고요."

모유진이 그를 달래는 투로 말했다.

"결혼 전에 친정집을 공사한 적이 있었어요."

"응, 기억나."

"그때 안 게 있어요. 인부들은 모두 무책임하다는 거요. 처음에는 문의 위아래를 거꾸로 달았어요. 고쳐달라고 했더니 다음에는 손잡이 잠금장치를 바깥쪽에 달아놨어요. 지금 이 문처럼요."

"그게 당신 방이었잖아."

"맞아요. 바깥에서 잠글 수 있는 방에서 결혼하기 전까지 지냈어요. 동생이 나한테 화가 나서 바깥에서 문을 잠그는 바람에 나오지 못한 적도 있었어요."

"당신이 굉장히 분하게 생각했잖아."

"베란다 벽 쪽은 페인트칠이 덜 된 채로 있었어요. 타일은 짝이 맞지 않아 모양이 달라진 곳이 있고요. 도배지도 마찬가지예요. 다 전문가가 하는 일인데도 그래요. 예를 들자면 한이 없어요."

"맞아, 그런 일은 비일비재해."

"인부들의 최선은 일을 잘하는 게 아니에요. 빨리 끝내는 거예요."

"인부들 실수라는 거지?"

"일부러 그렇게 할 리 없다는 거예요."

"인부들이 실수한 게 아니라 애당초 지하실 쪽에서 문을 열게 만들었다고 생각하면 어때?"

"쓸데없는 가정이에요. 그런 일을 할 리가 없죠."

"이 자물쇠만 보면 아무래도 지하실 쪽에서 여닫게 만들어놓은 거 같아서 그래. 저쪽을 봐봐. 숲에서 지하실로 바로 연결되는 길이 있잖아. 벽도 없이 숲으로 길이 나 있는 거야. 나무에 가려 잘 보이지 않지만 경사진 길이 있는 게 분명해. 조금밖에 안 보이지만 흙길인데 잘 닦여 있는 걸 알 수 있어. 마치 테니스코트 같아. 오랫동안 무거운 롤러 같은 걸로 밀어서 단단하게 길을 들여놓았어."

"벽이 무슨 필요가 있어요. 나무들이 그 일을 하는데요. 저런 울창한 숲길을 지나서 지하실에 들어가고 싶을 리 없잖아요?"

"필요에 따라 그럴 수도 있지. 진 선생 말로는 전에는 창고였다잖아. 저 숲길을 통해 뭔가를 지하실에 보관해왔다고 생각해봐."

"그래요, 그럴 수 있겠네요."

"그렇지?"

아내가 긍정해주자 박인수가 금세 반색했다.

"그럴 수 있지만 지금은 아니에요. 지금은 그저 쓰지 않는

지하실에 불과해요. 다른 건 없어요."

모유진이 단호하게 말했다.

"그래, 지하실이야. 그것뿐이지."

박인수는 이내 주장을 포기했다. 모유진의 말대로 일반적인 건축 통례일 뿐, 별다른 용도가 있을 리 없었다. 무엇보다 그런 곳의 문이 열리면 세오가 숨을 곳이 많아져 곤란하다는 말에 수긍했다.

박인수는 소파에 앉아 며칠째인지 세어보았다. 오래 걸리지는 않았다. 날마다 며칠째인지 세고 있었으니까. 76일이었다. 그동안 단 한 모금도 마시지 않았다. 이제 나았다. 스스로를 통제할 수 있게 되었다. 유혹으로부터 완벽하게 멀어졌다. 그 맛과 향, 따뜻하고 뜨거운 감각을 잊었다. 술을 마시지 않고 76일을 버티는 건 아무나 할 수 있는 게 아니다. 한때 잠이 들 때까지 술을 먹고 잠에서 깨어나자마자 술부터 마셨던 걸 생각하면, 그냥 그렇게 시간이 흘러간다고 저절로 되는 일이 아니라는 말이다. 절제하고 약속을 지켰다는 게 뿌듯했다. 의기양양했다. 음주뿐만 아니라 인생을, 세상을 통제할 수 있게 되었다.

그 생각에 박인수는 빈집이 주는 낯선 느낌을 잊고 천천히 나무 계단에 발을 디뎠다. 세오가 있을 때 계단을 오르는 일은 거의 없었다. 그가 계단을 올라가려고 하면 세오는 엄마 품에 숨거나 방으로 뛰어들어가 문을 잠갔다. 세오가 잠금장치를 꾹 누르는 소리가 들릴 때면 그의 가슴속에서는 어마어마한 통증이 일었다.

계단은 1층을 이등분한 자리에 놓여 있었다. 사택을 한 번이라도 훑어본 사람은 단박에 1층이 무엇을 중심으로 설계되었는지 알아차릴 수 있을 터였다. 1층의 중심은 안방이나 거실, 부엌 같은 게 아니었다. 계단이었다. 육중하고 어두컴컴한 밤색 계단은 손님을 맞이하는 믿음직한 집사처럼 턱 버티고 있었다. 아마도 사택을 떠받치는 건물의 뼈대나 골조 역할을 하는 것 같았다. 계단을 먼저 설계한 후에 나머지 방과 회랑과 거실 따위를 배치한 게 아닐까 싶을 정도였다.

계단은 밋밋하게 콘크리트를 바른 건물 외벽과는 도무지 어울리지 않았다. 그 자체만 보면 완벽했다. 유선형 난간은 한가운데가 폭이 제일 좁고 처음과 마지막 단의 폭이 넓은 형태였는데, 허리에서 골반에 이르는 여인의 몸처럼 육감적인 굴곡이었다.

나뭇결이 살아 있는 난간을 쓰다듬으며 박인수는 몇 번이고 계단을 오르내렸다. 색이 짙어서인지 보기에는 육중하고 단단해 보였으나 실제로 계단을 밟으면 미약하게 눌리면서 떨리는 소리가 났다. 발밑에서 새어 나오는 소리는 누군가 고통을 참지 못해 작게 토해내는 신음처럼 들렸다. 결혼을 하기 전에 아내의 집에 갔다가 키우던 강아지 발을 밟은 적이 있었는데, 그때와 비슷한 느낌이었다. 단단한 나무를 밟는 것이 아니라 연약한 짐승의 뼈를 밟는 느낌. 그 느낌에 홀려 신음 소리를 내는 계단을 여러 차례 오르내렸다. 발을 세게 밟힌 후로 강아지는 그를 볼 때마다 얼굴을 일그러뜨리며 짖었다. 박인수는 모유진이 안 볼 때면 강아지를 마주 보고 으르렁거렸다. 강아지는 절대로 물거나 덤벼들지 않을 것이었다. 강아지는 박인수를 두려워했다. 일부러 제 발을 밟았다는 걸 알고 있는 것 같았다.

무심코 계단을 오르내리다가 계단 난간 면에 길게 이어져 내려오는 얼룩을 발견했다. 얼룩은 희미하게 위에서부터 이어지다가 가장 움푹한 중앙 부분에 짙게 남았고 다시 아래로 내려가면서 흐려졌다.

그는 얼룩이 도드라진 계단 앞에 주저앉았다. 무슨 얼룩인지 알 수 없었다. 아마도 오래된 집에서 저절로 생겨난 얼룩 같은 것일 터였다. 오래된 집은 세월에 주름이 느는 여자의 얼굴처럼 뚜렷한 이유가 없어도 검고 짙은 얼룩이 생기기 마련이니까. 그렇게 생각하면서도 그는 손가락에 침을 묻혀 얼룩을 문질렀다. 얼룩은 그리 오래된 것이 아닌 듯 물기에 번지면서 조금 흐려졌다. 오래 문지르자 손에 검붉은 것이 묻어났다. 박인수는 손가락을 코로 가져가 냄새를 맡아보았고 냄새가 잘 나지 않자 순전히 충동적으로 혀에 대보았다. 아무 맛도 나지 않았다.

불현듯 그것이 핏자국은 아닐까 생각했다. 터무니없다 싶으면서도 쉽게 그 생각을 지우지 못했다. 세오가 벽에 흘린 핏자국이 떠올라서였다. 세오가 어떻게 피를 흘리고 그 피가 벽으로 튀게 되었는지 떠올리면 심장이 옥죄는 것처럼 아파왔다.

아내가 보지 못하게 계단의 얼룩을 닦아내기로 했다. 그의 상상대로라면, 계단 위에서부터 아래쪽으로 길게 이어져 내려오는 얼룩은 덩치 크고 사나운 상처 입은 짐승을 난간으로 넌 졌거나 그런 짐승을 난간 면에 기대어 질질 끌고 내려오느라 생긴 것일 터였다. 상상이 터무니없을수록 그는 안심했다. 이 집에서는 결코 그런 일이 없을 것이었다.

얼룩을 닦아내자 참을 수 없이 피로해졌다. 그는 새삼 몸이 좋지 않아 조퇴한 사실을 떠올렸다. 아이들의 꾀병처럼 사택에 도착하자 통증이 잦아들기는 했다. 관리사무실에서 참을 수 없는 오한과 두통이 느껴진 것은 난방기기의 가스 냄새 때문인지도 몰랐다. 볼륨을 크게 틀어놓은 라디오 소리도 한몫했을 것이다. 그래도 조퇴한 것을 상기하며 일찌감치 침대에 누웠다. 이 커다란 집에서 홀로 잠드는 건 처음이었다. 그 생각에 불쑥 한기가 일어 두꺼운 이불을 턱 밑으로 바짝 끌어당겼다.

12

잠이 올 리 없었다. 그러리라는 건 누구보다 그가 잘 알았다. 누워 있는 동안 몸 상태는 오히려 나빠졌다. 나중에는 머리카락 한 올 쥘 수 없을 정도로 손이 떨리고 입술이 파랗게 질리고 머릿속이 새하얗게 되었지만, 잠은 오지 않았다.

박인수는 서랍을 뒤져 약을 꺼냈다. 물도 없이 약을 삼키고 나자 이내 속이 울렁거렸다. 가스 냄새나 라디오 소리, 누적된 피로 때문일 수도 있지만, 사실 그는 왜 아픈지 잘 알 것 같았다. 이 모든 통증을 제압할 수 있는 게 흰 알약 따위가 아니라는 것도 알았다. 확실하게 알았으므로 내심 두려웠다. 그것은 자신이 쓰레기 같은 인간이었을 때로부터 조금도 달라지지 않았다는 의미였으니까.

그는 자학하며 다시 눈을 감았다. 검은 천장이 기하학적 무늬를 그리며 감은 눈 위로 쏟아져 내렸다. 눈을 떴다. 천장에 매달린 전등이 달처럼 희미하게 빛났다. 박인수는 최면을 걸듯 천장에 매달린 달을 바라보았다. 그러는 동안 그의 머릿속에 든 생각은 말할 것도 없이 단 하나였다.

눈을 감았다가 잠시 잠에 빠졌다가 다시 눈을 뜨기를 몇 번 반복한 후 그는 누군가 웅얼거리는 소리를 들었다. 얼마 동안 잠들어 있었는지 알 수 없었다. 몸이 축축해진 느낌이었는데, 땀을 많이 흘린 모양이었다. 점점 가라앉는 것 같았다. 나중에는 잠을 자는 건지 아닌지, 눈을 뜬 건지 감은 건지, 침대에 누운 건지 물에 뜬 건지 분간할 수 없는 지경에 이르렀다.

웅얼거리는 소리는 점점 크게 들렸다. 그는 힘을 다해 "여보" 하고 불렀다. 아내에게선 대답이 없었다. 그는 침대에 누운 자신이 일곱 살 꼬마처럼 몸집이 작아졌다고 생각했다. 무겁고 두꺼운 이불 때문에 그런 생각이 드는지도 몰랐다. 어쩌면 지금 아이 시절의 꿈을 꾸고 있는 것은 아닐까. 그는 어린 시절 몸이 약해 약을 먹고 낮잠을 잘 때가 많았다. 잠에서 깰 때면 몸은 움직일 수 없는 채로 눈만 뜨고 굳은 몸이 깨어나기를 기다려야 했다. 뇌가 먼저 깨어나 몸의 각 부위로 이제 그만 잠을 자라고 명령하는 느낌이었다. 잠에서 깨어나 현실로 돌아오기까지는 항상 얼마간의 격차가 있었다.

거실에서는 작게 웅성거리는 소리가 들려왔다. 문틈으로 스며들어오는 빛은 따뜻해 보였지만 거실에서 들려오는 소리는 따뜻하거나 자상하지 않았다. 목소리는 방에서 자고 있는 그를 깨우지 않으려고 했다. 소곤소곤 말했고 숨죽여 웃었다. 마치 벙어리들끼리의 대화처럼.

그 수선스러운 조용함 때문에 어린 박인수는 뇌가 온몸에 명령을 다 내려 팔다리를 자유롭게 움직일 수 있게 된 후에도 거실에 있는 사람들을 부르지 않았다. 자신이 부모님과 동생을 방해한다는 생각 때문이었다. 그는 참을성 있게 누군가 자신을 봐주기를 기다렸다. 어둠 속에서 초침이 쇠를 단 듯 무겁게 짧은 마디를 움직였다. 아무도 문을 열어보지 않았다. 가족들은 그를 깨우지 않으려는 게 아니라 그를 대화에 참여시키고 싶지 않은 것이었다.

어린 박인수는 자신이 배제된 채 단란하고 화목한 가족에게 배신감을 느꼈다. 그 단란함 속에 자발적으로 끼어들지 못할 것이라는 좌절감에 눈물이 났다. 한번 울기 시작하면 걷잡을 수 없었다. 당장 거실에 있던 어머니가 달려왔고 그래도 그가 울음을 그치지 않으면 거실에 남아 있던 아버지도 달려왔다. 동생은 아버지를 따라와서는 문가에 서서 그를 지켜보았다. 그의 방문턱을 넘기 싫다는 듯이. 동생은 그의 나약함과 비열함, 꾀병과 교묘한 거짓말의 세계로 들어오기 싫었던 게 분명했다.

눈을 떴을 때 들려온 소리는 오래전 기억을 끌어오는 바로 그 소리였다. 그의 잠을 방해하지 않으려고 최대한 노력하여 숨을 죽인 소리, 그를 의도적으로 배제하기 위해 숨죽여 떠드는 소리였다. 그는 땀으로 범벅이 된 채 침대에 누워 그들의 대화를 엿들으려 애썼다. 모든 게 다 들릴 것 같았다. 그러나 들릴 리 없었다. 아니었다. 전부 들렸다. 그들의 웃음소리, 다정하게 고민을 상담하는 소리 같은 것들. 거짓이었다. 하나도 들리지 않았다. 그는 절망으로 땀을 흘렸다.

그러다가 벌떡 일어섰다. 어린 시절처럼 침대에 누워 문밖에 있는 그들을 기다리고 싶지 않았다. 울음을 터뜨리기 전에는 그들이 와줄 리 없었다. 무엇보다 울음으로 관심을 끌기에는 나이가 너무 많았다.

문을 활짝 열지 않은 것은 그들의 대화를 몰래 듣기 위한 게 아니었다. 그들의 열렬한 대화를 방해할까 봐 그랬다. 거실은 화목함을 위장하듯 컴컴했다. 그는 덩치 큰 소파가 그림자를 드리운 거실을 지나 부엌으로 갔다. 부엌 역시 어둠에 깊이 몸을 숨기고 있었다. 식탁에 모여 앉아 도란도란 떠드는 사람 같은 건 없었다.

그는 어둠의 일부가 되어 천천히 집 안을 둘러봤다. 아무것도 없었다. 그러니 어둠 속으로 발을 딛는 소리와 천천히 고개를 돌리는 소리, 조심스럽게 침을 삼키거나 목을 큼큼거리는 소리, 작은 한숨 소리가 들렸다. 모두 그가 내는 소리였다. 박인수는 집 안을 둘러보는 일을 관두고 거실 소파에 앉았다.

얼마 후 이번에는 현관문이 열리는 소리가 들렸다. 소리뿐이었다면 여전히 귀가 잔망스럽게 거짓말을 한다고 생각했을 것이다. 찬 기운이 느껴졌다. 몸은 쉽게 거짓말을 했지만 감각은 그럴 리 없었다. 박인수는 문 쪽으로 고개를 돌렸다. 문을 열고 들어온 게 누구냐고 묻고 싶었지만 그러지 못했다. 목이 바짝 말라 목소리가 나오지 않았다.

불이 켜졌다. 그가 눈살을 찌푸리고 빛이 가득한 현관 쪽을 보았다.

"당신이에요?"

모유진이었다. 세오가 무표정한 얼굴로 박인수를 보고 있었다. 그제야 박인수는 굳은 얼굴을 풀었다. 단지 아내와 아들이 문을 열고 들어온 것이었다. 그는 저도 모르게 달려가 아내를 와락 끌어안았다. 모유진의 몸은 차갑게 굳어 있었다. 밖의 공기가 그녀를 차갑게 한 게 아니었다. 그녀는 박인수를 마주 안아주지 않고 슬며시 몸을 뗐다.

"불도 안 켜고 왜 그러고 있어요?"

"피곤해서 좀 앉아 있었어."

"언제 왔어요?"

모유진이 부엌 쪽으로 가며 물었다. 세오가 엄마를 따라 슬금슬금 걸음을 옮겼다.

"한 서너 시간쯤 됐나 봐."

"서너 시간요?"

모유진이 멈춰 서서 박인수를 돌아보았다. 박인수는 땀이 식으면서 찾아온 오한 때문에 소파에 몸을 구부리고 앉았다.

"내가 나간 지 한 시간이 조금 지났어요."

"한 시간?"

"네."

박인수는 소파에 몸을 깊이 파묻었다. 한 계절과도 같이 긴 시간이었는데, 겨우 한 시간에 불과하다니. 그는 자신이 사택에 들어설 때부터 약을 먹던 순간, 환청에 시달리다가 어두컴컴한 집 안을 돌아다닌 일을 모두 기억할 수 있었다. 자신이 먹은 약이 가운데가 움푹 파인 줄무늬가 있는 앞면인지 아무런 표시가 없는 뒷면인지도 훤히 기억났다. 어떻게 그렇게 생생히 기억나는지 스스로도 놀랄 지경이었는데, 몸의 고통 때문에 긴장해 있어서 연기를 하는 것처럼 사소한 일까지도 생생하게 기억된 것 같았다.

모유진이 걱정스러운 표정으로 다가와 이마를 짚었다.

"괜찮아요? 또 치통이에요? 그래서 일찍 온 거예요?"

"몸살기가 있어. 피곤했나 봐. 지금은 좀 괜찮아."

"진 선생한테는 말했어요?"

"응, 전화로. 쉬면 괜찮아질 거야."

"그래요, 저녁 준비할 동안 좀더 자보도록 해요."

"잠이 안 와. 여기 있을게."

박인수는 아내가 무슨 얘기인가 해주기를 기다리며 가만히 바라보았다. 모유진은 상가에 내려갔다가 본 것이나 들은 것을 조잘거리며 얘기해주곤 했다. 그 얘기를 듣고 있으면 이 마을로 오길 잘했다는 생각이 들었다. 모유진을 통해 듣는 얘기들이 유별나게 재미있거나 주민들이 마음에 들어서 그런 것은 아니었다. 그에게 다른 선택은 없었지만 여러 가지 선택이 가능했더라도 이리로 오는 것을 택했을 것 같았다. 모유진이 다시 그에게 이런저런 얘기들을 두서없이 늘어놓게 되어서였다. 그 얘기들을 듣고 있노라면 아내와 같은 밥을 먹고 같은 공간에 있으며 같은 고민을 하고 같은 생각을 하고 있다는 안도감이 들었다. 한동안 그런 순간을 완벽하게 잃었는데, 이 마을의 사소한 얘깃거리들이 그런 순간을 되찾아주었다.

"참, 슈퍼마켓에 갔다가 이상한 얘길 들었어요."

모유진이 그의 곁에 앉았다.

"무슨 얘기?"

익숙한 기대감으로 박인수는 다정하게 모유진을 보았다.

"며칠 전에 사고가 있었대요."

"사고?"

"네, 교통사고요. 마을 사람들은 다 알고 있는 것 같더라고요."

"슈퍼 여자가 당신한테 그 얘길 해줬어?"

박인수는 반가운 내색을 하며 물었다. 모유진은 슈퍼마켓 주인이 늘 자신을 본 척 만 척한다고 불만스럽게 얘기해왔다.

"주인이 다른 손님한테 하는 얘기를 들었어요."

"그래?"

"그래도 내가 듣는다고 쉬쉬하는 느낌은 없었어요."

"다행이군. 무슨 사곤데?"

"당신이 며칠 전에 얘기한 사람인 것 같아서요."

그게 누군지 듣기 전에 박인수는 알 것 같았다. 그와 모유진은 이 마을에서 만난 사람들 얘기를 자주 했다. 주로 모유진이 얘기하는 쪽이었다. 박인수는 관리사무실에 있다가 퇴근하면 곧바로 집으로 돌아왔기 때문에 마을 사람들을 만날 일이 거의 없었다. 그런 그가 얘기한 사람이라면 뻔했다.

"전임자 동생이라는 사람인가 봐요. 그 변호사요. 죽었대요."

박인수는 적잖이 충격을 받았다. 곧 그 이름을 듣게 될 것을 짐작하면서도 그랬다. 고작 한 번 보았을 뿐이고 그가 자신에게 도움을 청한 것이었지만, 은혜를 입고 되갚지 못한 채 은인을 떠나보낸 심정이었다.

"어쩌다 그런 거래?"

"술에 취해 있었대요. 술집에서 나와 길을 건너려다가 그런 거라고요."

"술에 취해 있었다고?"

"네, 아주 많이요. 언제나, 어디서나, 술이 문제죠. 왜냐하면 술은 모든 걸 문제로 만드니까요."

박인수는 잠자코 있었다. 모유진이 박인수를 힐끔 쳐다보고는 말을 이었다.

"엄청나게 취해 있었대요. 만신창이가 돼서 간신히 술집에서 걸어나갔다고요. 사람들 말로는 차에 치이지 않았다면 거리에서 얼어 죽었을 거래요."

"그럴 사람처럼 보이지 않았는데……"

박인수가 중얼거렸다.

"당신, 그 사람 잘 알아요?"

"술이라면 질색할 것 같은 사람이었어."

"물론 그렇겠죠. 흔한 얘기예요. 항상 그렇게 말하곤 하니까요. 술을 마시지 않다가 한번 마시기 시작하면 참을 수 없이 화가 나서 계속 마시게 되는 거지요. 아마 왜 그렇게 술을 마시게 되는지, 그러다가 뭐가 참을 수 없어지는지 본인도 잘 모를걸요. 단지 그렇게 될 뿐이겠죠. 그런데 우리가 새삼 이런 얘기를 다시 할 필요가 있어요?"

"누구 차였대?"

박인수가 화제를 돌리려고 물었다.

"누가 알겠어요. 이 동네는 밤만 되면 워낙 대형 트럭이 다니니까요. 집 앞으로도 자주 트럭이 지나가잖아요. 그런 트럭 중 하나겠죠. 스키드 마크가 좀 남았을 뿐이래요. 범행 차량의 종류나 간신히 파악할 수 있을 정도로요. 이 동네는 도로에 그 흔한 CCTV도 한 대 없다는 걸 오늘 알았어요."

모유진이 참을성 있게 대꾸했다. 박인수도 새삼 밤에 운행하는 트럭이 많다는 데에 생각이 미쳤다. 요즘은 뜸해졌지만 이사 온 직후에는 한밤에 숲길을 오가는 트럭 때문에 잠을 설치기도 했다. 모유진에게 물었더니 어딘가로 이동하는 차들이겠죠, 하고 무심히 대꾸했다.

"우리도 조심해야 해요."

모유진이 박인수에게 말했다. 박인수는 모유진을 보고 순하게 고개를 끄덕였다. 아내가 '당신'이 조심해야 한다고 말하지 않고 '우리'가 조심해야 한다고 말해준 게 고마웠다.

"그런데 당신, 그 사람의 형이라는 사람 사진을 받아뒀다고 했죠? 어디에 뒀어요?"

"사무실 서랍에 넣어뒀어."

"버려요. 찢든지 태워서요. 죽은 사람이 준 사진이기도 하고 실종된 사람의 사진이잖아요. 돌아오는데 그게 제일 마음에 걸렸어요."

"그래, 당신 말대로 할게."

"여보."

모유진이 주저하는 목소리로 박인수를 불렀다.

"고마워요."

그렇게 말하고 모유진은 바닥에 내려누었던 비닐봉지를 들고 부엌으로 갔다. 세오가 그림자처럼 엄마 뒤를 따랐다.

박인수는 아내가 자신에게 왜 고맙다고 하는지, 뭐가 고맙다는 건지 알지 못했다. 어쩌면 술을 마시지 않아서 고맙다고 하는 것인지도 몰랐다. 말 잘 듣는 아이처럼 그녀의 말에 늘 당신이 시키는 대로 할게,라고 대답해서 그러는 것일 수도 있었다.

모유진이 부엌으로 들어간 후 거실에 혼자 남아 있는데 다시 이가 쑤시기 시작했다. 고맙다는 말 때문인 것 같았다. 그 말 때문에 모유진의 신경을 거스르지 않기 위해서는 끊임없이 노력해야 한다는 것과 모유진이 그를 격려하고 감사를 표함으로써 그런 노력을 부추기고 있다는 것을 돌연 깨달았다.

그럼에도 박인수는 노력을 하려는 자신의 의지가 쉽게 꺾이지 않기를 바랐다. 노력만으로도 아내는 고마워하지 않는가. 그런 생각을 하며 소파에서 일어서는데, 초인종 소리가 들렸다. 누구냐고 묻기 전에 시간부터 확인했다. 6시가 조금 지나 있었다. 평상시라면 그가 퇴근해서 돌아올 시간이었다. 그러나 숲에서의 6시는 도시에서의 자정이나 마찬가지로 어두웠다. 누군가를 방문하기에는 적당하지 않은 시간이라는 말이었다. 박인수는 무례한 밤의 방문자를 향해 천천히 현관 쪽으로 갔다.

13

 박인수가 늘 술에 취해 있던 것은 과거의 일이었다. 얼마 전까지만 해도 모유진은 그렇게 생각했다. 현재 속에 숨어 있던 과거가 칼날을 들이밀며 다시 압박하기 전까지는. 술에 대한 박인수의 욕망은 잠복기를 가진 질병과도 같아서, 일정 기간 억눌려 있다가 순식간에 본성을 드러내면 그걸로 끝이라는 걸 잠시 잊고 있었다.

 모유진은 이미 벌어진 상황을 두고두고 후회하고 되돌리려고 애쓰는 대신 잘못된 일이 벌어졌다는 사실을 그대로 인정하는 쪽이었다. 체념이라고 보는 게 쉬웠다. 현재 벌어진 일은 아무리 사소한 것이라 하더라도 과거와의 합작품인 경우가 많았다. 그러므로 다시 태어나지 않는 이상, 처음부터 새롭게 살지 않는 이상 바꿀 수 있는 건 없었다.

 박인수가 다시 술을 입에 댔을 때에도 그런 생각이 들었다. 그녀는 확실히 남편에게 실망했다. 오래전에도 이런 일이 있었으니까. 조마조마하며 그가 술을 마시는 것을 지켜보던 일 말이다. 이제 얼마 후에 과거와 비슷한 일이 다시 시작되고, 잠시 잠잠했다가 똑같은 일이 일어날 것이었다. 그것이 그녀가 아는 음주의 바이오리듬이었다.

 박인수가 들뜬 표정을 감추지 못하고 떨리는 손으로 머뭇거리며 술잔을 들었을 때, 모유진은 아끼는 유리컵을 바닥으로 떨어뜨린 기분이었다. 상상 속에서 떨어진 유리컵은 산산조각이 났다. 남편이 유리컵이 깨진 줄 모르는 것에 앙심을 품듯 모유진은 깨진 조각을 밟고 서 있었다. 발에 박혀 들어간 조각이 살을 찢었다. 피가 쏟아져 나왔다. 그녀는 찢어진 살을 절대로 봉합하지 않겠다고 생각했다. 곪은 내를 풍길 때까지, 잘라내지 않으면 다리 전체로 독이 퍼질 지경으로 썩어갈 때까지 방치할 생각이었다.

술을 가져온 것은 진 선생이었다. 방문객이 누구인가 싶어 현관 쪽을 보고 있던 모유진에게 진 선생보다 먼저 눈에 띈 것은 그가 들고 있는 기다랗고 네모난 나무 상자였다. 진 선생이 박인수를 향해 한쪽 눈을 찡긋하며 감았다 떴다. 그러고는 박인수와 모유진에게 보여주려는 듯 상자를 높이 들어 흔들었다.

진 선생이 치켜든 것이 무엇인지 확실히 보이지 않았지만 그 익숙한 상자의 모양과 크기를 보고 모유진은 금세 술이라는 걸 알아차렸다. 그게 술이 아니면 도대체 뭐란 말인가. 진 선생이 다시 상자를 높이 쳐들었다. 미동도 않는 박인수 때문에 머쓱해서 그런 것이겠지만, 모유진에게는 우승 트로피라도 자랑하려는 것처럼 보였다.

모유진은 뒤돌아 있어 보이지 않는 박인수의 얼굴을 상상했다. 박인수는 아마도 당혹감을 감추려고 애쓰고 있을 것이다. 당황할 때면 머뭇거리면서도 무안할 정도로 빤히 쳐다보아 종내는 상대를 불쾌하게 만드는 게 박인수의 특기였다. 모유진은 수줍음 많은 박인수가 낯선 것과 친연성을 갖기 위해 하는 최초의 행동이 '무한정 바라보기'라는 것을 알고 있었으나, 그런 행동은 자주 오해를 불러온다는 것도 알았다.

다행인지 불행인지 진 선생은 박인수의 시선을 모르고 지나간 것 같았다. 성격이 급해 응시를 참지 못한 것인지도 몰랐다. 진 선생은 들고 있던 상자를 이번에는 박인수의 눈앞에서 시계추처럼 흔들었다. 이게 뭔지 모르겠냐는 듯이, 술은 바라보는 게 아니라 흔들며 마시는 거라는 듯이, 언제까지 문 앞에 서 있기만 할 거냐는 듯이. 그 때문에 박인수는 최면을 당한 듯 진 선생을 만나면 전임자에 대해 물으려던 것을 까맣게 잊고 말았다. 어쨌거나 그것은 남의 일이고 술은 곧 자신의 일이 될 거였으니까.

박인수가 길을 터주었는지, 진 선생이 문을 막고 있는 박인수의 어깨에 팔을 둘러 자연스럽게 집 안으로 들어온 것인지는 알 수 없었다. 고개를 돌려 모유진이 보게 된 박인수의 얼굴은 술이 가까이 있다는 데서 오는 당혹감과 기쁨, 마시게 될지도 모른다는 기대와 금주의 다짐을 깨지 않겠다는 각오, 그런 감정을 모유진에게 들킬지도 모른다는 조바심 따위가 뒤섞여 있었다. 모유진은 박인수에게서 고개를 돌려 진 선생에게 눈인사를 했다.

"갑자기 죄송합니다. 너무 늦은 건 아니죠?"

"식사 준비를 하려던 참이었어요."

"거 봐요. 늦은 건 아니죠. 식사가 다 끝난 건 아니니까요."

모유진은 잠자코 있었다. 뭐라고 내뱉하든 진 선생은 좋을 대로 해석할 거였고 이미 가지고 온 술병을 다시 들고 나갈 리 없었다.

"박인수 씨가 아파 누워 있는데 모른 척할 수가 있어야지요. 우리가 꼭 연락을 하고 방문할 사이는 아니죠?"

"그럼요. 우리가 그런 사이는 아니죠."

박인수가 모유진의 눈치를 보며 작게 대답했다.

"몸은 좀 어때요?"

"한숨 잤더니 괜찮아졌어요."

"다행이에요."

"별일 아닌데 조퇴까지 했습니다. 죄송해요."

"더 크게 아프기 전에 쉬어야지요. 박인수 씨는 아직 우리와 할 일이 많으니까요."

"고맙습니다. 이제 좋아졌습니다. 괜찮아요."

"사실 여기는 공기가 좋아서 오래 아플 틈이 없죠. 도시에서 앓는 것보다 훨씬 일찍 낫는 편이에요."

"정말 그런 것 같아요."

"틀림없이 그래요. 오늘은 병문안을 온 거지만 전해줄 것도 있어요. 빨리 전해주고 싶어서 못 참고 온 겁니다."

진 선생이 상자를 들어 보였다.

"자, 이걸 봐요."

박인수에게라면 충분히 지금 들고 있는 게 술이라는 걸 보여 줬으니, 이번에는 모유진에게 보여줄 심산 같았다.

"술이네요."

"그렇게만 말하면 섭섭하지요. 이건 '선물'이라고 하는 겁니다. 그것도 특별한 선물. 자, 그럼 이 선물은 누가 보냈을까요?"

진 선생은 박인수와 모유진의 얼굴을 번갈아 바라보았다. 그들에게 공평하게 대답할 기회를 준다는 듯이.

"진 선생이 받으신 거라고요?"

박인수가 멍청한 말투로 되물었다. 모유진은 박인수가 바보 같은 말투로 자신의 의도를 숨기는 걸 여러 번 봐왔다. 박인수가 숨기고 싶은 것은 자신이 그 술을 마시지 못할 것에 대한 실망감이 분명했다.

"제가 받은 거라면 이렇게 자랑할 리 있나요. 혼자 마셨겠죠. 이건 박인수 씨 거예요."

"제 거라고요? 누가 준 건가요?"

여전히 바보 같은 말투로 박인수가 물었다. 진 선생이 대답을 해도 좋으냐는 눈빛으로 모유진을 보았다. 모유진은 그 질문에 아무런 흥미가 없다는 걸 노골적으로 드러내며 시선을 돌려버렸다. 진 선생은 충분히 시간을 끌어야 할 퀴즈의 정답을 이토록 시시하게 발설한다는 실망감을 감추지 않고 풀 죽은 목소리로 대답했다.

"누구겠어요? 김 대령이지요. 방금 막 만나고 오는 길입니다."

모유진은 일전에 진 선생이 김 대령은 술 마시는 걸 싫어한다고 했던 말을 기억하고 있었다. 그런 김 대령이 선물로 술을 고르다니. 게다가 몸이 아파 조퇴한 사람에게. 그새 술에 관대해진 걸까. 하필 남편에게만.

"도통 없는 일이지요. 김 대령이 술을 선물하는 거 말입니다."

모유진의 생각을 읽기라도 한 듯 진 선생이 천천히 말했다.

"김 대령은 자기가 특별히 채용한 박인수 씨가 이곳에 잘 적응할지 계속 걱정하셨던가 봅니다. 숲 속에 하루 종일 틀어박혀 있는 건 익숙하지 않은 사람에게는 지루하고 따분한 일이니까요. 한 달간 고생했고 적응하느라 힘들었을 거라고요. 기어이 몸살이 난 게 그 여파가 아닌가 걱정하고 계시지요. 이주 한 달을 축하하러 보낸 선물이에요."

진 선생이 상패를 내밀듯 들고 있던 술병을 박인수에게 건네주었다. 박인수는 기뻐하는 표정을 숨기려고 의식적으로 멍한 표정을 지으며 술병을 받아 들었다.

"구하기 어려운 거라고 하더군요. 저야 술을 잘 모르지만요."

박인수는 아무 말 없이 고개만 끄덕였다. 모유진이 있어서 진 선생과 함께 뜻밖의 선물을, 그 선물이 술인 것을 마음껏 기뻐하지 못하는 것을 아쉬워하며.

"술은 넣어두세요. 아무래도 문병 선물로는 적당치 않은 것 같군요."

진 선생의 말에 박인수의 얼굴에는 실망의 기색이 넘쳤다. 박인수는 진 선생이 권하기 전에는 절대로 먼저 술을 마실 수 없었다. 적어도 모유진이 있는 자리에서는. 일단 모유진에게 술이 들어가면 마시기 어려울 것이었다. 모유진은 무슨 보물이라도 된 듯 술을 꽁꽁 숨겨놓을 터였다. 간단히 개수대에 흘려버릴 수도 있었다.

"그렇지만" 술병을 테이블 밑에 내려두는 박인수에게 진 선생이 말했다. "가볍게 한 잔 정도 마시는 게 김 대령에게 성의를 표하는 방법이라는 생각이 들기는 해요. 박인수 씨 몸이 괜찮다면 말이에요. 박인수 씨가 얼마나 좋아했는지 김 대령께 전할 수 있을 테니까요. 하지만 귀한 술이라서 나눠 마시기 아깝다면 괜찮아요. 난 값싼 술로도 즐겁게 취하는 스타일이니까요."

박인수가 그럴 리가 있느냐고 손사래를 쳤다. 그는 이미 충분히 몸이 괜찮아졌다고 말했고, 이대로 한 잔도 마시지 않으면 술이나 아끼는 사람으로 비칠 거라는 조바심도 있었다. 모유진도 그 사실을 알았다. 모유진이, 소파에 앉아 술병을 싸고 있는 나무 상자를 벗겨내는 들뜬 표정의 박인수를 말리지 못한 것은 그 때문이었다.

술병이 모습을 드러내자 진 선생과 남편이 동시에 감탄을 쏟아냈다. 그녀는 잘 몰랐지만 비싸서 구하기 힘든 술이 분명했다. 처음에는 그래도 눈치를 보던 박인수가 아예 모유진 쪽을 쳐다보지 않게 된 것은 진 선생이 맛이나 보자면서 술병 뚜껑을 떤 후였다. 진 신생이 술을 따르는 동안 잔을 들고 있는 박인수의 손이 계속 떨렸다. 진 선생은 박인수가 손을 떠는 것을 못 본 척했다.

진 선생의 잔에 술을 따르는 박인수는 얼굴이 발갛게 상기되어 있었다. 아직 술은 한 방울도 마시지 않았는데 그랬다. 두 사람의 잔이 부딪치기 전에 박인수가 슬쩍 모유진 쪽을 보았다. 모유진은 모른 척했다. 그런 박인수와 모유진을 진 선생이 안 그러는 척 슬쩍슬쩍 보았다. 모유진의 생각에 지나지 않는지도 몰랐다. 그녀는 이미 자신이 예민해져 있다는 것을 알았다. 진 선생은 술을 마시는 걸 싫어하는 아내의 눈치를 보는 박인수를 못 본 척해주는 것일 수도 있었다. 술꾼을 남편으로 둔 아내와 술꾼의 친구들은 대개 그렇기 마련이니까. 부인의 눈치나 보는 애처가라고 대놓고 놀렸다가는 숫기 없는 박인수나 남편을 단속하기 바쁜 모유진이 농담으로 받아줄 리 없으므로.

진 선생이 '건배'라고 말하며 잔을 부딪쳤고 곧이어 박인수가 술잔에 입술을 갖다 댔다. 모유진은 박인수에게서 눈을 돌렸다. 소파 한쪽에 앉아 세오를 무릎에 앉혔다. 세오의 얇은 뼈가 만져졌고 여린 살 속을 휘감아 도는 혈관이 느껴졌다. 따뜻했다. 그 느낌에 홀려 모유진은 김 대령이 보낸 것은 겨우 한 병에 불과하다고 생각하기 시작했다.

그 정도면 괜찮지 않을까. 게다가 두 사람이 나눠 먹는 것이라면. 그들을 도와준 김 대령이 보낸 것이라지 않은가. 지나치게 눈치를 보는 박인수와 표정이 굳은 모유진을 보고 진 선생은 벌써 뭔가 눈치챘을지도 몰랐다. 그러니 그 정도의 술도 마시지 말라고 예민하게 굴어서 좋을 게 없었다. 진 선생이 의아하게 여길 것이고 뭔가 해명하려고 둘러대다가 뜻하지 않은 얘기까지 털어놓게 될지도 몰랐다.

한 병의 술이 모든 것을 예전으로 되돌릴 리 없었다. 이전의 삶으로 돌아가는 것. 그것은 모유진이 결코 원하는 것이 아니었다. 이전의 삶, 그러니까 그들이 떠나온 삶에서 박인수는 뜻하지 않게 직장을 잃고 수년째 하급 공무원 임용 시험에서 탈락했다. 실패를 견딜 수 없어 날마다 술을 마셨고 그러느라 모든 시도에서 실패했다. 이전의 삶이 보장하는 건 실패와 가난뿐이었다.

그 삶에서는 네 살짜리 세오가 유일한 소득원이었다. 박인수가 직장 생활을 끝내고 공무원 수험 준비를 한답시고 시간을 허비하는 동안 세오가 가장 노릇을 했다. 세오는 우연한 계기로 광고 모델이 되었다. 모유진의 친구가 다니던 잡지사였는데, 오랫동안 모델 일을 하던 아이가 장염으로 입원해 세오가 급하게 그 자리를 대신해 사진을 찍었다. 대타로 시작한 일이었지만 조금 지나자 일주일에 한 번씩은 잡지 등의 모델 일을 하고 가끔 광고 촬영을 하는 안정적인 아동 모델로 자리를 잡았다.

세오는 워낙에 말이 없고 잘 웃지 않는 아이였다. 카메라가 사진을 찍어대고 뜨거운 조명이 비쳐대고 여러 사람이 분주히 오가는 곳에서도 아이는 무표정했다. 웃지 않는 무심함과 아이 특유의 순진함이 뒤섞인 세오는 안온하고 화목한 가정에서 떼를 쓸 필요 없이 원하는 것을 손에 넣어온 외동아들 같은 느낌을 풍겼다. 사랑을 받기 위해 애써 귀여움을 떨거나 애교를 부릴 필요가 없다는 걸 알고 있는 느긋함도 묻어났.

박인수는 처음에는 세오가 광고에 나오는 게 어색해서, 나중에는 마음이 불편해져서 보지 않으려고 했다. 세오뿐만 아니라 비슷한 또래 아이들이 텔레비전에 나오는 걸 볼 때면 연민과 혐오가 뒤섞였다. 언젠가 모유진은 박인수가 술에 취해 '저런 꼬마도 돈을 버는데 나는 뭘 하고 있는 거지' 하고 주정 섞인 말을 하는 걸 들었으나, 오랫동안 생각해온 것인지 술에 취한 나머지 연민에 젖어 즉흥적으로 한 말인지는 알 수 없었다.

세오의 촬영이 끝나면 모유진은 고깃집과 맥줏집, 단란주점으로 이어지는 광고 촬영 팀 회식에 따라가 비용을 지불했다. 감독이 노래를 하면 곡조에 맞춰 허벅지에 탬버린을 두드리기도 했다. 그러는 동안 피곤에 지친 세오는 딱딱한 노래방 의자에서 그녀의 가방을 베고 잠에 곯아떨어졌다. 박인수는 아들이 그렇게 번 돈을 가지고 되도록 많은 수의 수험 학원 강좌를 등록하고, 한 달이면 다섯 번 정도만 수업을 들으러 가고 나머지 시간에는 술을 마셨다.

이전의 삶이란 그런 것이었다. 무엇보다 그 삶에서 세오는 마음껏 상처 입었다. 심리적 외상을 말하는 게 아니었다. 실패가 반복될수록 술에 취해 있는 시간이 늘어난 박인수가 세오를 다치게 했다. 모유진은 결코 이전으로 돌아가고 싶지 않았.

술을 마시자 박인수는 줄곧 진 선생의 말을 따라 하며 시시한 농담에도 웃음을 터뜨렸다. 바보 같아 보여서 못마땅하기는 했지만 평소의 무뚝뚝하고 주눅 든 태도에 비하면 훨씬 자상하고 여유 있어 보이기도 했다. 마음을 놓고 보자니 딱히 나빠 보이지도 않았다. 모유진은 이 삶의 견고함을 잡으려는 기대로 마음을 풀고 진 선생과 박인수의 이야기에 합류했는데, 그러자 남편이 비록 술 때문이기는 하지만 자신만만하고 유쾌한 태도를 찾은 게 마음에 들었다. 세오 역시 무표정하지만 평화로운 자세로 무릎에 앉아 있었다.

모유진은 다소 기분이 풀어져 진 선생 앞에서 박인수를 치켜세웠다. 주로 그가 얼마나 전도유망한 청년이었는지에 대해서 얘기했다. 회계시스템을 개발한 공로로 동기들 중 가장 먼저 승진했고 헤드헌터의 주목을 받았으며 여러 곳 중 한 곳을 골라 이직할 수 있었다는 얘기였다. 물론 이직에 실패했다는 얘기는 뺐다. 직장을 다니던 시기의 빼어난 업무 실적을, 그 시절 그가 얼마나 엄중한 책임감과 사명감에 사로잡혀 있었는지를 얘기했다. 평소 박인수와 절대로 화제로 삼지 않는 것도 애기했다. 어릴 때 부모가 그에게 쏟은 사랑과 사회적으로 성공을 거둔 그의 동생에 대해서 말이다. 그 말을 하는 동안 박인수가 잠시 과묵해졌다는 것은 미처 생각하지 못했다.

 진 선생에게는 그런 것들만 얘기했다. 그것은 모두 지나간 시절의 얘기이며 그 시절이 다시 돌아올 리 없다는 말은 하지 않았다. 얘기를 하는 동안 누구에게나 빛나는 시절이 있다면 박인수에게는 아마도 그 시절이 아닐까 하는 생각이 들자 좀 애틋해졌다. 그 시절에 대한 기억이 박인수의 나머지 인생을 견딜 만한 것으로 만들어주면 좋겠다고 생각했다. 진심이었다. 박인수는 한때 그 시절을 다시 찾을 수 없다는 것 때문에 나머지 인생까지 망치려 들었으니까. 이곳에서의 생활이 힘을 줄 것이었다. 자신에게는 물론 박인수에게도 이 시절을 누릴 권리가 있었다. 당연히 그것은 전부 세오의 권리이기도 했다.

 그런 기대감 한쪽에는 박인수가 여전히 술 때문에 모든 것을 다시 망칠지 모른다는 한결같은 두려움이 숨어 있었다. 모유진의 기대감이나 두려움과 상관없이 박인수는 한껏 고양되어 있었다. 박인수는 변덕스러운 기질을 숨기지 못해 어떤 날은 진 선생의 모든 것이 못마땅하고 말을 섞기 싫다는 듯 입을 꾹 다물었고 어떤 날은 자신의 과오를 반성하듯 비굴한 태도로 일관했다. 오늘은 달랐다. 진 선생에게 이것저것 질문을 던졌고 재치 있게 대꾸했고 옆 사람이 따라서 유쾌해질 정도로 크게 웃었다.

박인수는 워낙에 수줍음이 많은 성격인 데다 오랜 실패에서 얻은 패배감과 혐오로 주눅 든 태도를 보이곤 했다. 오늘은 그런 모습을 전혀 찾아볼 수 없었다. 활달하면서 진지하고 대범하면서 적극적이었다. 순전히 술이 준 미약한 용기와 감상이라는 건 나중에야 알아차렸는데, 그때 박인수는 이미 손쓸 수 없이 취해 있었다.

술이 가져온 안정과 기쁨은 잠시였다. 박인수는 오랜만에 찾아온 행운을 놓치지 않았다. 그는 애초의 예상과 달리 마실 수 있는 만큼 마셨다. 김 대령이 준 한 병이 거덜 났을 때 진 선생이 벌떡 일어서 현관 밖으로 나가더니 잠시 후 두 병을 더 가져왔다.

"어때요?"

진 선생이 양손에 한 병씩 술을 들고 흔들었다.

"하하하, 그게 뭔가요?"

박인수가 우스워죽겠다는 듯 배를 움켜잡으며 물었다. 모유진은 그제야 냉담함을 되찾고 굳은 표정으로 두 사람을 지켜보았다.

"내가 준비성 하나는 알아주거든요. 기분이 오를 만한데 판을 깨서는 안 돼죠."

"그럼요, 절대로 이 판을 깨면 안 돼죠."

그들은 다시 그 자리에 앉아 안주도 없이 또 술을 마셨다. 두 병이 모두 거덜 나자 모유진이 말릴 새도 없이 아껴 두고 있던 것이라며 진 선생이 다시 한 병을 더 가져왔다. 모유진은 진 선생의 트렁크를 열어보고 싶은 마음을 꾹 눌러 참아야 했다. 마시려고 들면 술은 얼마든지 어디에나 있을 테니까. 그들은 언제라도 현관문을 열고 술집으로 갈 수도 있었다.

그들의 유쾌와 경쾌는 거기까지였다. 박인수는 술에 취할수록 짐짓 멍청이처럼 보이던 쾌활한 말투를 완전히 잃었다. 점차 울먹이며 얘기했고 나중에는 실제로 아이 같은 소리를 내며 울었다. 그는 계속해서 숲에서 무슨 소리가 들린다고 털어놓았다. 모유진이 그저 새소리일 거라고 대꾸했는데, 박인수는 그 무신경한 대답을 계속 비난했다. 그뿐이 아니었다. 아는 사람 하나 없는 이런 산골짜기에 틀어박히게 된 것을, 자신의 잦은 실패를, 지금도 계속되는 부정적인 예감을, 사무실에서의 단조로운 일과를, 벽을 보고 반성문을 쓰는 것처럼 통행인이 하나도 없는 길을 하루 종일 내다보고 있는 막막함을, 자신을 감시하듯 지켜보는 숲의 무시무시함을 두서없이 털어놓았다.

진 선생은 처음에는 꼬박꼬박 대꾸했고, 나중에는 어떤 말에만 대꾸했으나 점차 아무 말도 하지 않게 되었다. 그 역시 술에 취함에 따라 처음의 경쾌함을 잃고 점차 과묵해지고 있었다. 박인수의 끝없는 한탄과 자조를 지루해하는 것처럼 보이기도 했다. 자주 다른 곳을 쳐다봤고 종종 모유진과 눈이 마주치면 술에 취해 붉어진 눈을 얼른 피했다.

박인수는 자신을 애처로워하고 동정하다 못해 이런 처지로 내몬 세상을 저주하기 시작했다. 아까 모유진이 그를 칭찬할 때의 부끄러워하는 태도를 버리고 노골적으로 과대망상을 늘어놓았다. 업무 능력을 과장했고 부당하게 대우하는 사람들에게 비난을 쏟아냈다. 시커먼 나무숲을 바라봐야 하는 일에 대해, 컨테이너로 만든 임시 사무실에서 기껏 일지 한 장 작성하는 일을 하는 것에 분노했는데, 그것은 명백히 진 선생을 겨냥한 것 같았다. 전공을 살리지 못하고 도시에서 멀리 떨어진 산골 마을에 정착하게 된 것에 화를 냈다. 그 모든 일의 원흉이라는 듯 진 선생을 노려보았고 능력을 무시당한 데 욕을 퍼부었다. 하지만 말의 앞뒤가 맞지 않았고 조금만 주의해도 진 선생에 대한 것이라기보다는 자신이 도움을 청했을 때 거절한 사람들 욕이 태반이라는 걸 알 수 있었다.

 이제 곧 박인수는 모유진을 향해 비난을 퍼부을 것 같았다. 그녀는 세오의 말랑말랑하고 따뜻한 손을 잡았다. 아이를 안심시키기 위해서였고 스스로 안심하기 위해서였다. 세오의 자그마한 손은 끈질기게 그녀의 손을 마주 잡아 삶에 안착할 의지를 불러일으켰다. 종종 세오 역시 안심된다는 듯 그녀를 보았는데, 그럴 때마다 자신의 존재가 누군가에게 두려움과 안정을 고스란히 전달한다는 게 의아하게 느껴지기도 했다. 모유진은 자신의 생각을 판단하고 인정하는 데 다소 시간이 걸렸다. 자신이 뭘 원하는지 모를 때가 많았다. 그래서 세오나 박인수가 결정을 바라듯 자신을 빤히 보고 있으면 덜컥 겁부터 났다. 특히 세오가 자신을 보고 있을 때가 그랬다. 세오의 눈을 보고 있으면 검고 순한 눈동자에 마음이 놓이기는 했지만 고통스럽고 걱정스러웠다. 그 눈은 그녀의 불완전한 판단과 결정을 따르겠다는 맹목을 보여줌과 동시에 결과와 책임을 엄중히 묻고 있었다.

"그런 눈으로 보지 마."

무심결에 그렇게 말하고 나서 세오를 살폈다. 세오가 주춤거리며 손을 내밀었다. 세오는 그 말이 무슨 뜻인지 명확히 모르고 슬퍼 보이는 엄마를 위로하려 손을 내민 것 같았다. 모유진은 세오의 작은 손을 마주 잡았다.

세오는 겁에 질리기는 했지만 늦은 시간까지 깨어 있느라 피곤해서인지 모유진이 침대에 누워 안아주자 금세 잠이 들었다. 피곤하기는 모유진도 마찬가지였다. 종일 밖에서 널을 뛰다 들어온 기분이었다. 모유진은 거실에서 여전히 술을 마시는 진선생과 박인수를 두고 방에 들어가 눈을 감았다.

그녀가 고통스러운 비명 소리에 놀라 잠에서 깨어 거실로 나왔을 때, 세오는 계단을 구르듯 뛰어내려오고 있었다. 박인수는 아래쪽으로 쏠리는 몸을 계단 난간을 붙잡아 간신히 의지했다. 몸을 가누지 못할 정도로 취해 있었다. 모유진이 달려갔다. 겁에 질린 세오가 계단에서 넘어져 몇 단을 굴렀다. 조금 늦었다. 모유진이 아이를 안았을 때는 이미 코에서 피가 터져 나오고 있었다. 울음소리가 들렸다. 모유진은 세오가 우는 거라고 생각해 얼굴을 닦아주었다. 메마른 손이 까슬했다. 아이가 아니었다. 모유진은 자신이 운다고 생각했다. 내내 참고 있던 눈물이 터져 나온 것이라고.

울음을 터뜨린 건 박인수였다. 박인수는 계단에 주저앉아 아이처럼 소리 내어 울고 있었다. 울면서 세오 이름을 불렀다. 모유진은 아버지로서 박인수의 진심을 알았다. 많은 경우 진심이 아무런 소용이 없다는 것도 알았다. 진심이 오해를 불러일으키는 경우가 비일비재한데, 지금이 바로 그런 경우였다.

박인수는 모유진이 세오를 안고 방으로 들어가려고 하자 아들에게서 멀어지기 싫다는 듯 계단을 마구 뛰어내려왔다. 그러다가 발을 헛디뎌 몇 단을 굴렀다. 우당탕하는 소리에 놀란 세오가 다시 비명을 질렀다. 오랜만에 듣는 세오의 목소리가 새된 비명이라는 사실에 모유진은 참을 수 없이 화가 났다.

"당신을 믿었어요."

"믿었다는 게 무슨 뜻이야?"

"달라질 거라고 생각했고 달라질 줄 알았어요."

"당신이 날 믿었다고? 언제 그랬어? 당신은 날 의심하기만 했어."

"믿었어요. 당신은 우리를 또 배신했어요."

"또라니. 제발 그 일은 잊어버려."

"잊어버리라고? 어떻게 잊어버려요? 그 일은 지금도 일어나고 있잖아요."

"아무 일도 없었어. 아무 일도. 그저 세오를 보려고 한 거야."

"내가 조금만 늦게 나타났으면 당신은 이번에는 세오를 계단 아래로 떠밀었을지도 몰라요."

"절대 그럴 리가 없어. 내가 왜 그랬겠어? 당신도 알잖아. 내가 세오를 사랑하는 거."

"그래, 알아요. 당신은 세오를 사랑해요. 그것도 아주 많이. 그런데도 당신이 그랬어요. 세오를 벽에 던졌어요."

"그만해. 당신은 매번 그 소리야. 실수라고 했잖아."

"아빠라면 그런 실수는 하지 말아야지."

"당신은 아마 절대로 잊을 수 없겠지. 그렇다면 취한다고 해도 날 비난하지 마. 나는 언제든지 취할 수 있어. 취하지 않으면 못 견디겠어. 취해야 해. 그럴 만한 구실이 있어. 충분히 있다고. 가족이 날 못 믿는데 누가 날 믿어주겠어?"

그렇게 말하면서 박인수는 다시 울음을 터뜨렸다. 모유진은 떨리는 박인수의 어깨를 보며 잠시 마음이 흔들렸다. 미안했다. 심했다는 생각이 들었다. 그가 인생을 망치기 전, 얼마나 자상하고 섬세하고 수줍음 많은 사람이었는지 떠올렸다. 그가 건넨 다정한 말들, 그녀가 떨고 있을 때 내밀어준 따뜻한 손, 서로의 사랑으로 감동받았던 순간, 그가 자신을 그리고 세오를 얼마나 사랑하는지 느꼈던 순간 같은 것을. 그 순간들은 무수히 많았고 아직도 선명하게 떠올랐다. 그녀와 남편 사이에는 그런 순간들이 분명 있었다.

지금은 아니었다. 지금은 그런 순간을 모두 잃었다. 다시 회복할 가능성은 거의 없었다. 모유진은 서글프게 흐느껴 우는 박인수를 두고 안방으로 들어갔다. 박인수의 흐느낌 소리에도 불구하고 잠금장치를 누르는 소리가 유난히 크게 울렸다. 모유진은 똑바로 서려고 했다. 이대로 몸을 구부리거나 누우면 영영 일어나지 못할 것 같았다.

모든 것이 다시 시작되었다. 반복되는 결심과 곧 무산되는 의지, 취기가 주는 과장된 기쁨과 제어할 수 없는 슬픔, 극복되지 않는 고통 같은 것들이.

14

무슨 소리일까. 새 한 마리가 공중에서 잠시 멈추었다가 나무 숲으로 사라지는 걸 바라보다가 사무장은 정체 모를 소리에 마음을 빼앗겼다. 천둥이 치는 것 같기도 하고 드넓은 조선소에서 들릴 법한 소리 같기도 했다. 멀리서 들리는 것이어서 분간하기 어려웠다. 아무려나 숲의 독특한 소리에 대해서라면 사무장은 아는 게 없었다. 관리사무실 쪽으로 다가가자 소리는 더 복잡하고 심해졌다. 가까이 가서 유리창을 두드리고 나서야 사무실에서 새어나오는 라디오 소리가 숲의 소음과 섞였다는 걸 알았다.

박인수는 사무장이 유리창을 한참 두드리는 것도 모르고 멍하니 책상을 보고 있었다. 그러다 문득 고개를 들었고 그제야 유리창 밖에 사람이 서 있는 걸 보았다. 라디오 소리가 워낙 커서 유리창 두드리는 소리를 못 들었다. 사무장은 라디오를 가리키며 볼륨을 줄이라는 시늉을 했다. 박인수가 얼른 볼륨을 줄이고 창을 열었다.

"날씨가 늘 이런가요?"

사무장이 소리쳐 물었다. 그렇게 하지 않으면 들리지 않을 것 같았다. 의자에서 몸을 일으켜 창 쪽으로 다가온 박인수도 소리쳐 대답했다.

"이 정도야 보통이지요."

"꼭 배고픈 짐승처럼 바람이 부는군요. 안으로 들어가도 됩니까?"

"못 들어가요. 입산금집니다."

"박인수 씨를 보러 왔습니다."

"저를요?"

"좀 들어가겠습니다."

박인수가 대답도 하기 전에 사무장은 성큼 유리창 앞에서 사라져버렸다. 박인수는 창을 닫았다. 바람에 펄럭이던 책이 잠잠해졌다. 사무장이 창을 두드렸을 때 멍하니 스도쿠 책을 들여다보고 있었다. 문제를 푸는 건 아니었다. 그저 숫자의 연쇄를 바라보는 정도였다. 바람에 일렁이는 숲은 사무장 말대로 배고픈 짐승처럼 사나웠는데, 그런 숲을 쳐다보지 않으려고 책에 시선을 둔 것이었다.

간혹 책장을 앞쪽으로 넘겨 전임자의 숫자체를 살펴보기도 했다. 숫자체에는 일관성이 없었다. 한 사람이 쓴 것처럼 보이기도 하고 두 사람 이상이 쓴 것 같기도 했다. 연필을 꾹꾹 눌러 쓴 것도 있고 떨리는 손으로 힘겹게 쓴 것도 있었다. 숫자를 쓰는 방식이나 크기도 조금씩 달랐다. 이런 차이가 전임자의 다른 감정 상태를 나타내거나 두 사람 이상의 서체라는 걸 알려주는 것일까. 확신할 수 없었다. 애초부터 이 책의 주인은 전임자가 아닐 수도 있었다. 그가 가지고 있지만 그가 책의 임자가 아니듯이.

답이 틀린 걸 찾아내기도 했다. 얼핏 보아서도 알 수 있는 것이었다. 빈칸에 모두 같은 숫자가 적힌 페이지도 있고, 색칠 공부하듯 빈칸을 검게 칠하거나 빗금을 쳐놓기도 해서 딱히 문제를 풀려는 의지가 없어 보였다. 박인수는 전임자가 이런 식으로 오답과 무의미한 숫자를 써가며 시간을 보냈으리라고 생각했다. 그가 할 일 없이 다른 사람이 푼 스도쿠 문제를 바라보며 시간을 보내는 것처럼.

문이 열리자 바람이 몰아닥쳐 책상 위에 놓아둔 책이 사납게 펄럭이다가 문을 닫자 이내 잦아들었다. 박인수는 의자에 앉은 채로 사무장을 맞았다.

"누구십니까?"

"박인수 씨죠?"

"날 어떻게 압니까? 제가 유명한 사람도 아닌데요."

"우리한테는 꽤 유명합니다."

"우리요?"

박인수는 방문객이 내미는 명함을 보고 그가 말한 '우리'가 누구인지 알아차렸다. 명함은 은회색빛이 나는 종이였고, 천칭 무늬 로고가 왼쪽 상단에 박혀 있었다.

"변호사님과 같은 곳에 계시는 분이군요."

"네, 사무장 일을 보고 있습니다."

박인수가 책장 옆에 있는 간이 의자를 가지고 왔다. 의자를 내어주는 박인수의 손이 떨렸다.

"이쪽으로 앉으십시오."

"네, 고맙습니다."

"사고 얘기는 들었습니다."

"갑작스럽게 일어난 일이지요."

"놀랐습니다."

"사고가 나고야 안 건데, 이 마을이 교통사고 사망률이 꽤 높습니다."

"트럭이 많기는 합니다. 뺑소니라지요?"

"네, 목격자도 없고 목격자를 찾는다는 현수막도 안 걸려 있고, 아무리 수사 요청을 해도 스키드 마크 찍어둔 게 고작이니, 잡을 수 있으려나 싶습니다."

"목격자가 없답니까?"

"경찰 말로는 그렇답니다."

"그래도 잡으셔야지요."

"시간이 걸리기는 하겠지만, 꼭 그래야지요."

"여기는 어쩐 일입니까?"

"경찰서에 왔다가 들렀습니다. 사건 담당 경찰과 신고자를 만나러 왔습니다."

"그러셨군요."

"혹시 변호사님 형님에 대해 알게 된 게 있다면 제게도 알려달라고 찾아왔습니다."

"전임자가 있단 얘기도 그날 처음 들었는걸요."

"알고 있습니다. 전화로 말씀해주셨습니다. 전임자를 전혀 모르더라고 말입니다. 혹시 그 이후에 알게 된 게 없나 해서요."

"죄송해요. 물어본다고는 했는데, 미처 그럴 겨를이 없었습니다. 몸이 좀 안 좋았고 사고가 났단 얘길 들어서 소용없는 일이라고 생각했습니다."

"괜찮습니다. 박인수 씨가 알아볼 일은 아니니까요. 그러면 제가 직접 그분을 만나봐도 됩니까?"

"그게 나을 수도 있겠군요. 제가 묻기에는 편치 않은 게 있어서요."

"그러실 거라고 생각했습니다."

박인수는 메모지를 꺼내어 진 선생의 이름과 전화번호를 적어주었다. 종이를 받아 든 사무장이 고개를 갸웃했다.

"진이라고요?"

"네."

"키가 이 정도 되고 목소리는 작고, 그렇습니까?"

사무장이 어깨께에 손을 가져다 대고 물었다.

"저보다 조금 작기는 합니다."

"여기 연구소에 근무합니까?"

"네."

"방금 만나고 온 사람인지도 모르겠습니다."

"방금요?"

"사건 담당 경찰과 함께 만났습니다. 최초 신고자라고 했어요."

사무장은 사고를 당한 날 이하인이 벌목꾼을 관리하는 사람을 만나기로 한 것을 기억했다. 그렇지 않아도 연구소를 찾아가 그 사람을 만나보려던 참이었다. 그런데 경찰에서 만난 진은 사무장에게 이하인을 처음 보는 사람이었다고 했다.

"말이 많은 사람이 아니었어요. 게다가 어찌나 유머 감각이 없던지. 변호사님이 엄청나게 피를 흘렸다는 것만 계속해서 말하는데…… 아이고, 죄송합니다. 그걸 상상하니, 참기 힘들어서 그럽니다. 진 선생이라는 분이 그날 술집에서 술을 먹고 있었다고 했어요. 변호사님이 술에 취해서 비틀거리며 가게를 나갈 때부터 보고 있었답니다. 낯선 사람이라서 보게 되었답니다. 그런데 잠시 후 도로 쪽에서 무슨 소리인가가 들렸답니다. 이상해서 술집 주인에게 무슨 소리를 듣지 못했느냐고 물었는데, 주인은 못 들었다고 했답니다. 다른 사람들도 다들 술에 취해서 관심이 없어 보였고요. 다시 앉아서 술을 먹다가 아무래도 이상한 생각이 들어 나와봤다고 합니다. 그랬더니 변호사님이 쓰러져 있었다고요."

"변호사님이 많이 취하셨나 봅니다."

"평소에 그렇게 몸도 못 가눌 정도로 술을 먹지는 않았는데 말입니다. 혹시 그 술집은 가보셨습니까? 상점가 초입에 있는 술집요."

"아니요, 안 가봤습니다."

"그러면 그 시끄러운 술집에서 도로를 지나가는 차 소리가 들리는지 아닌지 모르시겠군요."

"네? 무슨 말입니까?"

"아, 아닙니다. 그냥 혼자 해본 말입니다."

사무장은 진을 먼저 내보내고 담당 경찰에게 그 점을 조사해달라고 말했는데, 경찰이 과연 그 일을 해줄지는 의문이었다. 경찰은 신고자인 진의 진술 진위 여부에 대해서는 조금도 의심하지 않았고 사무장이 뭔가 의문을 제기하면 진보다 나서서 사무장을 설득했다.

"같은 분이라면 다음에 만나기도 수월하시겠네요."

"이 번호로 전화를 걸어보겠습니다. 같은 분인지 아닌지 알 수 있을 테니까요."

사무장이 박인수에게 받은 번호를 눌렀다. 신호가 갔지만 전화를 받지 않았다.

"안 받습니다. 뭐, 괜찮습니다. 경찰에게 신고자 연락처를 물어서 확인해보면 되니까요. 그런데 진이라는 분, 기억력이 좋습니까?"

"특별히 좋다거나 나쁘다고 생각할 만한 일이 없었어요. 그건 왜요?"

"경찰에 신고할 때 문서를 작성해둡니다. 오늘 제게 진 선생이 한 말이 문장 순서나 단어 선택에 있어서 진술서와 거의 일치합니다."

"그게 이상한 건가요?"

"꼭 그런 건 아닙니다. 보통은 말할 때마다 진술하는 순서가 달라지거나 표현이 달라지기는 합니다만, 기억력이 좋다면 자기가 한 말을 그대로 하는 것도 가능합니다."

"기억력은 몰라도 세심하고 꼼꼼한 분이에요. 사택으로 이사 올 때 미리 청소도 다 해주셨어요."

"배려심이 많은 모양이군요."

"배려심이라고도 할 수 있겠네요. 다른 사람이 뭐가 필요한지 상상하는 능력이 뛰어난 분이니까요."

"그렇게 생각할 만한 일이 있었습니까?"

박인수는 진 선생이 들고 온 술을 떠올렸으나 사무장에게는 대답하지 않았다.

"형님이라는 분이 관리인이었던 건 맞습니까?"

사무장이 쳐다보는 걸 의식하고 박인수가 떨리는 손을 감추기 위해 두 손을 마주 잡았다. 가까운 거리에 있었다면 손등의 도드라진 혈관이 보일 정도였다.

"확실한 기록이나 증거는 없지만, 정황상으로는 그렇습니다."

"만약에 전임자라면 말입니다. 전임자가 실종됐다는 게 유쾌한 일은 아닙니다. 동생이 실종된 형을 찾으러 왔다가 교통사고를 당한 것도 그렇고요. 생각할수록 영 찝찝합니다."

"박인수 씨 입장에서는 그럴 수도 있겠군요."

"전에는 변호사가 왔고 그다음엔 사무장이 왔습니다. 사무장 다음에 경찰이 올지 누가 올지는 모르겠지만, 그게 누구든 저보다는 전임자의 실종을 조사하기가 더 나을 겁니다. 죽기는 했지만 어쨌거나 변호사 아닙니까?"

박인수는 스스로도 왜 그러는지 모르는 채 딱딱하게 굴었다. 화가 난 것은 아니었다. 불현듯 전임자와 그 동생에게 벌어진 일이 불길하게 여겨졌다. 전임자와 관련된 사람들의 불행을 계속 들어야 하는 상황이 내키지 않았다. 사무장은 아무 말도 하지 않았다. 박인수도 잠자코 있었다. 정적이 흘렀다. 고요한 정적은 아니었다. 숲에 이는 바람처럼 차갑고 거친 정적이었다.

잠시 후 사무장이 작게 한숨을 내쉬고 대답했다.

"네, 맞습니다. 이 일은 박인수 씨와는 전혀 상관없는 일입니다. 제가 잠시 잊고 있었습니다. 뭐, 이제는 죽어버렸으니 변호사라는 것도 소용없지만, 생전에 변호사였던 게 도움은 될 겁니다. 어쨌거나 우리가 도움을 받을 수 있는 변호사는 이천 명도 넘고, 경찰만 해도 구만 명이 넘을 테니까요. 그 많은 사람들이 도대체 뭘 도와줄까 싶지만 말입니다. 어찌 된 일인지 이 마을에는 경찰서고 파출소고 지서고 하나도 없습니다. 경찰이 필요 없는 마을인가 봅니다. 그만큼 안전하다는 소리일 수도 있고 다른 이유가 있을 수도 있겠죠. 작은 지방 신문사조차 없어서 뺑소니 사고는 아예 기사로 실리지도 않더란 말입니다. 박인수 씨 말이 맞습니다. 이 일은 명백히 경찰이 할 일입니다. 게다가 우리는 쉽게 경찰의 도움을 받을 수 있는 입장입니다. 결코 박인수 씨에게 도움을 바랄 일은 아닙니다."

사무장이 천천히 자리에서 일어섰다.

"안녕히 계세요, 박인수 씨. 만나서 반가웠습니다."

"네, 안녕히 가십시오."

박인수는 긴장한 얼굴로 사무장이 문을 열고 나가는 걸 지켜봤다. 사무장이 말한 것 중 한 가지 사실은 분명했다. 변호사의 교통사고는 지역 신문에 한 줄도 나오지 않았다.

사무장은 차를 타기 전 하늘과 대지를 잠식한 숲을 돌아보았다. 숲은 그가 접근할 수 없을 정도로 어마하게 큰 덩어리로 뭉쳐진 채, 대낮인데도 검은 그림자를 깊숙이 내밀고 있었다. 그 거대한 숲을 바라보고 있자니 문득 그가 알아야 할 것은 지금은 없는 한 사람의 일이 아니라 저 숲에서 일어나는 일인지도 모른다는 생각이 들었다. 스무 발짝만 들어서도 방향감각을 완전히 잃어버릴 정도로 깊은 미로가 된다는 저 숲 말이다. 갑자기 한기가 느껴진 사무장은 옷을 여미고 얼른 차에 올라탔다.

15

 불을 끄자 사무실은 검은 밤의 계류장처럼 어둡고 고요해졌다. 바람이 불 때마다 굉장한 소리가 사무실을 휘감았다. 숲이 큰 짐승이 되어 통곡하듯 바람 소리를 쏟아냈다. 창문과 문이 사정없이 덜컹거리며 흔들렸다. 누군가 끊임없이 문을 열어달라고 조르는 것 같았다. 박인수는 문을 모두 잠가뒀다.
 어둠과 일체를 이룬 숲은 하늘과 공기와 대지를 잠식하고 있었다. 그는 어두컴컴한 숲으로부터 눈을 돌렸다. 숲이라면 진작부터 지겨웠다. 지겹다기보다는 무서웠다. 사무실에서 숲을 보고 있으면 자신이 숲을 보는 게 아니라 숲이 자신을 지켜보는 것만 같았다.
 숲이 지켜보다니. 그럴 리 없는 걸 알면서도 나무들이 으스스 소리를 내며 바람에 흔들릴 때나 새들이 요란하게 울며 갑자기 상공으로 몸을 날릴 때, 한 번도 본 적 없는 짐승의 소리나 정체 모를 소리가 들려올 때는 몸을 긴장하며 일으켜 세웠다. 숲의 빼곡한 나무나 밀도 높은 공기, 바람이 불 때마다 흔들리는 게 전부인 잡풀과 울부짖는 새, 번식에 몰두하는 온갖 종류의 벌레와 동물 들이 임시 가설물에 그를 가둬놓고 행태와 습성을 지켜보는 느낌이었다.

그 느낌은 숲이 언제나 다수라는 데에서 오는 것이었다. 숲은 무수히 많은 나무들과 수많은 새와 벌레 들, 잡풀과 소형 포유동물과 균류의 집합으로 이루어진 곳이었다. 바람이 불면 어느 한 그루의 나무가 흔들리는 것이 아니라 일군의 나무가 흔들렸고 나무를 따라 잡풀과 균류가 흔들렸고 새 떼가 날아올랐으며 종내 숲 전체가 흔들렸다. 숲은 복수였고 전체였다. 반면에 그는 늘 혼자였다. 바람이 불면 얇은 옷을 여미고, 낯설고 으스스한 새소리가 들리면 귀를 틀어막고, 숲이 그늘을 드리우면 사무실의 형광등 불빛으로 어둠을 견디는 수밖에 없었다.

사무장이 다녀간 후 박인수는 심란한 마음으로 앉아 있다가 그만 퇴근 시간을 지나쳐버렸다. 일전에 몸살기가 있어 조퇴를 했을 때를 제외하고 퇴근 시간을 지키지 않은 적이 없었다. 진 선생은 오히려 일찍 퇴근해도 좋다고 너그러이 말하는 편이었지만 한 번도 근무 시간을 어긴 적은 없었다. 박인수는 자신이 제공할 수 있는 노동력이 '시간'이라는 걸 어렴풋이 깨닫고 있었다.

이렇게 완벽한 어둠에 둘러싸인 채 사무실에 남아 있는 것은 처음이었다. 더 어두워지면 자전거를 타고 내려가기 힘들었으나 좀처럼 몸을 일으킬 수 없었다. 그가 선뜻 사무실을 떠나지 못한 것은 퇴근 무렵 걸려온 사무장의 전화 때문이었다. 사무장은 마을로 내려가 담당 경찰과 통화를 한 후 박인수에게 전화를 걸었다. 교통사고 신고자와 박인수의 업무 관리자, 사고 나던 날 변호사가 만난 연구소 직원이 모두 동일인이라고 했다.

"그게 무슨 의미인가요?"

사무장의 말을 듣고 박인수가 물었다.

"글쎄요, 진이라는 사람이 일을 많이 한다는 의미겠지요."

"네?"

"아직 모릅니다. 미약한 관련성만 찾았을 뿐입니다. 그저 우연인지도 모르고요. 어쨌든 진이라는 분, 흥미롭습니다."

사무장의 전화를 끊은 후, 박인수는 불쑥 변호사에게 받은 명함과 사진을 떠올렸다. 아내가 실종된 사람 사진을 가지고 있는 게 내키지 않는다고 했던 말도 떠올랐다. 명함은 버리고 사진은 불태우거나 찢어버리는 게 좋을 것 같았다.

책상은 서랍이 총 네 개였는데, 가운데 하나, 오른쪽으로 세 개의 서랍이 수직으로 나란히 놓여 있었다. 그중 가장 큰 가운데 서랍에 일지와 산림관리규정집 같은 책자를 넣어두었다. 오른쪽 첫번째 서랍에는 필기도구와 문구류, 그때그때 할 일을 적어둔 소소한 메모 따위를 넣어두었다. 두번째 서랍은 비어 있었고, 세번째 서랍에는 칫솔과 치약, 무릎 담요 같은 것이 들어 있었다. 변호사의 명함은 텅 빈 두번째 서랍에 넣어두었다고 생각했다. 확신하는 것은 아니었다. 무의식적으로 하는 일이 늘 그렇듯 정확하지는 않았다.

명함과 사진은 서랍 어디에도 없었다. 여러 번 뒤져봐도 마찬가지였다. 그는 조금 당황했다. 처음 생각과 달리 꼭 찾아야 할 것 같았다. 혹시 뒤쪽으로 넘어갔나 싶어 서랍을 책상으로부터 분리해보았다. 바닥에는 먼지가 뽀얗게 쌓여 있었다. 먼지 더미 위에 떨어진 것들을 손으로 쓸어 끄집어냈다. 몇 자루의 볼펜과 빈 종이, 찢어진 스도쿠 문제지 한 페이지가 나왔다. 책을 가지고 와 맞춰보니 찢어진 페이지에 꼭 들어맞았다. 먼지를 털어 책 사이에 끼워두려는데 여백에 희미하게 뭔가 적힌 게 눈에 띄었다.

숲에부엉이가산다

박인수는 그것을 소리 내어 읽어보았다. 숲에 부엉이가 산다니. 난감한 문장이었다. 부엉이가 숲이 아닌 다른 곳에 산다고 했으면 남다르게 읽혔겠지만, 숲에 부엉이가 사는 것은 당연한 일이었으니까.

그러나 그 당연한 문장을 여러 번 되풀이해 읽어나가는 동안 박인수는 참을 수 없이 외로워졌다. 자신이 검은 나무숲에 숨죽여 앉은 부엉이같이 느껴졌다. 바람이 불면 무거운 날개를 쳐올려야 하는 부엉이가 된 것 같았다. 사방을 감시하며 머리통을 돌려 눈을 굴리는 부엉이 같았다. 가까운 곳에는 없는, 먼 곳에 있어 간혹 눈에 띄는 먹이를 하염없이 기다리는 부엉이 같았다.

박인수는 외롭고 외로워서 사무실 불을 모두 끄고 어둠 속에 웅크리고 앉아 그 문장을 읊었다. 매몰된 기억이 떠오르듯 죽은 이하인의 말이 서서히 떠올랐다. 전임자가 동생과의 전화통화에서 실패한 후 어머니에게 전화를 걸어 울먹이며 했다던 말이. 이하인의 형은 어둠 속에 앉아서 아무도 특별하게 생각하지 않는 그 문장을 썼을지도 모른다. 아마 이처럼 깊고 어두운 밤, 컨테이너 박스로 만든 사무실에 앉아 있노라면 부엉이 울음소리가 들리기도 했을 테니까. 어두컴컴한 숲에서 부엉이가 운다는 건 너무도 당연해서 그걸 두렵게 느끼는 게 오히려 외로움을 키웠을 테니까.

박인수는 그 문장을 여러 번 반복해서 읽었다. 처음 읽었을 때의 외로움은 차츰 두려움으로 바뀌었다. 왜 그러는지는 알 수 없었다. 책상 서랍에 넣어둔 게 분명한 전임자의 사진이 없어져서인지도 몰랐다. 박인수는 벌떡 일어섰다. 어둠 속에서 하염없이 그 문장을 외자 목이 타고 손이 떨리고 몸이 움츠러들었기 때문이었다.

그가 막 몸을 돌려 나가려는데, 문틀이 희미하게 빛으로 둘러싸였다. 밖에서 누군가가 사무실 쪽으로 불빛을 비추고 있었다. 누굴까. 왜 한밤의 사무실에 찾아온 걸까. 전임자의 사진을 가져간 것도 이 사람일까. 그렇다면 이제는 뭘 가지러 온 것일까. 문틈으로 스며든 빛이 이번에는 절지동물처럼 어둠 속에 홀로 서 있는 박인수를 오르내리락했다. 실제로 빛이 와 닿지 않았는데도 그런 느낌이 들었다. 박인수는 다시 의자에 주저앉았다. 다리가 후들거려 서 있기 힘들었다. 내내 어둠 속에 묻혀 있는 것 같아 두려웠는데, 이제는 빛이 그를 두렵게 했다.

조심스럽게 문고리를 돌리는 소리가 났다. 잠겨 있는지 확인하는 것 같았다. 바람이 건드린 것은 아니었다. 누군가 안으로 들어오기 위해 문고리를 돌렸다. 박인수는 뚫어져라 문 쪽을 보았다.

아내와 세오가 떠올랐다. 문밖에서 손전등을 들고 있는 사람이 자신을 전임자와 같은 미지의 운명으로 만들지도 모른다는 생각 때문이었다. 변호사에게 전임자 얘기를 들을 때만 해도 자신과 상관없는 사람의 불행이라 여겼다. 심지어 가족에게도 버려진 한 나약한 개인의 실종에 지나지 않는다고 생각했다. 그런데 칼날처럼 날카롭게 스며드는 빛을 보고 있자니 전임자의 운명이 자신과 별반 다르지 않게 여겨졌다.

피할 수 있다면 피하고 싶었다. 아니다. 자신은 이제껏 잘도 피해만 왔다. 이번에는 싸워볼 작정이었다. 언제까지 숨어만 있을 수는 없었다. 그렇게 생각한 것은 피할 데가 없어서이기도 했다. 숨고 싶었으나 어디에도 숨을 데가 없었다. 그는 벌떡 일어났다. 문을 열고 들어오는 사람을 기습할 생각이었다. 지금으로서는 그게 최선이었다. 몸을 일으키다 책상 위에 있는 머그잔을 건드렸는지 바닥으로 떨어지면서 요란한 소리가 났다. 그 소리는 그에게 문밖의 정체 모를 사람과 맞서 싸우는 것보다 더 좋은 방법이 있다는 걸 알려주었다.

박인수는 책상 위에 있던 스도쿠 책을 문 쪽으로 던졌다. 그 다음에는 제법 두꺼운 산림관리규정집을 던졌다. 보이지 않았으나 두께와 크기로 짐작건대 그런 것들을 내던지고 있었다. 어둠 속에서 손에 잡히는 대로 사무용품을 던졌다. 의자를 들어 벽 쪽으로 내동댕이쳤다. 일부러 발걸음 소리를 내어 성큼성큼 걸었다. 내친김에 주먹을 쥐고 문을 쾅쾅 두드렸다. 자신이 만들어낸 요란한 소리들이 용기를 북돋웠다. 누군가 문을 열고 들어선다면 그게 누구든 얼굴을 마주 보리라.

그러는 동안 문밖에서 비추던 빛이 흔들리다가 어느 순간 사라져 더 이상 보이지 않았다. 빛이 사라진 데 확신이 들 때까지 기다렸다가 불을 켰다. 난장판이 된 사무실이 모습을 드러냈다. 의자가 내동댕이쳐지고 온갖 사물들이 바닥에 떨어져 있었다.

박인수는 빛이 스미던 문 너머를, 주저하듯 빛이 흔들렸던 문 너머를, 이제는 빛이 자취를 감춘 문 너머를 고요히 응시했다.

16

 사택이 가까울 무렵 박인수는 멈춰 서서 뒤쪽을 보았다. 불확실한 환영 앞에서 끊임없이 갈등하는 데 신물이 느껴질 정도로 걸음이 더뎠다. 조금 가다 말고 자전거를 세워놓고 숲을 돌아보는 일을 계속했다. 매번 무슨 소리인가 들렸다. 바람 소리나 깊은 계곡의 물소리, 숲에 사는 야생동물의 울음소리만은 아니었다. 그 모두를 합한 소리일 수도 있지만 그보다는 난데없는 기계음에 가까웠다.

 자전거 헤드라이트 불빛이 그가 가야 할 도로를 비추었다. 빛의 길이가 유독 짧았다. 앞으로 나아가면 나아갈수록 뒤로 물러서거나 제자리에 멈춰 있는 느낌을 주었다. 다행이기도 했다. 사택으로 가는 길이 평소처럼 순조로웠다면 난데없는 방문객을 생각하느라 괴로웠을 것이다. 멈추거나 뒤로 물러서는 느낌 때문에 기계적으로 다리를 움직이다 보니 사택에 도착하는 것 외에는 어떤 것도 중요하지 않다는 생각이 들었다. 박인수는 자전거 페달이 도로를 지그시 누르는 규칙적인 소리에 집중하며 누군가 한밤의 사무실에 들어오려다 돌아간 사실을 잊으려고 애썼다.

 오래 걸려 도착한 사택은 불빛 하나 없이 어두컴컴했다. 아내와 세오는 시내에 있는 보건소에 갔다. 처방전을 받아 세오의 약을 타는 날이었다. 그는 자전거를 세워두고 집 안으로 들어갔다. 현관문을 열고 들어서자 긴장이 풀렸는지 온몸이 사정없이 떨렸다. 그는 몸에 힘을 주고 어색하게 발을 내디뎌 부엌으로 갔다. 흔들리는 몸을 식탁 모서리에 의지해 견뎠다.

떨림을 잠재우기 위해 숲길에서 자신을 뒤따르는 자가 아무도 없었다는 걸 상기했다. 그러나 문틈으로 스며들어 불안하게 흔들리던 불빛이나 실종된 전임자, 숲에서 들리는 기계 소리 같은 것들이 뒤죽박죽 떠올랐다. 그것은 그동안 나름대로 잘 유지해왔던 감각을 무너뜨렸다. 두려움이 그를 묘한 마취 상태에 휩싸이게 만들었고, 잠재되어 있던 감각을 일깨웠다.

박인수는 힘겹게 의자에 앉았다. 참아야 한다는 생각과 참지 못하겠다는 강박과 참고 말고 할 것도 없이 마실 술이 하나도 없을 거라는 생각이 그를 좌절시켰다. 물컵을 쥘 수도 없을 만큼 손이 떨렸는데, 그 때문에 과거의 모든 것이 단 한순간도 멀어진 적 없다는 것을, 흔들리고 내던져지고 부서질 듯 연약한 순간과의 결별은 불가능하다는 것을 깨달았다. 세계란 애당초 그런 것이며 언제든 쉽게 표정을 바꾸었다. 바로 지금처럼. 이런 식의 삶이라면 술을 마시는 것과 마시지 않는 게 무엇이 다르단 말인가.

76일간의 금주가 이미 깨졌다는 좌절이 그런 생각을 거들었다. 진 선생과의 음주는 그에게 활력을 주었으나 동시에 조금도 달라지지 않았다는 절망도 선사했다. 그날 진 선생과 술을 마시지 않았다면 그는 760일이나 7,600일간 금주를 할 수도 있었다. 무궁한 가능성을 단 한 번의 음주로 잃었다. 그날 이후 7일이 흘렀다. 7일. 알코올의존도가 높은 사람이 신체적으로 금주를 선언할 만한 시간이었다. 아내의 권유에 따라 몇 곳의 클리닉을 거쳤을 때, 걱정이 몸에 밴 상담사들이 말했다. 7일만 견뎌보세요. 그럼 새로운 하루가 시작됩니다.

오늘이 꼭 7일째였다. 내일은 그에게 새로운 하루가 될 것이다. 그것은 오늘은 아직 낡은 하루, 옛것인 하루, 말하자면 이전과 다름없는 하루라는 말이었다. 아직 새로워지지 않았다는 것이 다행이었다. 내일은 새로운 하루가 될 테니, 오늘은 이전과 같이 지내면 되는 것이었다. 아무 때나 사무실에 손전등을 든 사람이 침입하는 건 아니니까. 내일부터 다시 7일을 헤아리면 될 것이었다. 이번에도 7일을 견뎠으니 다시 7일을 견디는 건 훨씬 수월할 것이다. 더구나 그에게는 무한한 7일이 있었다.

박인수는 닥치는 대로 부엌을 뒤졌다. 얼마 전 진 선생과 마시고 남은 술이 있을 터였다. 그날 그들은 반 넘게 술을 남겼다. 남은 술의 행방은 전적으로 아내 몫이었다. 아내는 그것을 버렸을지도 모르고, 그랬을 가능성이 높고, 만약 그의 눈앞에서 버렸더라도 만류할 수 없었을 테지만, 그렇더라도 어쩌면.

박인수는 희망을 버리지 않고 싱크대 수납장과 서랍장, 그릇장을 열어보았다. 냉장고와 여기저기에 놓인 각종 바구니와 상자를 일일이 들춰보았다. 크기별로 쌓아놓은 냄비를 죄다 꺼냈고 겹쳐놓은 프라이팬 사이까지 모두 확인했다. 각종 크기의 양념통과 즉석 식품들을 꺼내보았고 뚜껑을 열어 냄새를 맡아보았다. 다용도실과 보일러실을 뒤졌고, 소용없는 줄 알면서 옷장 속도 보았다.

원하는 것은 어디에도 없었다. 박인수는 참담한 심정으로 온갖 살림살이로 난장판이 된 부엌을 둘러보았다. 부엌에 그가 먹을 수 있는 것, 먹어야 하는 것은 단 하나밖에 없었다. 식탁 위 유리그릇에 담긴 밍밍한 쌀죽 한 그릇이 그것이었다. 아침에 체기가 있다고 했더니 아내가 끓여둔 것이었다.

죽은 먹기 위한 것이라기보다는 도배를 위해 쑤어놓은 것처럼 딱딱하게 뭉쳐 있었다. 그는 식탁에 앉아 차가운 죽을 천천히 입속으로 밀어넣었다. 죽을 삼키는 일이 고된 노동처럼 느껴졌으나 멈추지 않았다. 뭔가 목구멍으로 넘기지 않는다면 혀를 깨물어 피라도 토할 것 같았다.

소처럼 느릿느릿 입에 든 죽을 씹고 있을 때 삐걱거리며 철문이 열리는 소리가 들렸다. 오랫동안 열지 않아 녹슨 문을 억지로 밀어젖히는 소리였다. 희미한 소리였지만 분명했다.

그러나 이내 상심했다. 다시 귀를 기울이니 아무런 소리도 들리지 않았다. 기대를 좌절당해 예민해진 오감이 그를 괴롭히려고 작당했다. 귀가 제멋대로 만든 소리였다. 잠에서 깼을 때 어린 시절의 소곤거리는 소리를 들었던 그날처럼. 악몽이 되살아나고 있었다. 실패한 자제력, 반복되는 결심, 실재 없는 감각의 환영 같은 것들이. 이제 곧 개미가 몸을 기어오르며 간지럽히고 귓속을 파고들듯 소음이 계속되고 누구도 발설한 적 없는 악담이 끊임없이 들려오고 사방에서 지독한 악취가 나고 날파리가 눈앞에서 뱅뱅 돌 것이다.

그를 안심시키듯 다시 소리가 들려왔다. 아까의 소리와 달리 길게 바닥을 끌다가 주저 없이 문을 열어젖히는 소리였다. 금속성의 커다란 기계가 바닥에 끌리는 소리도 들렸다. 힘을 모아 뭔가를 운반하는 정렬된 발걸음 소리도 있었다. 그는 숟가락을 내려놓았다. 불을 끄고 마당 쪽으로 난 덧문의 커튼을 내렸다. 커튼 뒤에 숨어서 바깥의 소리에 귀를 기울였다.

이번에는 뭔가 웅성거리는 소리가 났다. 목소리를 낮춰 떠드는 사내들의 소리, 바람이 불 때마다 열린 철문이 조금씩 밀렸다가 제자리로 돌아오는 소리, 운동화를 신고 자갈 섞인 뒷마당을 걸어 다니는 소리 같은 것이었다. 그 소리 사이로 나무숲에 이는 바람 소리, 잎이 다 떨어진 교목 가지들이 서로 부딪치는 소리, 알 수 없는 기계 소리 같은 게 섞였다.

소리는 잠시 들리다가 잠잠해지고 이내 다시 들려왔다. 가까운가 하면 멀고 먼가 싶으면 가까웠다. 정체를 알 수 없는 소리가 원근이 뒤죽박죽인 채로 이어지자 문득 정말 소리가 들리기는 하는 것일까 싶었다. 아무 소리도 들리지 않는 건 아닐까. 기대가 좌절되자 심술 맞아진 두 귀가 그를 골탕 먹이는 것이라면.

어느 때보다도 절실하게 아내가 보고 싶었다. 아내가 있었다면 믿을 수 없는 자신의 감각 대신에 아내가 뭔가 말해주었을 텐데. 그게 무엇이든 아내의 말을 믿었을 텐데.

말소리를 내는 사내들은 도둑인지도 몰랐다. 사택은 곁에서 보면 오래된 자산가의 별장 같은 느낌을 풍기므로 뭔가 훔칠 게 있다고 생각할 수 있었다. 지하실부터 터는 도둑이라면 그 솜씨는 안 봐도 뻔하지만. 그는 칼을 겨눈 강도와 대면한 듯 겁에 질려 숨소리를 내지 않으려고 애쓰면서 가만히 서 있었다. 어설픈 도둑이 집주인에게 들키고 홧김에 칼을 휘두르는 법이었다. 서툴수록 솜씨를 숨기기 위해 무모한 짓을 저질렀다.

덧문에 붙은 유리창이 바람에 흔들리는 소리를 듣고서야 부엌이 숨어 있거나 적을 상대하기에 적당하지 않다는 걸 깨달았다. 지하실에 있는 사내들이 집 안으로 들어온다면 분명 이 문을 이용할 것이다. 덧문은 마당과 가까운 데다 간단한 방식의 걸쇠로 잠겨 있었다. 몸집 좋은 사내가 힘을 줘 걷어차면 바로 열릴 것이었다.

박인수는 기대고 있던 덧문에서 몸을 떼고 살금살금 안쪽으로 움직였다. 어둠 속에서의 주의력은 믿을 수 없었다. 부엌 바닥에는 술을 찾으려고 찬장을 뒤지면서 꺼내놓은 살림살이들이 어수선하게 놓여 있었다. 그것들을 밟지 않으려다 식탁 모서리에 부딪혔고 몸이 기울지 않도록 식탁을 짚다가 반도 먹지 않고 놓아둔 죽 그릇을 건드렸다. 그릇은 큰 소리를 내며 바닥에 떨어졌고, 무엇인가에 닿았고, 깨졌다. 그 순간 그가 고작 생각한 것은 카펫이 있었다면 죽이 스미는 것 말고는 어떤 일도 일어나지 않았으리라는 것이었다.

잠시 동안 그대로 서 있었다. 바람이 불 때마다 덧문에 붙은 유리창이 몸을 떨었다. 얼마나 시간이 흘렀을까. 짧은 시간일 텐데 어쩐지 하루가 다 간 것 같았다. 바깥에서는 아무런 소리도 들려오지 않았다. 정체를 분간할 수 없는 침묵이었다. 그릇이 떨어지는 소리가 지하실 사람들에게 위층에 누군가 있다는 걸 알렸을 것이다. 탐색을 위해서는 침묵이 필요한 법이니까.

박인수는 서둘러 부엌을 뛰어나갔고 우당탕 소리를 내며 계단을 뛰어올라 세오 방으로 들어갔다. 침대 곁에 쭈그려 앉고 나서야 발이 불에 덴 듯 뜨겁다는 것을, 그것이 뜨거움이 아니라 통증이라는 것을 깨달았다. 발에서 흐르는 것이 땀이 아니라 피라는 것도. 부엌에서 도망쳐 나오면서 깨진 그릇 조각을 밟은 모양이었다. 통증을 누그러뜨리기 위해서 그가 한 일은 세오의 침대에 얼굴을 묻는 것이었다. 발에서는 피가 흐르고 눈에서는 왜인지 알 수 없지만 눈물이 흘렀다. 발이 아팠고 거기에서 흐르는 피가 무서웠고 겁에 질려 떠는 자신이 불쌍했고 부끄러웠다. 세오나 아내에게 이런 모습을 보이지 않아 다행이었지만 그들이 없어 드는 외로움보다는 하찮았다.

17

얼마나 지났을까.

눈을 떠보니 아내가 그를 내려다보고 있었다. 희미하게 아내의 얼굴이 보였지만 표정을 읽을 수 없었다. 화가 난 것 같기도 하고 걱정스러운 것 같기도 하고 겁에 질린 것 같기도 하고 고통스러운 것도 같았다. 피곤해서 그러는 걸 수도 있었다. 어쨌거나 퍽 늦은 시각일 테니.

그가 얼굴을 찡그리며 몸을 일으키자 모유진이 서서히 물러섰다. 뒤에 서 있던 세오도 모유진이 움직이는 보폭에 맞춰 물러섰다. 요사이 그를 보는 세오의 얼굴에는 두려움보다는 연민이 더 짙었는데, 오늘 아이의 표정은 여느 때보다 무심했다.

힘겹게 몸을 일으키고 나서야 발을 다쳤다는 것이 떠올랐다. 세오의 겁에 질린 표정이나 아내의 차가운 시선은 그의 발이 피로 물든 것을, 방바닥이 피로 얼룩져 있는 것을 보아서일 것이다.

모유진이 그날 그 방에서 처음으로 입을 열어 한 말은 두고두고 그를 고통스럽게 했다. 그는 모유진이 내뱉은 말의 톤, 그 말을 하고 나서 몰아쉬듯 내쉰 숨의 길이, 천천히 그 말을 내뱉을 때의 표정 같은 것을 아주 오랜 후에도 생생히 기억했다. 그 말을 듣는 순간 삶의 일부가 달라졌다는 것을 느꼈다.

이해할 수 없지만 짧은 말 한마디가 사람의 일생에 돌이킬 수 없는 틈을 벌린다면, 그리고 그런 말을 무심히 듣게 되는 순간이 있다면, 바로 그때였다.

"당신, 지금 취했어요."

그 말이 끝나자마자 그에게 덮친 것은 호시탐탐 자신을 의심하는 모유진에게 드는 실망감이나 상처 난 다리를 돌봐주지 않고 그를 부축하지 않는 데서 오는 서운함이나 외로움이 아니었다. 자신의 온몸에서 풍겨오는 술 냄새였다. 술꾼들이 밤이면 토사물을 부려놓는 길거리 공중전화 박스에서 나는 냄새, 술에 취한 채로 잠든 다음 날이면 맡을 수 있는, 여름철 덜 마른 걸레에서 풍기는 눅눅하고 습한 냄새, 오래 묵힌 빨래에서 나는 곯은 냄새였다. 그런 지독한 냄새에도 불구하고 그의 입에는 익숙한 그리움이 차올랐다. 냄새만 맡았을 뿐인데도 예기치 않게 침이 고였다.

그는 술을 찾기 위해 부엌과 다용도실을 샅샅이 뒤졌으나 아무것도 찾지 못했다. 진 선생과 술을 나눠 마신 후 그는 한 번도 술을 마신 적이 없었다. 진 선생이 선물이라며 술을 꺼내 들었을 때 의식적으로 무표정하게 그를 보던 아내의 얼굴이 떠올랐다. 그건 당신과는 무관한 거야. 모유진은 그렇게 말했다. 물론 입을 다물고 무심한 표정만으로. 박인수는 모유진에게 말하고 싶었다. 그러나 미처 생각을 정리하기도 전에 모유진이 대답을 강요하듯 그를 바라봤다.

그는 과거는 나와 무관하다고 말하고 싶었다. 집에는 술이 하나도 없었다고. 있을 리 없지 않느냐고. 그렇게 말하면 자신이 부엌을 난장판으로 만들며 술을 찾았다는 게 들통이 날 것이다. 정확히 말하면 그는 부엌을 뒤져 술을 찾았고 비록 실패로 끝났지만 만약 술을 찾았다면 남김없이 마셨을 것이다.

몸에서 풍기는 지독한 냄새 때문에 발바닥에서는 아무런 통증이 느껴지지 않았다. 박인수는 음주의 혐의를 벗고자 발을 내려다보았다. 상처 난 발을 보여주면 모유진은 우선 그를 치료하는 게 먼저라고 생각할 것이었다. 날카로운 유리에 찔리고 피가 흘렀다고 생각한 발은 더럽기는 했으나 상처는 없었다. 그는 허공으로 발을 쳐들었고 발이 멀쩡한 걸 보고는 놀라서 아내를 쳐다봤다.

한때 술이 인생의 전부였던 적이 있었다. 손을 댔던 모든 일에 실패했으나 술을 마시는 일만큼은 언제나 성공적이었다. 그가 손을 대면 사람들이 다치거나 일을 망쳤지만 술은 언제나 호의적으로 굴었다.

오래지 않아 술 때문에 거의 모든 것을 잃었다는 것을 깨닫고 술을 마시지 않겠다고 결심했지만 다짐은 곧 무너졌다. 참을 수 없는 일은 언제나 일어났다. 공부를 하기 위해 들어간 고시원은 좁고 답답했다. 강의와 강의 사이 학원 근처 편의점 앞에서 우연히 친구를 만나기도 했다. 그냥 안부만 묻고 헤어지기엔 아쉬웠다. 강의 내용은 이해할 수 없을 정도로 어렵거나 여러 번 들어서 시시했다.

언제나 그렇듯 처음에는 딱 한 모금이었다. 그가 참으면 주변 사람들이 부추겼다. 익숙한 말이 있다. "맥주가 무슨 술이라고 그래?" 조금만 마실 생각이었다. 그저 수험 생활의 답답함을 이길 정도로, 우연한 만남의 반가움을 표시할 정도로, 언젠가 합격할 수 있다는 자신감이 들 정도로만.

한 모금만 마신다는 생각은 스스로를 통제할 수 있다는 자신감을 줌으로써 그를 더없이 자유롭게 했다. 양을 결정하는 것은 전적으로 자신이었다. 그것은 그의 권한이었다. 동시에 그렇게 자유로움을 느끼는 것이 일종의 망상이라는 것도 알았다. 하지만 거기에는 어떤 종류의 위안이 있었다. 자신이 스스로를 방기한 것이 아니라 단지 그런 척하고 있을 뿐이어서, 언제든 원하기만 하면 이전으로 돌아갈 수 있다는 위안 말이다.

목구멍을 타고 넘어가는 한 모금은 인생 전부를 뻥 뚫리게 할 정도로 시원했다. 매번 그 한 모금이 모든 것을 돌려놓았다. 술에 취하기 전이면 그는 늘 자신이 못마땅했다. 술을 마시게 된 걸 후회했고 그럼에도 술 마시는 걸 그만둘 수 없어 자책했으며 아내에게 미안한 마음이 들었고 늘 같은 일을 벌이고 후회하는 게 어리석게 느껴졌다.

술에 취하면 달랐다. 평판이나 실패에 대한 두려움이 없어져 말이 많아졌고 매번 소극적이고 다른 사람 말을 따랐던 자신을 후회하며 큰 목소리로 의견을 냈고 빈약한 근거로 주장하며 관철될 때까지 고집을 부렸다. 호탕하게 웃었고 자신에게 호의적이지 않은 사람들을 대놓고 비난했다. 모든 게 좋았다. 그 순간이 너무 짧다는 것만 빼고.

그런 순간, 결심을 하고 그것을 깨기까지 부수히 많은 갈등을 하고, 무산된 결심 때문에 당혹스러운 순간은 이후에도 여러 번 반복되었다. 하지만 세오가 다친 이후에는 딱 한 번을 제외하고 그런 일이 없었다. 김 대령을 만나 취업이 확정된 날, 그는 세오를 다치게 한 이후로 처음 마셨다. 기뻤고 들떴다. 그런 이유라면 얼마든지 취해도 좋지 않은가. 그날 이후에는 정말이지 그런 일이 없었다.

무슨 말인가 해야 한다고 생각했지만 정말 그래야 할지 알 수가 없었다. 알 수 없는 채로 입을 다물고 무슨 일인가 일어나기를 기다렸다. 모유진이 차가운 표정으로 뒤돌아서 방을 나갔다.

"여보, 취한 게 아니야. 다시 봐. 나는 아무것도 마시지 않았어."

아내를 붙잡기 위해 다급하게 소리쳤다. 썩 좋은 선택은 아니었다. 그와 아내는 이미 질릴 만큼 이런 대화를 나눴다. 그러나 그는 좀더 많은 얘기를 하고 싶어 조바심이 났다. 그의 인생 전체에 대해서가 아니라 그날, 단 하루에 대해서.

모유진을 따라가며 계속 떠들어대던 박인수는 갑자기 입을 다물었다. 아내의 뒤통수가 몹시 흔들렸다. 뒤통수만 보고 있는데도 이제 곧 한바탕 울음을 터뜨릴 것 같다는 생각이 들었다.

힘겹게 걸음을 옮긴 모유진이 온 힘을 손가락에 모은 듯 무겁게 부엌 바닥을 가리켰다. 거기에는 술병이 나뒹굴고 있었다. 바닥에 떨어진 죽 그릇이나 식탁 다리를 타고 흐르는 죽, 깨진 유리 조각이나 거기에 찔려 흐른 핏자국 같은 건 어디에도 없었다. 정신없을 정도로 꺼내놓은 살림살이들도 보이지 않았다.

"저게 뭔지 알 거라고 생각해요."

모유진이 차분한 목소리로 말했다. 차분했지만 차가워서 듣고 있자니 몸이 떨릴 지경이었다. 어두운 부엌에서 들었던, 지하실을 오가는 사람들의 목소리나 철문이 끌리듯 열리는 소리보다 더 무서웠다.

"당신은 내가 술을 숨기는 걸 봤어요."

"오해야."

"못 봤더라도 결국 찾아냈어요. 그걸 마신 거예요. 실컷 마시고 취해서 병을 떨어뜨렸겠죠. 병은 깨지지 않았어요. 그리고 바닥도 젖지 않았어요. 술이 한 방울도 남아 있지 않았나 봐요. 아까워서 당신이 다 마셔버렸을 테니까요."

"여보, 내 말을 들어봐."

"유리 조각은 있지도 않은데 당신은 다쳤다고 생각해요. 틀린 건 아니에요. 정확해요. 당신은 다쳤어요. 깨진 병 조각을 밟아서가 아니라 당신이 취했기 때문에. 아무리 생각해도 세오한테 먼저 그런 일이 일어난 건 불공평해요. 진작 다쳤어야 하는 건 당신이었는데 말이에요."

박인수는 그 자리에 얼어붙었다. 변명이 통할 리 없었다. 아내의 말을 듣고 있자니 정말로 술을 마신 건 아닐까 하는 생각이 들었다. 그 순간이 정확히 기억나지 않았다. 술을 찾다 말고 어떻게 했는지, 왜 갑자기 죽을 먹을 생각을 했는지. 낯선 소리에 시달린 것은 모두 술 때문인지도 몰랐다. 아내가 어디에 술을 숨겨두었는지 몰랐고, 그러므로 어디서 술을 찾아냈는지 알 수 없지만, 술을 찾아냈다면 당연히 마셨을 테니까.

나중에 다시 그 일을 생각할 때에도 마찬가지였다. 술을 마셨더라도 적은 양으로 취했다는 게 의아하면서도 어떤 확신을 갖지 못했다. 그것은 전적으로 기억의 일이었고, 기억은 이기적이어서 늘 박인수를 도왔기 때문에 자신의 기억대로 그때를 떠올리는 게 공정하지 않은 것 같았다.

결국 아내에게 사과했다. 그렇게 할 수밖에 없었다. 분명 자신은 한 방울도 마시지 않았고 남은 술을 찾아내지도 못했지만, 한 방울도 마시지 않고 취해버린 것과 술을 찾으려고 부엌을 엉망으로 만든 것은 사과해야 할 것 같았다. 무엇보다 술을 마시지 않았음에도 그것을 확신하지 못한다는 점을 사과하고 싶었다. 술을 찾으려 한 것을, 마시지 않고도 취해버린 것을, 조금도 다치지 않은 것을 사과하고 싶었다.

뒤죽박죽 사과의 말을 쏟아내고 나자 가장 먼저 하고 싶어진 일은 술을 마시는 것이었다. 정말로 술이 마시고 싶어졌다. 그렇다고 해서 술을 마시러 가려고 사택 밖으로 나온 것은 아니었다. 아내와 함께 있을 수 없어서였다. 정확히는 보유신이 그에게 제발 나가달라고 사정했기 때문이었다.

숲으로 둘러싸인 도로는 차갑고 고요했다. 어둠이 그를 완벽하게 감쌌다. 역동적인 듯 정지된 움직임에 자신을 내맡기고 어둠 속에 모습을 은폐시키자 생각을 해야 한다는 강박에서 벗어날 수 있었다. 그저 좀 걷다 들어갈 생각이었으나 그 안온함에 홀려 계속 걸었다. 도무지 집에 들어갈 용기가 나지 않았다. 끝내 용기가 나지 않더라도 아주 늦은 밤이면, 아내와 세오가 잠든 후라면 집에 돌아갈 수 있을 것 같았다.

상점가에서 유일하게 빛을 발하는 간판을 발견했을 때, 박인수는 어두운 숲길에 매혹된 것처럼 어둠 속에서 빛나는 따뜻한 불빛에도 매혹되었다. 그 불빛을 보니 두렵지 않게 집으로 돌아가는 방법은 하나밖에 없는 것 같았다. 그걸 깨닫자마자 온몸이 떨려왔다.

무엇보다 냄새를 견딜 수 없었다. 입김을 뿜어낼 때마다 몸에서 술 냄새가 났다. 정확히 말하면 술 냄새인지 지독한 입 냄새인지 아까 삼킨 죽 냄새인지 알 수 없었지만, 아내의 오해대로 술 냄새와 유사했다. 그게 무슨 냄새인지 궁금했으나 술집 문을 열고 들어서는 순간 냄새 따위는 아무래도 좋다고 생각하게 되었다.

술집은 꽉 차 있었다. 자세히 둘러보면 여기저기 빈자리가 보였지만 덩치 큰 사내들이 어깨를 펴거나 구부리거나 엎드려 있어 꽉 찬 것처럼 보였다. 시끄러운 음악이 흘러나오고 있었고 음악 소리가 들리지 않을 정도로 떠드는 사람이 있었고 이미 취해 횡설수설하는 사람이 있었고 고된 얼굴로 잠자코 술을 마시는 사람이 있었고 막 계산을 끝내고 비틀거리며 나서는 사람이 있었다. 박인수는 옛 친구들을 만난 듯 그들을 둘러보았다.

이렇게 많은 사람들이 즐겁거나 무표정하게, 떠들거나 입을 다물고, 많든 적든, 말하자면 일상적으로 술을 마시고 있었다. 그런데 자신은 생애를 배신하는 것 같은 대단한 기분으로 술을 마셔야 했다.

배신의 순간은 곧 닥쳐올 것이었다. 주인이 술이 가득 담긴 잔을 내밀고 그가 혀끝이 얼얼할 정도의 양을 단숨에 삼켜버리고 그 얼얼함이 가시기 전에 다음 잔을 들이붓는 일이 얼마간 계속되는 것 말이다.

빈자리를 찾아 앉으면서도 박인수는 어떤 기분인지 알 수 없었다. 아내의 오해에 걸맞게 미친 듯이 마시고 싶은 것인지, 결백을 주장하기 위해 한 방울도 마시고 싶지 않은 것인지. 하지만 생각은 뒤로 미루기로 했다. 나중에라도 생각할 시간은 있을 테니까. 지금으로서는 집으로 돌아가는 일보다 추위를 피하고 용기를 얻는 게 중요했다.

처음은 간단했다. 그저 깨진 유리 조각에 손이 베이는 정도였다. 전기처럼 따끔하고 짧은 통증. 그게 다였다. 조각은 깨끗이 치워질 것이고 상처는 곧 아물 것이다. 박인수는 그렇게 생각했다. 모유진이 맨발로 유리 조각을 밟았고 깊이 박힌 조각이 혈관을 타고 흘러 피를 흘리게 하리라고는 생각하지 않았다. 솔직히 말하면 박인수는 모유진을 찌른 유리 조각은 보지도 못했고 신음 소리를 들은 적도 없으며 통증의 기미도 눈치채지 못했다.

그런 순간은 얼마 전에도 있었다. 술을 건넨 사람이 진 선생이라는 것만 달랐다. 아내는 김 대령이 선물로 보낸 것이라는 말에 어쩔 수 없이 묵인했고 나중에는 모른 척했고 그가 술에 취했을 때는 혐오했지만, 다음 날 깨어났을 때는 달라진 것을 알아챌 수 없게 행동했다. 모든 것이 이전과 같았다. 그는 여느 가장처럼 집으로 방문한 손님과 술을 나눠 마시느라 취한 밤을 보내고 숙취와 함께 피로한 몰골로 출근했다. 그리고 일상적인 날들이 이어졌다. 적어도 그는 그렇게 생각했다. 모유진이 그 순간 이후 내내 맨발로 유리 조각을 밟은 기분으로 지냈다는 것은 미처 생각하지 못했다.

만약 모유진이 심하게 엄살을 부렸다면, 살이 베이기도 전에 눈물을 터뜨렸다면, 실금 같은 상처에 덕지덕지 재생밴드를 발랐다면 괜찮았을까. 그런 가정을 해보았지만 대답은 언제나 한결같았다. 모든 일은 결국 그렇게 되도록 생겨먹었다는 것이다. 그렇지 않고서야 영문도 모르게 부엌 바닥에 나뒹굴고 있는 빈 술병 하나가 이 모든 일을 벌인 걸 납득할 길이 없었다.

그것 말고도 많은 것에 질문을 던졌다. 만약 사무실에 늦게까지 남아 있지 않았다면, 문틈으로 스며든 불빛을 보지 못했다면, 집에서 나는 기이한 소리를 듣지 않았다면, 술을 찾는 대신 죽을 먹고 일찌감치 잠이 들었다면, 괜찮았을까. 무엇보다 애당초 이 마을에 오지 않았더라면 어땠을까.

어떤 질문에도 대답은 회의적이었다. 모든 일은 소박한 운명에 좌우되곤 했다. 신이나 초월적 존재가 관여하는 것은 아니었다. 그들은 대체로 사람의 일에 무관심했다. 운명을 만드는 것은 과거였다. 과거는 한때의 시간을 떠나는 순간 운명에 속했다. 과거는 결코 사라지지 않고 현재 속에 중첩되고 현재를 간섭하다가 미래에도 살아남을 것이었다. 미래를 예측할 수 있는 것은 순전히 과거와 현재가 있기 때문이었다.

술잔을 집어 올리는 익숙한 느낌이 그에게 이 모든 일은 먼 과거로부터 예정되어온 일이라는 생각이 들게 했다. 그러니까 모든 것은 필연의 문제가 아니라 시기의 문제인 셈이라고. 마을에는 술집이 있고 그는 술이라면 참지 못했고 심지어 한때는 술이 전부였고 아주 어렵게 잠시 술을 끊었다. 그러니 행보를 멈췄다 해도 어느 순간 과거가 그를 호출하면 버텨내지 못할 것이고 언젠가 한번쯤은 술집의 문을 여는 순간을 맞을 것이었다. 이르면 내일이나 다음 주, 한 달 후나 혹은 일 년 후라도. 공교로운 것은 그것이 마침 지금이라는 것뿐이었다.

술집에 떠도는 익숙한 냄새가 그에게 안정감을 주었다. 달콤하면서도 싸한, 눅진하면서도 신선한, 매콤하면서도 신, 차가우면서도 뜨거운 냄새였다. 그는 이 냄새를 잘 알았다. 종류가 뒤섞인 술에서, 술을 막 넘긴 사람들의 입속에서, 따라놓은 잔에서 산화되어 공기 중에 섞인 알코올 냄새였다.

 석 잔쯤 술을 마시자, 박인수는 진 선생과 술을 마셨을 때 이미 모든 것과 결별한 것인지도 모른다고 생각했다. 아내는 다시 그를 의심하기 시작했으며, 어쩌면 한순간도 의심을 거둔 적이 없으며, 그리하여 그가 타락의 징후를 내보이기를, 자신이 아무런 죄책감 없이 떠날 수 있기를 바라고 있었는지도 몰랐다. 부엌 식탁에 술병을 올려둔 채로 외출한 것이 그 증거였다. 그게 아니라면 늦은 외출을 마치고 집에 돌아와 빈 술병을 부엌 바닥에 버려둔 것이 증거였다. 아내는 그가 술을 찾아낸 것이라고 했지만 술에 취할수록 빈 술병을 내던지고 일을 꾸민 게 아내인 것만 같았다.

 연거푸 여섯 잔쯤 마셨을 때, 정확히는 여섯 잔까지 세고 세지 않아서 몇 잔을 마셨는지 알 수 없었지만, 눈앞에 누군가 앉아 있는 게 보였다. 반듯한 가르마와 나이를 짐작할 수 없는 새까만 머리카락을 가진 남자였다. 두 눈으로 보고 있는데도 그 남자는 실제로는 거기에 없는 것 같은 느낌을 주었다. 바로 앞에 앉아 있다가도 눈을 깜빡여보면 멀리 물러서 있었다. 박인수는 그 사람을 생생하게 기억했다. 겨우 한 번밖에 보지 못했지만 잊을 수 없는 사람이었다. 김 대령이었다.

18

 박인수는 자수성가한 타입의 사람을 좋아하지 않았다. 그들은 가지고 있는 작은 동전 한 닢까지도 손수 일해서 벌었다는 자부심으로 가득했다. 노력하지 않으면 세상의 어떤 것도 공짜로 얻을 수 없다는 걸 알고 있었고 남들이 그런 당연한 사실을 모르는 걸 답답하게 여기면서 틈만 나면 다른 사람을 교정하려 들었다. 인색하고 노련했으며 일단 자기 손에 들어온 것은 함부로 내놓지 않았다. 자신이 이룬 성공에 도취된 나머지 다른 사람의 실패와 무능을 경멸하고 성공하지 못한 재능을 쉽게 무시했다. 자기에게 운이 따랐다는 것을 인정하지 않았으며 노력한 것만 기억했다. 자기는 이미 겪을 만한 고통을 모조리 겪었다는 투로 다른 사람의 불행을 바라보았고 그러느라 쉬운 동정이나 위로를 아꼈다. 박인수가 김 대령에게 받은 인상은 바로 그런 것이었다.

 그럼에도 보는 순간 김 대령에게 끌린 이유를 꼽으라면 검은 눈동자를 들 수 있었다. 머리 색깔만큼이나 검은 눈동자가 접객실로 들어서는 박인수를 줄곧 응시하고 있었다. 눈동자는 흔들리는 법이 없었다. 그 단단한 눈빛이 박인수를 단박에 사로

잡았다.

김 대령의 눈빛은 주변 사람들과는 사뭇 다른 것이었다. 아내는 그를 두려워하면서도 경멸하는 눈빛이었다. 세오의 눈은 텅 비어 있었다. 어떤 것도 짐작할 수 없고 헤아릴 수 없는 무심함이 배어 있었다. 함께 수험 학원에 다녔던 사람들은 반복되는 실패에 익숙해져 풀 죽어 있으면서도 호시탐탐 기회를 엿보는 눈빛이었다. 흐리멍덩하거나 적의에 차 있거나 피곤이 쌓인 눈이었다. 좁은 골방에 오랫동안 틀어박혀 지낸 것 같은 눈빛이었다. 내내 그런 눈빛에 둘러싸여 있다가 마주한 김 대령의 눈빛은 꿰뚫을 듯 깊은 인상을 남겼다.

"김 대령이라고 하오."

김 대령은 접객실 문을 열고 박인수가 들어오는 것을 계속 보고 있다가 그가 맞은편에 서자 입을 열었다. 스스로 대령이라는 칭호를 붙이는 것만 봐도 그가 과거의 직함에 얼마나 자부를 느끼는지 알 것 같았다.

"박인숩니다."

"앉으시오."

김 대령의 목소리는 유난히 톤이 낮았다. 지위와 권위에서 비롯된 목소리, 그러니까 명령하고 지시하는 데 익숙한 목소리였다. 말이 짧고 간결했다. 괜한 말을 덧붙이지 않았고 듣는 사람을 배려해 낮은 톤의 목소리를 일부러 가다듬지도 않았다.

"공무원 시험을 준비한다고 들었소."

목소리에 제압된 것인지 쉬이 대답이 나오지 않았다. 공손하게 대답해야 한다는 생각과 그럴 필요가 없다는 생각이 부딪쳤다. 그는 실패에 익숙한 나머지 기대감은 자신을 배반하고 오히려 술을 먹게 했던 것을 떠올렸다. 기내를 품지 않으려고 부심히 고개를 끄덕였다. 몇 번의 좌절로 그는 자연스럽게 실패에 대처하는 쪽을 택했다.

"몇 년째요?"

"4년쨉니다."

"계속 떨어졌소?"

"첫 해에 2차까지 갔습니다."

"그렇기 마련이지."

"네?"

"한 번도 합격하지 못했다면 일찌감치 포기했을 거라는 소리요."

"계속 했을 겁니다."

"왜, 그게 꿈이오? 공무원 말이오."

김 대령이 대답을 기다리듯 박인수를 바라보았다. 그는 주저했다. 꿈이라니. 어린 시절 농구를 잘하고 싶다는 꿈을 가져본 이후로 뭔가를 절실히 바라본 적이 없고 이루고 싶다고 소망한 적도 없었다. 그러나 박인수는 고개를 끄덕였다. 꿈이라는 말이 주는 진정성이나 순수한 울림에 속고 싶지 않았다. 꿈이라는 건 원래 그렇게 시시하고 속된 것인지도 몰랐다. 그래서 쉽게 배신과 모욕을 당하는 것인지도 몰랐다. 무엇보다 박인수가 고개를 끄덕인 것은 김 대령의 말에는 거절하거나 부인해서는 안 될 것 같은 힘이 담겨 있어서였다.

"하시오."

"네?"

"하시오. 꿈을 이룬다고 생각해도 좋고."

의도를 파악하기 어려워 김 대령의 얼굴을 살폈다. 김 대령의 표정에는 조금의 변화도 없었다. 그 태연한 표정을 보자니 그것이 김 대령이 농담을 하는 방식이라는 생각이 들었다. 내가 네 꿈을 이뤄주겠다는 과시가 섞인 농담. 늘 결정권을 가진 자리에 있던 사람들이 할 법한 악의 없는 농담. 박인수는 적절히 대꾸할 말을 찾지 못했다. 무슨 대답을 하건 김 대령 같은 사람에게는 자신의 대답이 지나치게 순진하게 들릴 것 같았다.

박인수가 능력에 자괴를 느낄 만한 일은 여러 번 있었지만, 가장 결정적인 일은 그가 자신을 맹신하고 있을 때 일어났다. 그전까지 그는 자신을 잘 몰랐다. 새 직장은 헤드헌터가 소개했다. 이전 회사에서의 경력을 인정받았다. 직급이 높아지고 연봉이 1.5배 정도 오를 것이었다. 재직 중인 회사보다 규모도 크고 인지도 높았다. 망설일 이유가 없었다. 월차 휴가를 내고 이직할 회사의 임원이 주관하는 면접에 참석했다. 며칠 후 인사 담당자에게 합격 소식을 들었다. 신체검사 결과가 나오려면 시간이 걸리겠지만 특별한 이상이 없고 제출한 서류 기재에

하자가 없으니 최종 합격 통보를 받을 것이었다.

그러나 결과가 좋지 않았다. 납득할 수 없어 박인수는 인사 담당자를 찾아갔다. 신체검사 결과에 결격 사유가 없고 서류 기재에 허위가 없었다. 그런데도 불합격 처리되었다. 인사 담당자는 사유를 밝히기 곤란하다고 했다가 박인수가 물러설 기색이 없자 어렵게 입을 뗐다.

"길게 논의를 거쳤습니다만, 우리로서도 당혹감을 감출 수는 없었습니다. 사실을 말하자면 박인수 씨의 회사 동료가 보낸 한 통의 편지를 받았습니다. 박인수 씨의 업무상 과실을 밝히는 것이었습니다. 조바심에 말씀드리자면 서류 발송자나 첨부된 서류 내용은 말씀드릴 수 없습니다. 그 부분은 철저히 비밀을 유지하려고 합니다. 양해 바랍니다. 정확한 신원을 밝힐 수는 없으나 박인수 씨의 동료 중 한 명인 건 확실합니다. 우리는 고발의 신뢰성을 위해 그 사람에 대해서도 조사를 했으니까요. 그 이후 박인수 씨의 과오를 면밀히 검토하는 과정을 거쳤습니다. 검토 결과 우리의 결론은" 담당자가 잠시 숨을 골랐다가 말을 이었다. "박인수 씨를 채용하지 않는 것이었습니다."

"무슨 과오입니까? 실수를 한 적은 있지만 큰 해를 끼칠 만한 일을 한 적은 없습니다. 절대로 그런 일은 없었습니다."

"네, 알고 있습니다. 저희가 조사한 바로도 그랬습니다. 첨부된 내용은 분명 박인수 씨의 과오를 가리키고 있었지만 업무 전체를 실패로 이끌거나 팀에 손해를 끼칠 만큼 치명적이고 결정적인 실수는 아니었습니다. 그저 누구나 하는 정도의 실수였습니다. 그런 실수로 문제 제기를 하는 게 지나치다는 의견이었습니다."

"그런데 문제가 됩니까?"

"그래서 문제가 됩니다."

"무슨 말입니까?"

"그 실수들은 회사나 팀, 부서의 영업 이익에 손실을 가져올 만한 게 아니었습니다. 검토한 결과 모두 그랬고 서류 발송자를 대면한 결과 그분 역시 수긍했습니다. 아, 우리는 서류 발송자와도 만났습니다. 그 점은 양해 바랍니다. 박인수 씨가 누명을 쓰고 있는 건 아닌지 걱정이 돼서 한 일이니까요. 다시 말씀드리자면 중요한 것은 실수를 했느냐 안 했느냐, 실수가 치명적이냐 아니냐 하는 것이 아닙니다. 누군가 박인수 씨의 이직을 반대하기 위해서 평범한 여러 건의 실수 사례를 모으고 정서하여 우리 측에 보낸 겁니다. 바쁜 업무 와중에 말입니다. 그리고 우리는 조사 과정에서 박인수 씨의 업무 성과 이외에 몇 가지 사적인 일화를 알게 됐습니다. 프라이버시가 침해당한 거라고 생각할 수도 있겠지만 우리로서는 소수에 불과한 경력자 채용에 있어서 신입사원 채용보다 엄격한 기준을 적용하고 있으며, 채용에 있어 어떠한 실수도 하고 싶지 않기 때문에 행한 일이라는 점을 말씀드립니다. 개인 정보를 침해하면서까지 박인수 씨를 캐는 일은 없었다고 자부합니다. 동료가 보내준 서류와 몇 가지 일화를 통해 우리가 얻은 결론은 박인수 씨의 업무 능력은 준수한 편이고, 경우에 따라서는 동료에 비해 뛰어나다고도 할 수 있다는 것입니다. 성공적인 프로젝트 사례는 분명 우리를 매혹시켰습니다. 우리 회사에 입사해서도 무난하게 업무를 수행해나갈 것이라 생각했습니다. 하지만 조직 생활에는 적합하지 않은 타입이라고 판단했습니다."

박인수가 충격을 받은 것은 이전 회사의 퇴직이 결정된 시점에 이직할 회사로부터 불합격을 통보받았기 때문은 아니었다. 나중에는 그것 때문에 모멸감에 시달려야 했지만 그때 느꼈던 것은 8년간 함께 일했던 동료 중 누군가가 그를 음해하려고 모략을 꾸민 데에서 오는 배신감이었다. 그 일로 그는 인생에 대해 가지고 있던 자부와 긍지, 자존감과 소소한 성취감을 모두 잃고 배신감과 열패감을 얻었다.

수험 학원 원장을 통해 그를 채용하고 싶다는 사람 얘기를 들었을 때 박인수는 대뜸 코웃음을 쳤다. 자신에게 다가온 행운이 이전처럼 오히려 불행의 미끼가 될까 의심스러웠다. 그가 납득할 만한 행운이란 우연히 학원 휴게실에서 누군가 흘린 식권을 줍거나 확률 높은 이벤트에 당첨되어 두 과목 수강 시 수강료를 10퍼센트 할인받거나 자신이 낼 줄 알고 술값을 헤아리고 있는데 일행 중 누군가 먼저 술값을 내는 정도였다.

"싫소?"

김 대령이 늦은 말대꾸를 나무라듯 되물었다. 박인수는 김 대령이 자신을 놀리고 있다고 확신했다.

"어떻게요?"

"방법을 묻는 거요?"

"문제지라도 빼주실 건가요?"

"그런 수고는 필요 없소. 시험을 치를 건 아니니까."

"특챕니까?"

"말하자면 그렇소."

"공무원을 시켜준다고요?"

"공무원이라고는 안 했소."

김 대령이 태연하게 대꾸했다. 박인수는 자신이 쉽게 사람들에게 놀림이나 동정의 대상이 된다는 걸 알고 있었다. 그럼에도 자신을 빤히 바라보는 김 대령의 눈빛과 무뚝뚝한 말투를 믿고 싶어졌다. 김 대령은 그를 현혹시키려 애쓰지 않았고 부러 존중하는 태도를 보이지도 않았다. 만약 그랬다면 믿지 못했을 것이다.

"그럼 뭡니까?"

"비슷한 일자리를 주겠소."

"그러니까 이게 면접입니까?"

"굳이 말하자면."

"미리 말씀을 해주셨다면……"

박인수가 꾀죄죄한 몰골을 의식하고 변명했다.

"그랬으면?"

"양복이라도 입었을 겁니다."

"양복을 입고 하는 일이 아니오."

"꼭 공무원이 되고 싶은 건 아닙니다."

"그럴 거라고 생각했소. 대부분 그럴 테니까."

"공무원이 아니면 뭡니까?"

"비슷한 일자리지."

"비슷한 일이라면……?"

"생각하는 대로요."

"일정한 급여를 정기적으로 받고 고용과 정년이 보장되고 해마다 급여 인상과 승급이 가능하다는 겁니까?"

"대충 맞소."

"해고될 염려도 없고요?"

"먼저 그만두지 않는다면."

그게 공무원의 특권 아니냐는 듯 무심한 어투로 김 대령이 대답했다.

"그 '일'이라는 게 뭡니까?"

"그건 차차 들을 기회가 있을 거요."

"공무원과 뭐가 다릅니까?"

"내가 월급을 주지."

"무슨 일을 하게 됩니까? 원장님 말씀으로는……"

"원장은 아는 게 없소. 내가 원장에게 부탁한 건 학원생 인적 사항을 보여달라는 거였소. 업무 내용을 브리핑하라는 건 아니었소."

"원장님도 전혀 아는 게 없다고 했습니다."

"숲 입구에 관리사무실이 있소. 거기 일을 봐주는 거요."

"전 숲이나 나무에 대해 아는 게 없습니다."

애기를 나눌수록 그는 어떻게든 김 대령의 마음에 들고 싶어졌다. 소극적이고 우유부단해 보여 김 대령이 마땅치 않게 생각할까 봐 걱정되었다. 처음에는 실망에 대비하려고 가급적 거리를 두었으나 말을 나누는 동안 그런 생각이 확고해졌다.

"성격이 급한 편이군."

"네?"

"내 말을 듣고 생각해주면 좋을 텐데 말이오. 말을 채 듣기도 전에 생각하고 판단하는 게 익숙한 것 같소. 그런 걸 알아야 한다고 말한 적 없소. 그래야 할 수 있는 일이라면 애당초 박인수 씨를 선택하지도 않았을 거요."

"그래도 일을 하려면……"

"고집도 세군."

박인수는 김 대령이 자신이 마음에 들지 않는다는 걸 완곡하게 표현하고 있다고 생각해서 풀이 죽었다. 원하는 것을 망치는 사람이 다른 누가 아닌 자신인 경우가 많았는데, 이번에도 마찬가지였다.

"그럼 왜 저를 채용하는 겁니까?"

"채용하지 말아야 할 이유가 있소?"

박인수는 입을 다물었다.

"자세한 업무 내용은 나중에 알게 될 거요. 이걸 보시오."

김 대령은 가방에서 봉투를 꺼냈다. 내용물을 숨긴 누런 봉투를 박인수 앞에 내려놓았다. 봉투를 여는 박인수의 손이 떨렸다. 박인수는 이 일자리가 자신에게 꼭 필요하리라는 걸 직감했다. 그러면서도 왜 자신을 선발했을까 싶어서 선뜻 기뻐할 수만은 없었다.

박인수는 몇 년째 국가고시에 불합격하고 있었다. 첫해는 비교적 높은 급수의 시험을 보았으나 매해 실패하면서 지금은 가장 하급 시험을 대비하고 있었다. 매달 학원에 등록했지만 결석하는 날이 더 많았다. 유일한 이력이라면 비록 실패로 끝나기는 했으나 몇 번의 사회 경험을 들 수 있었다.

박인수는 봉투에 든 것을 꺼냈다. 종이를 펴보기도 전에 무엇인지 알 것 같았으나 그 때문에 주저했다. 계약 내용을 살펴보면 반드시 마땅치 않은 게 포함되어 있을 것 같았다. 그러나 당장에 사인을 하고 싶은 마음이 더 컸다. 그러면서도 펜을 꺼내 이름 세 글자를 끄적이는 일을 주저한 것은 절박해 보일수록 우스워 보인다는 생각 때문이었다.

계약서에 쓰인 연봉을 확인하고 그는 펜을 쥔 손에 힘을 풀었다. 뭔가 잘못되었다. 확실히 그랬다. 연봉은 그가 생각하는 것 이상이었다. 생전 처음 하는 일로 그는 대기업 경력 사원에

준하는 급여를 받게 될 것이다.

그는 계약서에 사인하지 않기 위해 펜을 내려놓았다. 연봉을 확인하고 나자 서명을 해서는 안 된다는 생각이 들었다. 터무니없었다. 자본가들은 노동량에 비례한 급여 정책을 혐오하는 사람들이었다. 그들은 늘 근로자가 노동량에 비해 급여를 많이 가져간다고 생각했다. 그러니 이 액수를 준다는 것은 제시된 액수 이상의 노동력을 착취하겠다는 얘기였다. 그가 그런 노동력을 제공할 수 있다면 문제없었다. 그의 불안은 어떤 일인지 알 수 없다는 것이지 연봉이 높다는 게 아니었다. 분명 뭔가 함정이 있는 것 같았다. 그를 나쁜 일에 끌어들이려는 속셈인지도 몰랐다. 도대체 무슨 일을 시키려는 걸까. 박인수는 고개를 들어 김 대령을 흘깃 보았다. 김 대령은 재촉하지도 설득하지도 않고 무심히 앉아 있다가 마지못해 입을 열었다.

"충분하지는 않은 액수일 거요. 하지만 사택도 있고 생활비가 많이 들지 않는 작은 마을이니 가족을 부양하기에는 적당할 거요."

적당하다마다. 박인수는 자기에게 던져진 행운을 놓칠까 봐 온몸이 떨렸다. 몸의 떨림은 조급증이나 불안 때문은 아니었다. 술을 끊은 지 32일 되었다. 그동안 틈나는 대로 술을 마시고 싶다고 생각했다. 긴장이 되자 술을 마시고 싶어 온몸이 저려왔다.

박인수는 연봉 때문에 주저했지만 그 때문에 서명하게 될 것을 알고 있었다. 그는 본 적 없는 숫자에 주저 없이 설득당했다. 서명하는 즉시 효력을 가지게 될 종이는 그가 절실히 바라는 것을 떠오르게 했다. 습포에 뒤덮인 세오의 피부를 낫게 하는 것, 무능한 남편을 힘겨워하는 아내를 위로하는 일, 세오를 대신해 가족을 부양하는 것 말이다. 그러는 데 필요한 돈을 생각하다 보니 그는 자신이 몹시 가난하고 앞으로 더욱 가난해질 거라는 사실을 실감하고 있었다.

박인수는 계약서를 자기 쪽으로 좀더 가져왔다. 자신은 많지도 적지도 않은 무난한 경력과 무탈한 가족력 때문에 선발된 것인지도 몰랐다. 이런 일은 대체로 그런 식으로, 말하자면 그로서는 알 수 없는 방식으로 결정되곤 하니까. 그 생각이 용기를 주었다.

계약서를 받아 드는 일은 그가 몇 년간 몹시도 바라던 순간이었다. 그런데도 막상 서명을 할 때에는 오히려 담담했다. 문서나 전화로 통보가 오는 게 아니어서인 것 같았다.

"안색이 나쁘오. 몸이 안 좋은 거요?"

김 대령이 찬찬히 그를 뜯어보았다.

"괜찮습니다."

"난 건강하지 않은 사람을 싫어하오."

"건강합니다."

"건강은 곧 균형이오. 명심하시오."

균형. 그 말을 듣는 순간 그는 자기 삶에 결락된 부분이 무엇인지 알아차렸다. 김 대령에게는 있으나 자신에게는 없는 것, 삶을 늘 한쪽으로 치우치게 하고 조율되지 못한 채로 뒤뚱거리며 끝내 기울어지게 하는 것, 바로 균형이었다. 그에게는 균형 감각이랄 게 없었다. 그는 이미 한쪽 끈을 놓친 게 아닐까 두려웠고 놓친 끈을 영영 잡지 못할 것 같아 침울했다.

그가 잠자코 서명한 계약서를 한 통 내밀자 김 대령이 더 이상 시간을 끌 이유가 없다는 듯 요란한 소리로 의자를 밀며 일어섰다. 바닥이 쇠에 긁히는 소리가 났다. 그가 뒤따라 일어섰다. 김 대령이 가슴을 앞으로 내밀고 똑바로 섰다. 의식하지 않아도 곧은 자세가 되는 것 같았다. 타르처럼 새까만 머리카락이 가르마를 타고 흐트러짐 없이 정렬되어 있었다. 기름지고 누르스름한 뺨과 약간 주름진 얼굴은 두 개의 부릅뜬 눈으로 생기를 띠고 있었다. 한마디로 균형을 갖춘 몸이었다.

바라보는 것으로 인사가 됐다는 듯 김 대령이 일정한 보폭으로 움직여 문을 열고 나갔다. 유리로 된 접객실에서는 김 대령이 학원생들에 섞여 복도를 지나가는 게 보였다. 한 번쯤 뒤돌아보지 않을까 생각했으나 김 대령은 그러는 법 없이 계단 아래로 내려갔고 이내 시야에서 사라졌다.

"뭐야? 무슨 일이래? 그 사람은 누구야?"

계약서를 챙겨 나가려는데 원장이 접객실 안으로 들어와 호들갑을 떨었다. 원장은 호기심 어린 눈으로 테이블 위에 놓인 계약서를 힐끔거렸다.

"계약서? 취직된 거야?"

박인수는 대꾸 없이 계약서를 접어 가슴팍에 넣었다.

"무슨 회산데? 인수 씨, 땡잡은 거야?"

아무런 대꾸도 않는 것에 심통이 났는지 원장이 입을 비죽대며 말했다.

"저 사람 말이야, 뭐 하는 사람인지 자세히 알아보고 결정해. 요새 누가 학원생 이력만 보고 채용해? 뭔가 이상하지 않아? 그런데 군인 출신인가? 왜 대령이라고 부르래? 내가 자기 부하야, 뭐야? 딱 군인이긴 하더라. 명령조로 말하는 거 봐."

박인수는 몇 번 보지도 않은 원장이 반말을 하며 친근하게 구는 것도 싫고 김 대령을 험담하는 것도 싫었다. 불쾌한 감정을 드러내려다가 뜻밖에도 자신이 벌써부터 김 대령 편을 들고 있는 것을, 감정적으로 이미 동질감을 느끼기 시작했다는 것을 깨달았다.

문을 열고 나서려는 그를 붙잡고 원장이 다시 물었다.

"정말 거길 다닐 거야? 무슨 회산 줄은 알아? 설마 정말 땡잡았다고 생각하는 건 아니지?"

"땡잡은 게 아니라 직장을 잡은 겁니다."

"그러니까 조심하라고. 일자리 잡은 걸로 유세 떨다가 땡 칠 일이 생길 수 있으니까."

"수고하십시오."

"학원비 환불은 없어. 알지? 양도도 안 돼. 그것도 알지?"

박인수는 되도록 쾅 소리가 나게 문을 닫고 싶었으나 유리문은 기척도 없이 조용히 열렸다가 스르르 닫혔다.

이미 수업이 시작되어 복도는 텅 비어 있었다. 박인수는 마이크 소리가 뒤엉킨 복도를 따라 걷다가 계단을 내려왔고 다시 좁은 복도를 따라 걸은 후 여러 개의 문을 지나쳐 학원 정문까지 왔다. 수업이 끝나는 종이 울릴 때까지 거기 서 있었다. 종이 울리자 이내 복도가 시끄러워졌고 들고 나는 사람들로 출입구가 꽉 찼다. 수험서를 옆에 낀 학생들이 참았던 담배를 피워 물었고 끼니를 때우려고 근처 포장마차나 간이 분식점으로 들어갔고 복도에 놓인 자판기에서 뜨겁고 단 커피를 뽑아 마셨다. 그는 멍하니 서서 학원생들이 종이컵을 휴지통에 던져 넣는 것을 보았고 담배를 발로 밟아 끄는 것을 보았다. 다시 종이 울리자 담배를 피우거나 뭔가를 먹고 마시던 수험생들이 일제히 학원 안으로 사라졌다.

고요해진 정문 앞에 서서 가슴팍을 만져보았다. 빳빳한 종이가 만져졌다. 이 종이는 그를 이 모든 촌극과 영영 상관없는 사람으로 만들어줄 것이었다. 그는 천천히 걸어 학원에서 점차 멀어졌다. 집으로 돌아가 아내에게 모든 사실을 얘기하고 직장이 생겼다고 자랑하고 싶었다. 하지만 몸은 조금도 집으로 가고 싶어 하지 않았다. 솔직히 말하면 마음도 몸의 편이었다.

첫 잔을 마시자 아무리 마셔도 취하지 않을 거라는 생각이 들었다. 어쨌거나 32일 동안이나 참아왔으니까. 클리닉에서는

7일만 참으면 된다고 했는데, 금주의 7일을 네 번이나 거뜬히 넘겼다. 그는 연거푸 다섯 잔을 마셨다. 다섯 잔을 무사히 마셨으니 여섯 잔도 괜찮을 것이었다. 여섯 잔째 술은 유독 차고 부드럽고 따뜻하고 강직하게 목구멍을 타고 넘어갔다.

낯선 도시의 모텔 방에서 홀로 깨어났을 때는 김 대령을 학원 접객실에서 만난 날로부터 이틀이 흘러 있었다. 이틀간 무엇을 했는지, 계속 정신을 잃고 낯선 도시의 여관방에 쓰러져 있었는지, 취한 채로 무슨 일인가 했는지, 기억나지 않았다. 누가 그를 생전 와본 적 없는 도시의 낡은 여관방에 데려다 두었을까. 잃은 건 기억만이 아니었다. 주머니에 있어야 할 계약서가 사라지고 없었다.

19

눈을 떴을 때 방 안은 어두컴컴했다. 천장에 희미하게 달린 전등갓이 달처럼 빛났다. 그 속에 둥근 씨방처럼 불 꺼진 전등이 들어 있었다. 그것을 계속 보고 있자니 동공이 커지는 것 같았다. 한 번도 본 적 없는 방이었다. 지나치다 싶게 어두웠다. 하얗게 칠해진 창틀이 희미하게 윤곽을 드러내고 있었지만, 달빛도 스며들지 않았다. 눈을 떴으나 몸을 움직일 수 없었다. 한 일 년간 내내 잠들어 있던 기분이었다.

여기가 대체 어디일까. 알 수 없는 것은 이곳이 어디인가 하는 것만은 아니었다. 지금이 언제인지도 가늠할 수 없었다. 술집에서 몇 잔인가 계속해서 마셨던 게 기억났다. 아내가 그에게 제발 나가달라고 사정한 것, 술집 주인이 그에게 괜찮냐고 물은 것도 기억났다. 술을 마시다가 김 대령을 본 것, 다시 술을 마시자 김 대령이 감쪽같이 사라져버린 것, 처음으로 마을 사람들과 어울려 몇 잔인가 주고받은 것, 숲길을 걸은 것, 하늘을 향해 두 팔을 벌리고 눈이 왜 내리지 않느냐고 아이처럼 소리친 것도 기억났다. 모두 그에게 있던 일이었으나 순서를 맞추기 힘들었다.

천천히 몸을 일으켜봤다. 온몸이 얻어맞은 것처럼 쑤셨다. 실제로 얻어맞았는지, 오랫동안 누워 있어서 그러는 것인지 알 수 없었다. 몸을 일으키고 나서야 다른 사람의 옷을 입고 있다는 걸 알았다. 면으로 된 티셔츠였는데 새 옷 같지는 않았다.

자신이 누워 있는 철제 침대 때문에 어쩌면 여기가 병원은 아닐까 생각했다. 이전에도 술에 취해 정신을 잃었다가 병원에서 깨어난 적이 있었다. 그때는 눈을 떴을 때 아내가 지켜보고 있었는데, 지금은 어둠뿐이었다. 그는 천천히 문가로 걸어갔다. 온몸에 감각이 돌아오면서 머리와 목과 팔과 다리가 쓰라렸다. 이런 식의 통증과 상처가 익숙했다. 생긴 과정은 기억할 수 있지만 여러 번의 경험으로 유추는 가능했다. 분명 술에 취해 아스팔트나 술집 바닥을 뒹군 거겠지. 어쩌면 싸움을 했는지도 모르고. 천천히 문고리를 돌렸다. 왜 문이 열리지 않을 거라고 생각했는지 모르지만 문은 수월하게 열렸다.

회랑 끝에 빛이 새어 나오는 곳이 있었다. 문틈을 따라 희미하게 빛이 보였다. 확실히 병원은 아니었다. 누군가 사람이 사는 집이었다. 누구네 집일까. 정확한 것은 사택은 아니라는 것이었다.

그는 빛이 나오는 문을 천천히 노크했다. 누군가 문 쪽으로 걸어왔고 이내 문이 열렸다. 갑자기 쏟아져 나온 빛에 그가 눈을 감았다.

"드디어 깼군요."

박인수는 눈을 뜨고 앞에 있는 사내를 보았다. 빛 때문에 얼굴은 잘 보이지 않았는데 목소리가 익숙했다.

"이런…… 아직 덜 깬 건가요?"

드디어 박인수는 사내가 누구인지 알아보았다.

"아, 죄송합니다."

진 선생이 스위치를 올려 거실 불을 켜고 그에게 소파 쪽을 가리켰다.

"술에 취해 친구네 집에서 신세 지는 일이야 비일비재하죠."

"여기가……"

"내 집이에요."

박인수가 진 선생을 보았다. 오래 잠을 못 잔 듯 피곤해 보였다. 진 선생이 부엌 쪽으로 갔다. 달그락거리며 뭔가를 만지는 소리가 나더니 잠시 후에 유리잔을 들고 나와 박인수에게 내밀었다. 다디단 꿀물을 마시며 박인수는 지금 몇 시나 되었을지 생각했다. 새벽이라면 희망을 가질 만한 시간이었다. 고작 몇 시간 잠들어 있던 것일 테니.

"뭘 찾아요?"

박인수가 잔을 내려놓으며 두리번거리자 진 선생이 물었다.

"시계요."

"방금 자정이 넘었어요."

"자정이요?"

"박인수 씨는 심하게 아팠어요. 그렇게 움직이는 것도 걱정이 될 정도예요."

"악몽을 꾼 것 같아요. 술을 마셨어요. 누군가를 만나기도 하고 떠들기도 했어요. 내내 자고, 음식을 토하고, 머리가 깨질 듯이 아팠어요."

진 선생은 아무런 대꾸도 하지 않고 박인수를 바라보며 미소를 지었다. 친근한 미소였다.

"오늘이 며칠인가요?"

"자정이 지났으니, 월요일이 됐어요."

"월요일라고요?"

"박인수 씨가 술을 마시기 시작한 건 목요일 밤이었고요. 워낙 늦은 시간에 술집에 왔다고 하더군요."

"그게 사흘 전이라는 말인가요? 그동안 내가 뭘 했나요?"

"박인수 씨를 여기로 데리고 온 건 금요일 새벽이에요. 박인수 씨는 처음엔 계속 잤어요. 정신을 못 차리고 잠만 잤죠. 오후가 되도록 깨질 않아서 일을 보러 나갔어요. 박인수 씨는 그 사이에 깼고 다시 밖으로 나갔어요. 내가 없는 사이에 말이에요. 집으로 돌아왔을 때는 없었으니까요. 난 박인수 씨가 집으로 갔으려니 했어요. 보통은 그러니까요. 쪽지 하나 남기지 않은 건 서운했지만, 미안해서 그런가 보다 싶었어요. 전화를 걸어보려다가 참았어요. 그렇지 않아도 아침에 박인수 씨 소재를 알려주려 전화했을 때 모유진 씨 목소리가 좋지 않았거든요. 술 먹고 외박한 남편에게 호락호락한 부인은 어디에도 없으니까요. 박인수 씨도 내게 몹시 미안해할 거라고 생각했어요. 그래서 참았죠. 아내 눈치를 보느라고 거실에서 편하게 전화를 받을 수도 없을 거라고 생각해서요."

"그런데 제가 왜 다시 여기에 있죠?"

"토요일 새벽에 다시 데려왔어요. 전날과 똑같은 상황이었죠. 문을 닫을 시간에 술집 주인이 내게 전화를 건 거죠. 박인수 씨가 완벽하게 취해서 뻗어 있다고 하더군요."

박인수는 아무 말도 못했다. 그에게는 진 선생의 말이 유리로 된 세상이 부서져 깨지는 소리로 들렸다. 그가 자신의 세계라고 믿었던 것은 완벽하게 망가졌다.

"안 좋은 일이 있었던 건가요?"

"……"

"개인적인 일이라면 굳이 말하지 않아도 돼요."

"……"

"그러면 이런 일이 처음인가요?"

"……"

"오해는 말아요. 걱정이 돼서 묻는 거예요."

"……"

"내 생각이 맞군요. 분명 처음이 아니에요. 그렇죠?"

"……"

"치료가 필요한 수준인가요?"

"……"

"박인수 씨는 알코올의존증이지요?"

계속되는 박인수의 침묵에 진 선생이 미소를 잃고 냉담하게 말했다.

"스스로 통제하지 못하는 수준인가요?"

"……"

"술을 안 마시게 하려면 구속복 같은 걸 입히거나 해서 가둬 둬야 하는 단계군요."

"아니에요. 그 정도는 아니에요."

"그랬으면 좋겠군요."

"죄송해요. 이런 일은 처음이에요."

"처음이라면 희망은 있군요. 앞으로 안 그러면 되니까요."

"절대로 안 그럴 거예요."

"자, 이제 어떡하겠어요?"

"집으로 가보겠습니다."

"옷을 갈아입어요. 바래다줄게요."

"그전에 물어볼 게 있습니다."

"뭔가요?"

"목요일에요, 술을 처음 마신 날요. 사택 지하실에 누군가 들어왔어요."

"지하실에요?"

"네. 도둑 같았어요."

"그럴 수도 있죠. 도둑은 어디나 눈독을 들이니까요."

"지하실 열쇠가 어디 있나요?"

"집이 좁은가요? 지하실까지 써야 할 정도로? 거길 들어가 보고 싶은 건가요?"

"열쇠를 바꾸거나 그러고 싶어요."

"도둑이라면 그러는 게 좋겠죠."

"또 있어요."

"이번엔 뭔가요?"

"술집에서 김 대령을 봤어요."

"김 대령이오?"

"네."

"언제요?"

"제가 처음 거기서 마신 날요."

"목요일이오?"

"네."

"김 대령은 바쁘신 분이에요. 무엇보다 술을 싫어한다고 날 씀드렸을 텐데요. 술에 취하면 사람을 잘못 보는 일은 자주 일어나죠. 어서 옷을 입어요. 부인에게는 오전에 다시 전화를 걸어뒀어요. 전날 밤에 일 때문에 나와 함께 있었다고요. 믿는 눈치는 아니었어요."

"일 때문이라면 제가 전화를 했을 테니까요."

"달리 둘러댈 말이 생각나지 않았어요."

"제 탓인걸요. 취한 채로 집에 들어가는 게 특기였는데요."

"여긴 도시와 달라요. 돈만 내면 택시가 집 앞까지 데려다 주는 곳이 아니지요. 이곳으로 데리고 온 건 순전히 술집에서 내 집이 더 가까웠기 때문이에요."

"바로 집에 돌아가는 게 나았는지도 몰라요."

진 선생이 박인수를 빤히 쳐다보았다. 박인수는 괴롭다는 걸 보여주려는 듯이 두 손으로 머리를 감싸 안고 있었지만 어이없어하는 진 선생의 시선은 알아챌 수 있었다.

"난 내가 생각하는 한 최선을 다했어요. 솔직히 말하면 모유진 씨의 차가운 접대를 견디고 싶지 않았어요. 지난번 술을 마실 때 충분히 경험했으니까요."

"진 선생을 탓하는 건 아닙니다. 다 제 잘못인걸요."

"박인수 씨는 아주 취했고 내 생각엔 지금도 그런 것 같아요. 지금 혼자 나가면 집으로 갈 것처럼은 보이지 않아요. 또 술집으로 가게 될 거예요. 어제도 그런 상태로 술집으로 갔잖아요."

"지금은 조금도 취하지 않았어요. 정말이에요."

"그렇다면 다행이에요."

박인수는 다시 철제 침대가 있는 방으로 가서 어두컴컴한 속에서 옷을 갈아입었다. 불을 켜고 싶었으나 전구가 꺼졌는지 불이 들어오지 않았다.

옷을 갈아입은 박인수는 먼저 현관문을 열고 바깥으로 나왔다. 마당에 서서 공기를 쐬자 기분이 한결 나아졌다. 그럴수록 술 생각이 났다. 몸 곳곳에 새겨 있는 알코올 세포가 잠에서 깨어난 박인수를 충동질했다. 박인수는 세오를 떠올리려고 애썼다. 충동을 이길 수 없을 때 세오를 떠올리면 얼마간은 자제하는 데 도움이 됐다.

철제 침대가 달랑 놓여 있는 방을 가진 집이라니, 어딘지 어색했으나 생각에 몰두할 수는 없었다. 어디선가 이상한 소리가 들려왔다. 그 소리에 이끌려 박인수는 건물 오른편으로 천천히 걸어갔다.

건물을 끼고 돌자 벽 쪽에 그의 키보다 높은 커다란 철창이 있었다. 덩치 큰 짐승의 우리였다. 우리 안에 심어진 나무 위에 거대한 검은 자루가 놓여 있었다. 자루의 둥근 윗부분이 약이 떨어진 시계의 추처럼 아주 천천히 움직였다. 자루의 윗부분이 정면에 왔을 때에야 그것이 부엉이라는 걸 알았다.

"처음 봤어요?"

어느새 나타난 진 선생이 물었다.

"동물원에서 본 적이 있어요."

"내가 가장 좋아하는 놈이죠."

"다른 것도 있나요?"

"이 녀석이 전부예요. 생각만큼 쉽게 구할 수 있는 게 아니어서요."

"가장 좋아한다고 해서 다른 놈도 있는 줄 알았어요."

"이 녀석에 대한 애정이 인간을 넘어선다는 소리예요."

경이롭게 숲을 바라보는 진 선생의 눈빛을 떠올리면 그럴 것도 같았다. 진 선생은 숲에 오면 정신이 맑아진다고 말하곤 했다. 박인수는 반대였다. 수백 년 단위의 긴 맥박으로 천천히 요동 없이 자라나는 나무를 보고 있으면 짓눌린 듯 눈꺼풀이 무거워졌다. 진 선생이 부엉이를 쳐다보며 황홀한 표정으로 입을 뗐다.

"인간은 말이에요. 생존 환경이 바뀌면 쉽게 본성을 버려요. 늑대 소굴에 버려진 아이 얘기 들어봤죠? 그 아이는 곧 늑대가 되어버려요. 그런데 사람 사이에서 자란 늑대는 어떨 것 같아요?"

"개처럼 순해지겠죠."

"뭐, 그럴 수도 있고요. 하지만 순해지건 말건 늑대는 결코 사람이 되지 않아요. 여전히 늑대예요. 태어나서 죽을 때까지 절대로 본성을 버리는 법이 없죠. 동물이란 그런 존재예요."

"인간이 환경 적응력이 뛰어나서 그런 것 같은데요."

"그걸 말하는 거예요. 적응이 뭐라고 생각해요?"

"생존력이지요."

"결과론적으론 그렇지요. 생존이 가능하도록 본성을 바꿔가는 게 적응이니까요. 살기 위해서 본성을 버리는 게 적응이기도 하고요."

"그런 동물이라면 많을 텐데 특히 부엉이가 좋은 이유는 뭔가요?"

"키우고 있으니까요. 아무나 쉽게 키워대는 동물은 재미가 없어요. 그런 동물일수록 길도 잘 들고요."

"어렵게 구하신 건가요?"

"까다롭게요."

"어떻게 구했어요?"

"공식적인 절차는 설명하기 복잡해요."

"비공식적인 게 있는 거군요."

"말하자면 그렇지요."

"이렇게 큰 녀석은 뭘 먹나요?"

"아무래도 육식성이니까요. 죽지 않게 적당히 먹여줘야지요."

"사료 값이 만만치 않겠네요."

"앵무새나 잉꼬같이 흔한 새를 키우는 것보다는 많이 들어요."

"그런데 왜 키우세요?"

"부엉이라서요."

"네?"

"포유류같이 덩치가 크지요."

"새장의 크기도 어마어마하네요. 이건 숫제 날짐승 우리 같아요."

"적어도" 진 선생이 박인수를 바라보며 천천히 말을 이었다 "부엉이보다는 커야 하니까요. 자, 이만 갑시다."

박인수는 진 선생의 부축을 받아 차에 올라탔다. 가로등도 없는 길은 어둡고 어두워서 진 선생의 집이 연구소 부근 어디라는 것은 짐작할 수 있었으나 정확히 어디께인지 가늠하기 힘들었다. 그 집을 빠져나와 혼자서 술집을 찾아갔다는 게 통 믿기지 않았다.

이렇게 깊은 어둠은 이 마을에 와서 처음 보는 것 같았다. 전조등이 비추는 한 치 앞만 겨우 보였다. 삶의 채도가 극적으로 어두워져 있어서인지, 이전에는 관심을 두지 않았던 것들을 생각하게 되었다. 이를테면 밤이 가지는 제각각의 농도에 대해서, 숲 그늘이 점차 마을 쪽으로 뻗어나갈 때의 서늘한 기운에 대해서. 부러 그런 생각들을 하면서 당장 집으로 돌아가서 아내를 어떻게 보아야 할지는 생각하지 않았다. 사실 그저 난감했다. 모든 것이 되풀이되고 있었다. 과거가 현재를 장악했다. 현재는 과거에 속박되었다. 그렇게 함으로써 곧 미래도 잠식당할 것 같았다.

20

 벽을 더듬어 스위치를 올렸다. 형광등이 차례로 불을 밝혔다. 난방기를 가동하지 않아 서늘한 사무실에 앉아 있자니 사방이 유리로 된 접객실에서 김 대령을 만났던 일이 떠올랐다. 그때로부터 고작 몇 개월밖에 지나지 않았는데, 전 생애의 일인 듯 아득했다. 박인수는 과거로 뒷걸음치려는 의식을 잡으려고 손에 힘을 주었다.
 진 선생이 사택 앞에서 그를 내려주고 차를 돌려 돌아간 후 박인수는 어두컴컴한 숲길을 걸어 사무실로 올라왔다. 추웠고 어두웠고 알 수 없는 소리가 여기저기서 들렸으나 걸음을 멈추지는 않았다. 현관 쪽에서 보이는 유리창에 모유진의 그림자가 어른거리는 걸 본 순간 집에 들어갈 용기를 잃었다. 그래도 들어가야만 했다. 아무래도 그게 가장 좋은 방법이었다. 며칠간의 폭음과 외박, 그 계기가 된 환영과 환청을 솔직하게 털어놓아야 했다.
 그러나 그렇게 해서 도대체 뭐가 달라진단 말인가. 그는 무표정하거나 경멸에 찬 아내의 얼굴을 바라봐야 할 것이며 내내 기분을 살필 것이고, 모유진의 표정이 시시때때로 달라지는 걸 알아챌 것이며 세오가 두려워하며 그를 피하는 걸 봐야 할 것이고, 차가운 공기에도 불구하고 가족 세 명이 서로의 공간을 잠식당하지 않으려고 각자의 영역을 지키는 짐승처럼 거리를 유지하려고 애쓰는 걸 봐야만 할 것이었다. 어차피 그런 순간을 맞아야 할 테지만 환하게 불이 켜진 집을 바라보자니 가급적 그런 순간을 늦추고 싶어졌다.

사무실 바닥에는 온갖 사물들이 나뒹굴고 있었다. 그는 천천히 바닥에 떨어진 것들을 주웠다. 얼추 정리가 끝난 후에 외투 주머니에 있는 휴대전화기를 꺼냈다. 충전기를 연결하고 서랍에서 명함을 꺼내 전화번호를 눌렀다. 새벽 한 시가 넘어 있었다. 낯선 번호로 걸려오는 전화를 선뜻 받기에는 늦은 시각이었다. 전화를 끊어야 한다고 생각하면서도 계속 신호음을 듣고 있었다.

잔뜩 가라앉은 목소리로 여보세요 하고 부르는 소리가 들렸다. 박인수는 사무장이 전화를 받기를 애타게 기다렸으면서도 어쩌겠다는 것인지 알 수 없어졌다. 여느 때처럼 확신을 가질 수 없는 채로 전화를 걸었다. 이런 식의 불확실성이 익숙해질 법한데도 그는 매번 스스로에게 실망했다. 그를 이끄는 것은 이성적인 생각이나 합리적 판단이 아니라 충동적인 말과 행동일 때가 많았다. 이번에도 그는 충동의 인도를 기다렸다.

"누구십니까?"

사무장은 자다 깬 듯 목소리가 가라앉아 있었다. 박인수가 머뭇대다가 이름을 댔다.

"네? 누구요?"

"숲이오. 거기 관리인입니다."

"아, 그래요. 박인수 씨. 무슨 일입니까?"

그는 입을 다물었다. 무슨 일로 전화를 걸었는지 알 수 없어서였는데 안다고 해도 전화로 털어놓을 얘기가 아닌 것 같았다.

"그보다 지금 몇 십니까?"

"죄송합니다. 자정이 넘었어요."

"아, 괜찮아요. 걸 만하니 걸었겠지요. 그렇죠?"

"말할 사람이 떠오르지 않았어요."

"무슨 말을 하고 싶었습니까?"

"진 선생을 만나고 왔습니다."

"그런데요?"

"진 선생이 부엉이를 키우고 있었습니다."

"부엉이요?"

"네."

"그런데요?"

"그렇게 말했다고 했어요. 숲에 부엉이가 산다고요."

"누가요?"

"전임자가요. 변호사의 형님이요."

"숲에 부엉이가 사는 게 어때서요?"

"변호사 양반이 그렇게 말했어요. 자기 형이 어머니한테 전화를 걸어서는 숲에 부엉이가 산다고 말하면서 울었다고요."

"그런 말을 했답니까? 몰랐습니다. 그 얘기는 들은 적이 없습니다. 숲에 부엉이가 산다고 했다고요?"

"네."

"흠, 별 이상한 말은 아닙니다."

"하필 진 선생 집에 부엉이가 산다니까요."

"불법이라서요?"

"네?"

"부엉이 키우는 거요. 종이 뭔지는 몰라도 불법입니다. 부엉이가 죄다 천연기념물 아니면 멸종 위기 보호종, 그런 겁니다. 그런데 이 밤에 부엉이 얘기를 하러 전화를 건 겁니까? 실망입니다."

이제는 완전히 잠이 깬 듯 사무장이 장난스럽게 대꾸하고는 말을 이었다.

"박인수 씨, 부엉이는 부엉입니다."

"네?"

"아무리 커도 부엉이는 부엉이란 소립니다. 사람을 어딘가로 납치하거나 음모를 꾸미거나 죽이지는 못한다는 말입니다. 아, 물론 놀라게는 하겠죠. 부엉이가 박새처럼 작은 새는 아니니까요. 보고 놀랐습니까?"

"아니요."

"거 보십시오. 심지어는 놀라게도 못합니다."

박인수가 피식 웃었다. 사무장과 얘기를 나누자 어느 정도 마음이 안정되었다.

"그 마을에서 가장 위험한 게 뭔 줄 아십니까?"

"사람입니까?"

"사람은 어디서나 가장 위험하지만 가장 의지할 만한 동물입니다. 그 동네에서만 유별난 건 아닙니다."

"그럼 트럭인가요?"

"그럴 수도 있습니다. 변호사님 사고를 생각하면 말입니다. 하지만 거긴 숲이잖습니까. 산이고요. 산에서 제일 위험한 게 뭐겠습니까?"

"계곡이오? 골짜기?"

"그건 등산동호회 소견이고요. 일반적으로는 불이지요. 산불."

"산불이라……"

"조심하십시오. 그 마을 산불 발생률도 그렇고 잔불 방치율도 국내 최곱니다. 큰 불도 잦고 잔불이 나도 끄지 않고 훨훨 타게 둡니다. 애초에 씨앗은 잔불이었더라도 사람이 어쩔 수 없는 수준으로 번지기도 하지요. 그럴 때는 방법이 뭐겠습니까?"

"꺼야지요."

"아니요, 못 끕니다. 그저 다 타도록 두는 수밖에 없습니다. 산불은 잘 진화되지 않아요. 몇 해 전에 산불이 고찰을 홀랑 태워버린 경우도 있었잖습니까?"

"무기력해지는군요."

"그럴 필요는 없습니다. 어쨌든 최선을 다해 끄려고 해야 진화되는 속도가 빨라지기는 하니까요. 하지만 제가 말하고 싶은 건 산불을 꺼야 하느냐 말아야 하느냐가 아닙니다. 숲에서 가장 두려운 건 부엉이가 아니라 불이라는 겁니다."

"곧 불이 날 거라는 말씀인가요?"

"가능성이 높은 얘기긴 합니다. 산불은 건조할 때 가장 많이 나니까요. 그나저나 산불이 나면 박인수 씨가 제일 위험한 거 아닙니까?"

"왜요?"

"왜겠습니까? 사무실이 숲 바로 앞에 있으니까 그렇지요."

"아, 조심하겠습니다."

"무슨 일이 벌어지건 막을 수 없는 산불만 하겠습니까?"

박인수는 잠자코 있었다. 사무장이 말을 이었다.

"산불이 난다 해도 피할 방법이 아예 없는 건 아닙니다. 산불 대피 요령 압니까?"

"업무 매뉴얼에서 봤습니다."

"뭐라고 써 있습니까?"

"바람의 반대 방향에 서라."

"잘 알고 있군요. 그렇게 하면 됩니다. 뭐가 힘듭니까? 게다가 방법이 또 있습니다."

"뭔가요?"

"피하는 겁니다."

"피해요?"

"마구 달리는 겁니다. 이미 산불이 지나간 자리로요. 산불은 지나간 자리로는 다시 오지 않으니까요. 그러니까 박인수 씨는 산불이 지나간 자리를 찾기만 하면 됩니다. 그거야 간단히 찾을 수 있죠. 잔뜩 그을려 있을 테니까요. 그렇지 않습니까?"

박인수는 단 한 번 보았고 이제 겨우 10분 정도 전화 통화를 한 사무장의 말 때문에 왈칵 눈물이 쏟아질 뻔했다. 이 마을에 온 후 그는 실패한 과거를 다시 만나고 충실히 과거를 복기하는 일 외에는 아무것도 하지 못했다. 과거가 복기되는 순간 현재의 실패가 자명해서 체념하고 헤쳐나갈 의욕을 잃었다. 맞서 싸울 힘이 없다면 이곳을 떠나면 된다는 간단한 방법조차 잊고 있었다. 그는 사무장에게 진심으로 고맙다고 말했다. 그의 목소리가 떨렸다. 사무장이 잠시 시간을 준 후 부드럽게 말을 이었다.

"제가 박인수 씨에게 해줄 수 있는 말은 변호사님의 일과 박인수 씨의 일을 결부하지 말라는 겁니다. 변호사님 형님은 거의 금치산자나 마찬가지였습니다. 그저 일을 하기 싫어서 다른 마을로 피해버린 걸 수도 있어요. 어쩌면 그 마을에 있었던 게 아닐 수도 있고요. 변호사님도 그랬습니다. 관리인이 아니었을지도 모른다고요."

"그건 아닙니다."

"왜죠? 뭔가 알게 되었나요?"

"그 말이오. 숲에 부엉이가 있다는 말."

"네."

"그 말이 적힌 종이가 있었습니다."

"어디에요?"

"책상 서랍 밑에요."

"제가 그걸 보러 가도 되겠습니까?"

"네."

"잘 가지고 계십시오."

"네."

"하지만 아까 제가 한 말을 잊지 마십시오."

"산불이오?"

"이런, 제가 또 딴말을 하느라 정작 할 말은 안 했군요. 전임자에 대해서 박인수 씨가 많이 생각할 필요는 없습니다. 진이라는 사람이 여기저기 연관되어 있지만 그건 그가 술꾼인 데다 마을 주민이고 연구소 직원이라서 그런 겁니다. 진이라는 사람을 의심하는 게 지나칠 수도 있습니다. 잊지 마십시오. 알고 보니 마른 억새풀인 경우는 허다하니까요."

"마른 억새풀이오?"

"유령의 정체를 보니 마른 억새풀이었네."

"네?"

"제 말이 아닙니다. 바쇼라는 시인이 그렇게 말했죠."

"알고 보니 억새풀이라……"

"의심하면 모든 게 의심스러운 법입니다. 믿으면 모든 게 믿을 만하고요. 하지만 억새풀이라고 해도 조심해서 나쁠 건 없습니다. 억새풀에 걸려 넘어지는 바람에 다리가 부러졌다는 사람 얘기 못 들어봤습니까?"

"못 들었어요."

"저도 못 들었습니다. 부끄러워서 소문내지 않아서 그런 겁니다."

박인수는 조금 웃었다. 자다 깬 사무장의 근거 없는 낙관과 위로 덕분에 다소 마음이 놓였다. 그의 위안은 사무장이 자신의 처지를 이해해주었다는 데에서 오는 게 아니었다. 사무장은 그의 말을 듣고 우선 수긍해주었다. 가장 단순하고 순수한 위로의 방식이었지만 그는 용기를 얻었다. 그 덕에 자신의 불안이 사소한 것들의 모순과 충돌이 가져온 오해에 불과할지도 모른다는 생각도 할 수 있었다.

사무장은 그에게 밤이 늦었으니 어서 자라고 이르고는 전화를 끊었다. 그는 의자에 앉아 블라인드를 걷고 어두컴컴한 창밖을 보았다. 어디 멀리서 부엉이 우는 소리가 들릴까 싶었으나, 어둔 숲에 이는 바람 소리만 가득했다.

사무장과의 통화로 작게나마 용기를 얻은 박인수는 아내를 떠올렸다. 그는 참지 못하고 집으로 전화를 걸었다. 전화를 받지 않을 거라고 생각했으나 모유진은 금방 전화를 받았다. 진 선생의 차가 되돌아 나가는 걸 알고 있었을 것이다. 잠을 자지 않고 창가를 서성인 게 어쩌면 그를 기다린 것인지도 몰랐다. 희망을 품자니 그런 생각까지 들었다.

모유진은 수화기를 들기는 했으나 아무 말도 하지 않았다. 그도 아무 말 하지 않았다. 수화기를 통해 조금 거칠어진 모유진의 숨소리가 들려왔다. 박인수는 아내가 전화를 받아준 게 고마웠다. 그가 아내에게 기대하는 것은 이 정도였다. 아내는 한밤의 전화가 남편에게서 걸려왔음을 알아챘다. 언제 어디서고 자신이 누구인지 알아줄 사람이 있다는 게 고마울 정도로 그는 지쳐 있었다.

"이번엔 어디예요?"

한참 만에 아내가 낮은 목소리로 물었다.

"술 먹고 싸움이라도 했나요? 경찰선가요? 또 진 선생 집인가요? 아니면 다쳤어요? 병원이에요? 왜요? 합의금이나 보호자가 필요해요?"

나지막하고 차갑게 쏘아붙이는 아내의 목소리에 박인수는 사무장이 준 위안을 완전히 잃었다. 이 모든 것이 사소한 오해라는 생각은 헛된 희망에 가까웠다. 자신을 둘러싼 일은 모두 나쁠 수밖에 없다고 자책했다.

"무서워."

"뭐라고요?"

"무서워."

"나랑 상관없는 일이에요."

"나무는 흔들리고 부엉이가 운다고 했어. 정말로 그런 것 같아."

"장난해요? 술 취했어요?"

어느새 울음이 터져 나왔다. 박인수는 울음소리가 새어 나가지 않게 하려고 주먹 쥔 손으로 입을 틀어막았다. 소용없었다. 침이 흐르고 끅끅거리는 소리가 새어 나왔다. 모유진은 잠자코 있었다. 고맙게도 그를 다그치거나 전화를 끊어버리거나 화를 내지 않았다. 침묵 속에서 그를 못마땅해하는 기색이 느껴졌으나 잠자코 얼마간 울음소리를 들어주었다. 그 생각에 조금 마음을 진정시켰다.

"또 술이군요. 취해 있어요. 그렇죠?"

말끝에 모유진이 피식 웃었다. 그러고는 이내 우스운 농담을 들은 듯 크게 웃어댔다. 아내의 웃음소리가 멈추지 않았다. 그는 가만히 수화기를 내려놓았다.

왜 이 지경까지 왔을까. 누구에게랄 것도 없이 묻고 싶었다. 그 질문에는 수많은 대답이 있었다. 하지만 어떤 것도 마음에 들지 않았다. 해답을 얻을 수는 없었다. 착잡하고 풀기 어려운 문제들이 그렇듯 일반적인 생각밖에는 떠오르지 않았다. 자신에게 이런 형편이니, 아내에게 뭔가를 설명한다는 게 가능한가. 갈등하지 않은 것은 아니었다. 아내에게 설명할 수 없다면 그가 아는 것은 모두 사실이 아닐 것이라는 생각도 했다. 애써 설명하면 아내는 이해해줄까. 아내의 말대로 술을 마셨고 취했고 환상에 빠졌고 기억을 잃기를 반복했는데 말이다.

술에 취할 때만이 현실을 아무 느낌 없이 받아들이고 지워버리거나 무시할 수 있었다. 그렇더라도 언제나 술 때문이라는 것은 변명할 거리가 못 됐다. 그는 비록 취해 있었지만 아내나 세오에게 그리고 자신에게 무슨 짓을 하는지 모를 정도는 아니었다. 그러나 그런 판단력이 그를 멈추게 하지는 않았다.

취기는 그에게 모든 일은 언젠가는 지나갈 것이고 아무도 상처를 입지 않을 것이며 삶의 여러 갈피 속에 고스란히 묻혀 누구에게도 영향을 미치지 않을 것이라고 생각하게 했고, 인생을 통째로 긍정하게 만들었다. 그렇게 생각하는 것 자체가 이미 그가 가눌 수 없을 정도로 취해버렸다는 사실을 증명했다. 그렇지 않고서야 어떻게 그 순간들이 인생의 다른 순간과 마찬가지로 곧 지나가버릴 거라고 생각할 수 있단 말인가.

3부

21

 술병이 손에서 미끄러져 바닥으로 떨어지는 걸 이안남은 무기력하게 지켜보았다. 손에서 뭔가 놓칠 때면, 특히 그것이 술병일 경우에는 약간의 공황 상태에 빠졌다. 아무리 제어하려고 해도 힘이 모조리 빠져나갔다.
 "먹어서 없애고 깨서 없애고…… 잘한다, 잘해."
 주방에 딸린 방에서 아내가 소리쳤다. 이안남은 무시하고 빗자루를 가져다가 깨진 유리 조각을 쓸어 담고 마대걸레로 바닥을 닦았다. 나무로 된 걸레 자루는 하도 만져 반들반들 속살처럼 부드러워졌다. 오래전 도끼 자루를 손에 쥐었을 때의 느낌과 비슷했다. 길이 잘 든 장갑처럼 손에 착 감기던 나무 자루 말이다.

"32년째야."

무시당한 것에 화가 난 듯 아내가 밖으로 나와 소리쳤다.

"나도 셀 줄 알아. 안 가르쳐줘도 돼."

"내가 원한 건 이게 아냐. 적어도 정신은 차리고 있는 줄 알았지."

"쯧, 그냥 술병 하나 깬 거야. 차고 넘치는 게 술병이잖아. 뭘 그걸 가지고그래."

이안남은 퉁명스럽게 대꾸하고 걸레질을 계속했다. 그다음에 이어지는 아내의 말을 입 모양으로 따라 하면서.

"내가 미쳤어, 내가. 당신은 더 일찍 미쳤고."

이안남은 히죽 입술을 끌어당겨 웃었다. 아내는 날마다 같은 한탄과 욕을 되풀이했다. 창의성이랄 게 없어서 욕조차 지루했다.

화장실에 걸레를 가져다 두려는데 누군가 위압감이 들 정도로 거칠게 발로 문을 걷어찼다. 요란한 소리로 문이 열리고 비틀거리며 한 사내가 들어섰다. 박인수였다. 보풀이 일어난 모직 점퍼를 입고 있었다. 피부는 창백하고 면도를 하지 않아 까칠해 보였다. 이미 어디에선가 술을 마시고 온 것 같았다. 이안남은 그가 의자에 제대로 앉는 걸 지켜본 후 걸레를 두러 화장실로 갔다.

박인수는 요즘 늘 가게의 첫 손님이었다. 어떤 때는 퇴근 시간도 되기 전에 술집에 앉아 있는 경우도 있었다. 박인수는 술에 취한 척하지 않으려고 입구에서 가까운 자리에 동상처럼 우두커니 앉아 있다가 이안남이 다가가자 희미하게 웃었다. 이안남은 그 미소를 아무 술이나 좋으니 가져다 달라는 뜻으로 해석했다. 물잔을 내려놓자 박인수가 말했다.

"기왕이면 독한 게 좋아요."

"독주는 없소."

없을 리가 없지만 이안남은 박인수를 위해서 가급적 순한 술만 주려고 했다. 그것도 이안남이 취하기 전까지만이었다. 취하고 나면 술에 대해서는 한없이 너그러워졌다.

"아니어도 상관없어요. 독하지 않으면 많이 마시면 되니까요."

박인수는 첫 잔에 대한 기대로 활짝 웃었다.

이 사내는 좀 빠르군. 이안남은 숲에 온 관리인을 모두 지켜봤다. 김 이후 서너 명은 되었다. 박인수는 좀 남달랐다. 가족과 함께 나타났다는 점이 그랬다. 관리인이 가족과 함께 나타난 건 처음이었다. 가족이 있건 없건 금치산자와 비슷한 처지라는 건 같았지만. 진은 가족이 없는, 있어도 없는 것이나 마찬가지여서 혈혈단신인 사람만을 채용해왔다. 이안남이 의아해하며 묻자, 진은 '그 가족은 곧 깨질 거야'라고 단언했다. 아무도 그 말을 의심하지 않았다. 진의 말은 틀린 적이 거의 없었다.

"사장님, 뭐 좀 물어봅시다."

박인수가 이안남을 크게 불렀다.

"혹시 이 동네에 김 대령이란 분이 있습니까?"

"김 대령?"

"네."

"쯧, 글쎄. 주민 중에 대령 출신은 없는 걸로 알고 있소."

그 말을 듣고 박인수는 김 대령이 실제로 대령 출신은 아닐지도 모른다고 생각했다. 따지고 보면 대령 출신이 자신을 관리자로 채용한 게 더 이상한 일인데, 왜 한 번도 그 생각을 안 했을까.

"대령 출신이 아닐 수도 있고요. 대령처럼 생기긴 했습니다."

"대령이라는 거요, 아니라는 거요?"

"그게…… 확실치가 않아서요. 그분, 눈동자가 새까맣고 머리도 숱이 많고 검습니다. 말투는 무뚝뚝하고요."

"체격이 좋고 건강해 보이겠군."

"맞아요. 날마다 몇 시간씩 운동할 것 같은 인상이죠."

박인수가 반갑게 대꾸했다.

"옷은 주로 정장을 입지?"

박인수는 이번에도 크게 고개를 끄덕였다. 김 대령을 본 것은 겨우 한 번뿐임에도 어쩐지 그가 늘 정장 차림일 것 같았다.

"나이는 대략 50대 후반에서 60대 초반쯤?"

"네, 맞습니다."

"머리는 검지? 늘 단정하고? 아마 한쪽으로 치우친 가르마일 거요. 얼굴은 크고 검은데 살집이 좀 있을 테지. 목소리는 굵고 낮아야지."

"네, 그분이 맞아요. 다행입니다. 아는 분을 만나서. 그분을 만나고 싶어요. 꼭 확인할 게 있거든요. 어디 가면 만날 수 있나요?"

박인수가 벌떡 일어서 매달리듯 팔을 잡았다. 이안남이 그를 다시 의자에 앉혔다.

"그건 모르지."

"네?"

"모르는 사람이오."

"방금 쭉 설명하셨잖아요. 그분이 바로 김 대령이에요."

"쯧, 60대 초반의 풍채 좋고 고집스러워 보이고 단정하게 늙은 사람은 사람 사는 곳이면 어디에나 있지. 형씨가 말하는 사람만 그렇게 생긴 게 아니지. 꼽아보면 우리 마을에도 몇 명 있지. 특히 여기 서점 주인 말이오. 그 사람이 꼭 그렇게 생겼지. 목소리로만 따지자면 세탁소 주인이 근사한 저음이고. 쯧, 그러고 보면 나도 좀 닮지 않았소? 머리가 검지는 않지만 가르마가 꼭 그 모양일 텐데."

박인수는 실망감을 감추지 못하고 얼굴을 차츰 보기 싫게 일그러뜨렸다. 이안남은 어깨를 으쓱하고는 자리로 돌아가다 말고 문득 생각난 듯 멈춰 서서 말했다.

"그런데 오늘 며칠째 계속해서 술을 마시는 줄 알고 있소?"

"알고 있습니다."

"용하군."

"언제부터 마시기 시작했는지 알고 있으니까요."

"하긴 첫날을 기억하면 셀 수 있지. 그럼 술을 마시면 아무도 당신을 말릴 수 없다는 것도 알고 있소?"

"짐작은 합니다."

"내가 늘 당신에게 첫 잔을 주는 사람이지. 이 동네에서는 말이오. 부탁인데, 마지막 잔을 주는 사람이 되지는 않게 해주오."

"걱정 마십시오. 이 정도면 썩 잘 조절하고 있는 겁니다."

"술을 끊어본 적 있소?"

"그럼요. 당연하지요. 술을 마시는 것도 마시지 않는 것도 다 제 뜻인걸요."

박인수가 정말로 스스로를 통제할 수 있다고 생각하는 것인지, 중독자답게 자신의 처지에 허세를 부리는 것인지 분간하기 어려웠다. 그게 뭐였든 박인수가 잘못 알고 있는 건 분명했다.

"요새는 계속 마시도록 두는 시기요?"

"네, 그래야 할 일이 있어서요."

"술꾼들한테는 그런 일이 날마다 생기는 법이지."

"일전에 진 선생에게 연락해주셔서 고맙습니다."

박인수는 순전히 화제를 돌려볼 생각으로 말했다.

"그거야 진한테 고마워할 일이지. 새벽이었는데 자고 있다가 일어나서 와줬으니까. 안 왔다면 여기 주방에서 재워야 했을 텐데. 내 마누라 성질이 보통이 아니지."

"죄송합니다."

"괜찮소?"

"뭐기요?"

이안남이 대꾸 없이 박인수를 빤히 보았다. 박인수가 당황했는지 물이 가득 담겨 있던 잔을 쏟았다. 허겁지겁 냅킨을 꺼내 테이블을 닦는 걸 보자 이안남은 그가 안쓰럽다는 생각이 들었다. 박인수가 통에 담긴 냅킨을 거의 다 꺼내 테이블을 닦고는 민망하다는 듯 이안남을 올려다봤다. 이안남은 그에게 괜찮다고 말하고 웃어주었다. 멋쩍게 마주 웃는 사내를 보니 얼굴이 조금 달라진 느낌이었다. 처음 보았을 때는 공포와 두려움에 떨고 있었는데, 지금은 그런 게 보이지 않았다. 두렵고 무서운 게 없어져서가 아니라 잃어버릴 게 남아 있지 않아서 초연해진 얼굴이었다.

"건강 말이오."

"아, 건강요? 나쁠 건 없습니다. 술을 이렇게 먹는데도 괜찮은 걸 보면 오히려 좋은 편이라고 할 수 있지요."

"건강은 확신할 수 없는 거요. 균형을 잃는 순간 모든 걸 잃게 되니까. 명심해요. 균형을 지켜야 하지. 그래야 건강하지."

"네?"

"술 좀 작작 먹으라는 소리요."

"그게 아니라 건강이 뭐라고 하셨잖습니까?"

"건강은 확신할 수 없다고 했지."

"그 말 말고요."

"왜 그러시오?"

"그 말요. 건강은 균형이라는 말요. 어디선가 들어본 말이어서요."

"그래요? 유명한 사람이 한 말인가 보지. 여하튼 몸 좀 살피면서 드시오."

이안남은 그에게 뭔가 더 묻고 싶은 게 있을 박인수를 두고 얼른 주방으로 들어가버렸다. 박인수가 불러도 나가지 않을 생각이었는데, 그를 부르는 소리는 들리지 않았다. 이안남은 연민을 없애려고 애썼다. 자신이 함구해야 할 것을 생각하면 연민을 갖는 것은 가당치 않았다.

22

어쩌면 그때 약에 취한 것은 아닐까.

한성수는 책을 살펴보다가 불쑥 그런 생각을 했다. 책은 이하인이 들고 있던 것이었다. 그저 우연히 가까운 곳에 있던 책을 집은 것인지도 몰랐다. 그러나 한성수는 제목을 외워두고 있다가 이하인이 나가자마자 읽기 시작했다. 한성수가 서점의 책을 읽은 것은 거의 처음이나 다름없었다.

책 말미가 흥미로웠다. 적극적인 방어책으로 동물들에게 치명적인 물질을 만드는 독성 식물군 얘기였다. 한성수는 그 부분을 주목해서 읽었다. 독성 식물들은 대개 일 년밖에 못 사는 초본식물이었다. 초본식물군은 악달지에게 상해를 당하면 종자 유지가 불가능하기 때문에 적극적으로 방어할 수밖에 없다. 여러 해를 사는 목본식물이라면 생장이 더딘 해가 있더라도 이듬해의 생장으로 보장받을 수 있지만, 한해살이 식물들에게는 더 이상 기회가 주어지지 않으니까. 말하자면 독성은 생명을 유지하기 위한 방어책인 것이다.

책에서는 특히 맥각균에 주목하고 있었다. 호밀 등의 풀에 기생하는 맥각균은 까만 낟알처럼 생겼고, 겨울에만 볼 수 있었다. 실제 1950년대 유럽의 한 나라에서 있었던 사건을 인용했다. 제분업자와 제빵업자가 마을의 호밀이 오염되었다는 사실을 무시하고 빵을 제조했다가 50여 명 이상이 정신이상을 일으킨 사건이었다. 그들은 그 지역에서 생산한 식빵을 다량으로 먹은 후 끔찍한 환영에 시달렸고 걷잡을 수 없이 웃었다 울었다 했으며 구토와 발작을 일으키다 잠자리에 들면 괴로움에 몸부림쳤다. 몇 사람은 뱀의 몸속에 갇혔다고 울부짖었다. 참다못해 입원을 시켰더니 구속복을 일곱 벌이나 찢고 침대에 묶어 놓은 가죽 띠를 끊어낸 후 3층 창문에서 뛰어내려 다리가 부러진 채로 달아난 사람도 있었다. 맥각중독으로 혈관이 압박당해 이런 증상이 나타나는 것인데 치료하지 않으면 괴저(壞疽)로 발전하기도 하고, 손가락이나 발가락, 심지어는 손발이 다 떨어져 나가는 경우도 있다고 했다. 맥각균은 비가 많고 따뜻한 날씨가 지속되며 습지가 많은 곳에서 생장하는데, 숲이 그런 요건을 충족시켰다.

한성수의 눈길이 머문 것은 벌목꾼의 사망에 대한 한 학자의 의견 때문이었다. 그 학자는 벌목꾼의 계속되는 죽음이 알칼로이드 물질이나 맥각균이 환각 작용을 일으켜 생긴 것이라고 주장했다. 시신 훼손 상태를 보아 나무에 깔리거나 톱에 의해 상해를 입은 것이 아니라 인적 훼손 혐의가 짙은데, 벌목꾼들끼리 환각 상태에서 폭력 사태를 벌이면서 사망자가 늘었다는 것이다.

책을 읽으면서 한성수는 심한 기시감에 사로잡혔다. 그때 관리인을 두들겨 패면서 자신이 꼭 그렇지 않았는가. 뱀이 몸을 타고 오르는 것처럼 서늘한 두려움에 사로잡혀 눈에 보이는 것이라면 가릴 것 없이 주먹을 휘둘렀다. 나무를 벨 때도 그럴 때가 있었다. 환각 상태에 빠진 듯 통증 없이 도끼질을 하던 때가. 하지만 한성수는 그때 자신이 취한 것은 약이 아니라 술이라는 것을 명백히 알고 있었다.

한성수는 누가 볼까 싶어 그 책을 다른 책 사이에 끼워 계산대 밑에 넣어두었다. 이하인이 찾아도 줄 생각이 없었는데, 그는 다시 서점에 들르지 않았다. 이하인의 소식은 뜻밖의 곳에서 들려왔다.

서점 문을 닫으려는데 이안남이 찾아왔다. 파카 안이 볼록했다. 한성수가 쳐다보자 그 부분을 의기양양하게 두드리고는 파카 안에 감춘 술병을 떨리는 손으로 꺼냈다. 그는 이미 취해 있다.

"웬일이야? 가게는 어쩌고?"

"쯧, 가게야 술꾼들이 알아서 술을 마실 텐데 뭐가 걱정인가. 만날 여기 틀어박혀 있는 자네가 걱정이지. 오늘은 나랑 한잔하자고."

"저녁 내내 누군가와 말하고 싶다고 생각했지. 술이라도 하면 좋겠다고 말이야."

"자네가 술 생각을 할 때도 다 있군."

"응, 그때뿐이긴 하지만. 자네나 마셔. 난 마신 척 취할 수 있으니까."

"젠장, 마시지도 않고 취할 수 있다는 게 무슨 말이야. 예전에 자넨 이렇지 않았잖아."

"자네도 딱 한 병뿐이야. 하긴 자넨 한 잔도 위험해 보여."

"그래, 그럴 테지. 왜 아니겠어? 난 한 잔도 위험해. 한 잔만 더 마시면 아주 취해버릴 것 같거든. 난 정말이지 자네가 요새 술을 마시면 어떻게 되는지 궁금해. 자네는 술 취한 나를 훤히 알고 있지만 말이야."

"한창 마실 때도 나보다 늘 자네가 먼저 취했으니까."

"지금은 전혀 마시지 않고 말이지."

"그래, 지금은 전혀 마시지 않지."

"쯧, 그때부터지?"

"뭐가?"

"술 끊은 거 말이야."

한성수는 이안남이 말하는 '그때'가 언제인지 알고 있었다. 그때 이후 한성수가 아예 술을 끊었다면 이안남은 그때부터 장사를 하면서도, 술을 마시기 시작했다.

"어디로 갈까?"

"어디로든 갈 수 있지. 하지만 딱 한 군데는 안 돼."

"그게 어디야?"

"우리 집. 마누라 잔소리가 대단할 테니까."

"그렇지, 거긴 또 술이 천지니까. 그러면 절대 한 병으로는 끝나지 않을 테고. 자, 저기 앉자고. 의자를 좀 가져올게."

한성수는 카운터 쪽 전등만 두고 서점 내부 불을 전부 껐다. 그들은 간이 의자를 가져다가 밖이 보이도록 나란히 앉았다.

"저기 어디쯤이야."

이안남이 술을 한 잔 마시더니 손을 뻗어 도로 쪽을 가리켰다.

"뭐가?"

"자네가 모를 줄 알았어. 통 서점 밖을 나오질 않으니 어찌 알겠나. 찾아오는 사람이 있을 리도 없고. 벌써 열흘이 넘었는데 말이야."

"무슨 일인데? 아직 호들갑 떨 일이 남았어?"

"쯧, 아내한테는 여전히 연락이 없나? 아내라도 있으면 소식을 알았을 텐데."

"자네도 알겠지만 여자가 하는 말 중에 들을 말은 아무것도 없어. 여자는 늘 잔소리만 해."

"소문을 전하는 데는 여자만큼 빠른 것도 없어."

"무슨 소문을 들어야 하는데?"

"그자가 죽었다는 소식."

이안남이 담담하게 말했다. 한성수는 이안남과 '그자'에 대해 말을 나눠본 적이 없지만 오랜 직관으로 그게 누굴 말하는 것인지 곧 알아차렸다.

"어떻게?"

"교통사고."

"그랬군."

"뺑소니지. 트럭이래."

"트럭 말고 이 동네에 차가 뭐가 있겠어."

한성수는 등을 의자에 기대고 앉았다. 이안남이 잔을 들어 올렸다. 숨소리가 거칠었다. 손을 떨고 있었다. 자세히 보지 않아도 알아차릴 만큼 많이 떨었다. 한성수는 이안남이 손을 떠는 것이 술 때문인지 '그자'의 죽음 때문인지 궁금했다.

"난 정말 이곳이 마음에 안 들어."

이안남은 억지로 미소를 지으려 했지만 그럴수록 찡그린 표정이 되었다.

"그 사람 말이야, 형을 꼭 찾고 싶다고 했대."

"누가 그래?"

"쯧, 진히경이가. 죽었다고 했더니 깜짝 놀라더군. 진히경은 그 사람과 밥을 먹기로 약속도 했대. 변호사 양반이 몇 날 며칠이고 여기에는 붙어 있을 줄 안 거야. 거봐, 소문을 전하는 건 다 여자라고 했잖아."

"진히경은 왜 그랬어?"

"원래 이 동네 사람만 아니면 다 친절하게 굴잖아. 결혼해서 이 동네를 떠나는 게 꿈이라나."

"별게 다 꿈이지. 경찰은 뭐래?"

"그냥 뺑소니로 처리하고 끝."

"신고자가 누군데?"

"진."

두 사람은 전등이 하나만 켜진 서점의 어두컴컴한 불빛 속에서 서로를 쳐다보았다. 얼굴 윤곽이 어둠 속에 뭉개져 흐릿했다. 한성수는 들고 있던 술잔을 들어 조용히 입으로 가져가 입술만 축였다. 한성수는 모르고 있었지만 그 역시 심하게 손을 떨고 있었다. 어둠 속에서 이안남의 얼굴이 일그러졌다. 그가 뭘 생각하는지 한성수는 알 도리가 없었다. 무엇보다 이안남 자신조차도 자신이 생각하고 있는 것을 알지 못했다.

23

 아들은 전화를 받지 않았다. 최창기는 수화기 너머의 신호음을 세었다. 서른 번쯤 울리면 끊을 생각이었다. 그쯤에서 끊어야 했다. 치통이 시작되었으니까. 최창기는 수화기를 쥐고 있던 손으로 볼을 감싸 쥐었다. 통증이 조금 잦아드는 것 같았다. 아들이 전화를 받지 않은 지는 꽤 되었다. 어쩌면 이미 번호가 바뀐 것인지도 몰랐다. 아들이 전화를 받건 받지 않건 달라지는 것은 없었다. 내일도 전화를 할 것이고 모레도 할 것이었다. 결번이라는 안내가 나오기 전까지, 아들이 최창기를 떠나 숨기로 한 게 분명해지기 전까지, 날마다. 아들은 최창기가 아픈 엄마를 방치해서 일찍 죽게 만들었다고 생각했다. 억울한 구석은 있었으나 변명의 여지는 없었다. 게다가 그는 아들에게 아버지 이상이었다. 한마디로 빚 덩어리였으니까.

 그럼에도 최창기가 계속 아들에게 전화를 거는 것은 이 도시 밖에 누군가 있다는 걸 잊지 않기 위해서였다. 언제고 떠나도 갈 곳이 있는 셈이었으니까. 아들은 말하자면 고향과도 같은 존재였다.

 하지만 고향이라니. 터무니없는 소리였다. 그는 태어난 곳에서보다 이 마을에서 더 오래 살았다. 스무 살이 넘어 정착해서 나무뿐인 마을이 점차 사람 사는 곳으로 바뀌어가는 걸, 연구소가 설립되고 상점가가 들어서고 주민들이 모여드는 걸 지켜봤다. 부모님 상을 치르러 고향집에 다녀온 며칠을 제외하면 마을 밖에서 자본 적도 없었다.

최창기는 잠시 세탁소 문을 열어두고 문가에 서서 거리를 내다보았다. 하루 종일 눈이 내릴 것처럼 하늘이 낮게 내려앉아 있었는데, 눈은 끝내 내리지 않았다. 얼마나 지독하게 오려고 이렇게 시간을 끄는 걸까. 더디 시간을 끌다가 열흘 넘게 계속해서 눈이 퍼붓는 해가 많았다. 아마 올해도 그렇게 되지 싶었다. 바람이 숲 쪽으로 부는지 바로 옆 가게인 주유소의 기름 냄새도 나지 않았다. 주유소는 폐점한 지 오래되었으나 계속 기름 냄새를 풍겼다. 최창기는 그 냄새가 실은 자신의 가게에 있는 커다란 드라이클리닝 기계에서 풍기는 냄새라는 걸 모른 척했다.

어두컴컴한 숲 쪽과 인적 없는 상점가 도로를 잠깐 바라보고는 문을 닫았다. 불도 모두 껐다. 밖에서 누군가 본다면 일찍 영업을 끝내고 잠을 자는 듯 보일 것이었다. 밖에서 볼 사람도 없지만.

그는 나무 냄새와 숲의 냄새를 안고 있는 바람이 좋았다. 나무와 다름없이 시커멓게 그을린 얼굴로 유령처럼 거리를 산책하는 마을 사람들도 좋았다. 아직도 종종 깊은 숲에 남겨진 듯한 꿈을 꾸게 하는 밤이 좋았다. 악몽 속에 있을 때 온전한 자신을 만난 것 같은 기분이었다. 낮의 잠이라고 해도 별반 다르지 않았다. 잠 속에서 그는 늘 꼭대기가 보이지 않을 정도로 키가 큰 나무들에 둘러싸여 버려져 있었다. 숲은 태아를 싸고 있는 양막과도 같아서 고요하고 깁깁했다. 부드럽고 축축했다. 영영 깨어나고 싶지 않을 정도로 포근하고 말랑말랑했다.

그날 숲에서 내려온 이후 한 번도 숲에 올라가지 않았다. 최창기가 유일하게 후회하는 것이 있다면 왜 바로 다른 도시로, 아들이 있는 곳으로 가지 않았을까 하는 것이었다. 그날 진의 집에 머물지 않았다면 다른 선택을 하는 게 좀더 쉽지 않았을까. 물론 생각만 해보는 것이다. 그는 절대 혼자서 다른 마을로 가지 못했을 것이다. 그것은 세상 밖으로 나가는 것이었다. 물어볼 것도 없이 최창기는 겁쟁이였다.

마지막으로 숲을 걸어 나오면서 그들은 몹시도 길을 헤맸다. 그럴 수밖에 없었다. 한 번도 놀란 마음으로 서둘면서 밤에 숲을 거닐어본 적이 없었으니까. 길을 조금 헤매기 시작하자 이내 깊은 숲으로 들어선 게 확실해졌다. 숲에서 길을 잃다니. 그 사실만으로 그들은 당황했다. 그들은 20여 년간 숲에서 일을 했다. 한쪽 날에서 반대쪽 날까지 적어도 30센티미터는 되는 양날 도끼를 들고 나무를 벨 때도 있었다. 허리에 작은 주머니가 달린 두꺼운 가죽벨트를 차고, 주머니마다 전기톱 공구들과 산림용 도끼, 낙하 쐐기 같은 게 들어 있어 움직일 때마다 서로 부딪치는 소리를 들으면서 말이다. 그는 덩치가 작고 목이 굵었다. 도끼를 쥐기에 최적의 체형이었다. 팔뚝은 나무를 베지 않은 지 10년이 넘었지만 한창때 나무에 얼마나 많은 도끼질을 했을지 짐작할 정도로 아직까지 근육으로 탄탄하게 다져져 있었다.

다시 숲에 들어오는 게 아니었다. 절대로 그래서는 안 되었다. 특히 어두워진 후에 남아 있어서는 안 되었다. 그들은 낮의 숲은 훤하게 알았지만 밤의 숲은 아는 게 없었다. 그건 그들이 모르는 세계였다. 오랫동안 숲에 머물렀음에도 그랬다. 숲에 머물 때 밤이 되면 낮에 벤 나무 그루터기에 안주를 차려놓고 둥글게 앉아 술을 마시고 거나하게 취해 잠드는 게 전부였다.

길을 잃은 그들은 어두컴컴한 숲 속에서 나무에 등을 기댔다. 단단한 수피만은 여전히 익숙했다. 그들은 그런 나무에 무수히 도끼질을 해왔다. 가벼운 도끼질로 베어낼 금을 새긴 후 새겨놓은 금 윗부분을 도끼로 찍어냈다. 그런 식으로 금을 새기고 찍어내는 일을 계속하다가 마지막으로 스윙하듯 어깨를 크게 돌려 나무에 거침없이 도끼를 박아 넣고 힘을 주어 잡아 뺐다. 나무에 전기톱을 들이대는 건 그다음이었다. 반드시 쐐기를 박아 넣고 여러 차례 손도끼질을 하여 나무를 벤다는 게 그들의 오랜 자부였다.

숲을 떠난 12년간 숲이 그들에게 미로이자 함정이고 구멍이 되었다는 걸 인정해야만 했다. 익숙하지 않은 사람들에게 숲은 자연이나 환경이 아니었다. 걸음을 옮길 때마다 발끝에 온 신경을 쏟았다. 뿌리와 가지 들이 뒤엉켜 있다가 올무처럼 다리를 감아 돌았다. 매번 돌다리를 건너듯 발을 디뎌 확인했다.

그들은 숲에서 지낸 부수한 시간 동안 그 모두를 건너왔다. 그럼에도 불구하고 다시 들어선 밤의 숲은 생전 처음인 것처럼 낯설고 두려웠다. 그들은 자주 어두컴컴한 하늘을 올려다보았고, 그런 자신을 경계했다. 오랜 세월 숲에서 지낸 그들은 숲에서는 죽음이 보통 위쪽에서 온다는 걸 알고 있었다. 나무 밑동에서 일어나는 움직임이 끝으로 갈수록 분명해지면서, 꼭대기가 나무의 움직임에 대한 모든 정보를 주었다. 쐐기를 박아 넣지도 않은 나무 꼭대기를 공연히 바라보는 것만 봐도 그들이 얼마나 두려움에 떨고 있는지 알 수 있었다.

모든 걸 포기하려고 생각할 무렵, 그들에게 나타난 것은 길이 아니었다. 진이었다. 그들이 진을 찾은 것은 아니었다. 진이 길을 잃고 헤매는 그들을 찾아냈다. 그들은 진에게 발견되었다. 진이 그들을 구조했다. 말하자면 그들은 진 덕분에 '살았다.'

숲에 처음 들어왔던 30여 년 전에도 그랬고 마지막으로 숲에서 빠져나올 때도 그렇고 언제나 진이 있었다. 진만큼 숲을 잘 아는 사람은 없었다. 그들도 그 사실을 알았다. 그들 중 누군가는 진이 나타났을 때 울음을 터뜨렸다. 이안남이었다. 이안남은 아이처럼 엉엉 울었다.

진이 길을 찾아준 것은 그때만이 아니었다. 12년 전에도 그랬다. 진은 벌목 일을 완전히 끝내고 숲에서 내려온 그들에게 새로운 인생을 찾아주었다. 적어도 최창기는 그것이 새로운 인생이라고 생각했다. 차가운 도끼를 버리고 뜨거운 다리미를 들게 되었으니까. 나무로 빼곡한 숲에 가는 대신 옷이 빼곡히 걸린 세탁소에서 지내게 되었으니까. 나무, 풀, 잡목, 썩어가는 토양 냄새 대신 드라이클리닝 용제 냄새와 고열의 다리미가 뿜어내는 열기를 맡게 되었으니까.

모든 것이 달라졌기 때문에, 그 당시는 새로운 인생이라는 게 집을 찾듯 직장을 찾듯 새로운 옷을 고르듯 찾아지는 게 아니라는 걸 조금도 눈치채지 못했다. 그날 그들이 잃은 것이 길이 아니라 인생이라는 걸 몰랐다. 지금은 조금 알 것 같았다. 그래도 소용없는 일이기는 하지만. 그는 이미 새로운 인생 같은 것에 관심 없을 만큼 나이를 먹어버렸다. 앞으로의 인생은 조금도 새롭지 않았으면 좋겠다고 생각할 만큼, 그는 늙었다. 이제 겨우 50대 후반이지만 죽는 일을 기다리는 것 말고 할 게 없다는 생각이 들 때도 있었다.

최창기가 세탁소 안쪽의 방으로 들어가려는데 사납게 유리문을 두드리는 소리가 들렸다. 그는 어둠 속에서 유리문 밖에 서 있는 사람들을 쳐다보았다. 이렇게 늙고 보니 확실히 좋은 점도 있었다. 겁이 줄었다. 두려운 게 없어졌다. 밖에 있는 사람들이 누구인지 짐작이 갔으나, 영 낯선 사람이었더라도 그다지 놀라지 않을 것 같았다.

최창기는 천천히 문 쪽으로 걸어갔다. 그가 몸을 움직일 때마다 천장에 걸린, 비닐에 쌓인 옷들이 바스락거리는 소리를 냈다. 유리문 밖의 검은 그림자들은 미동도 않고 서 있었다.

24

 이안남과 최창기, 한성수는 각기 고향은 달랐지만 비슷한 시기에 이 마을에 정착했다. 그들 중 누구도 이 마을 출신은 없었다. 그렇다고 해서 자신의 고향이나 성장 과정, 여기까지 오게 된 경위를 서로에게 떠벌리지도 않았다. 그들은 한때 셋이 모여 있을 경우 쉴 새 없이 떠들었지만, 그런 때에도 서로의 내력에 대해서라면 과묵했다.
 최창기가 이 마을로 온 이유를 꼽자면 아버지를 들 수 있었다. 아버지는 쇠를 만지는 사람이었다. 최창기는 아버지를 그렇게 기억했다. 대장장이거나 무두질을 하는 사람이었던 것은 아니었다. 최창기의 아버지는 세탁쟁이였다. 아버지가 만지는 쇠라면 다리미가 유일했다. 그렇다고 늘 다리미를 쥐고 있는 건 아니었다. 아버지는 의복을 수선하는 일도 했다. 그 시절에는 그 일이 다리미질보다 많았다. 아버지는 열이 펄펄 끓어오르는 다리미를 쥐고 있을 때보다 머리카락처럼 얇은 바늘을 쥐고 실을 꿰어 넣기 위해 인상을 쓰고 있을 때가 많았다. 그럼에도 최창기는 아버지를 떠올릴 때면 굳은 얼굴이나 머리를 뒤덮은 흰머리 같은 것보다 삼각형의 뜨거운 쇠다리미가 먼저 떠올랐다. 그것은 아버지의 유일한 무기였고 그러므로 전부였다. 최창기의 오른쪽 팔에는 다리미에 덴 상처가 여러 군데 있었다. 그것은 대개 최창기의 장난에서 비롯된 것인데, 최창기는 아버지 때문에 생긴 상처라고 기억하는 경우가 많았다.

그 헛된 기억 때문에 언제고 아버지 곁을 떠나겠다 다짐했는데, 마침 기회가 왔다. 이향(離鄕)을 결정할 당시의 아버지는 이미 그의 인생을 좌지우지할 만큼 두려운 존재가 아니었다. 아버지는 쇠다리미 같은 기운을 모두 잃어 굵고 힘찼던 목소리가 바늘처럼 얇아져 있었다. 그 무렵 최창기가 좋아하던 여자 친구가 그와 가장 친한 친구와 결혼을 했다. 그는 여자 친구에게는 버림받았고, 친구에게는 배신당했다. 그로써 고향에 보고 싶은 사람이 하나도 남지 않게 되었다. 떠나는 것에 어떤 미련도 없었다.

이안남은 아내와 함께 이리로 왔다. 아내는 그와 떠나올 당시 아직 다른 남자와 결혼 생활을 유지하고 있었다. 아내의 남편은 성격이 급하고 명쾌한 사람이었다. 자기 아내가 이안남과 함께 있는 걸 알고는 두 사람에 대한 태도를 단숨에 정했다. 아내의 남편은 경찰이나 법적 처벌을 두려워하는 사람이 아니었다. 이안남과 아내는 옷만 간신히 챙겨 입고 그곳을 떠났다. 다행이라면 아내가 챙겨 입은 외투 주머니에 지갑이 있고 거기에는 가족관계등록부상의 남편에게 훔친 돈이 얼마간 있다는 것이었다. 그들은 그 돈으로 가장 오래, 가장 멀리 갈 수 있는 곳의 차표를 샀다. 그게 이 마을이었다.

고속버스를 탈 때만 해도 이안남은 경찰과 함께 몰려올 아내의 남편을 피한다는 생각만 했을 뿐, 이 도시에서 아내와 평생을 함께한다는 것은 미처 생각하지 않았다. 물론 이안남은 아내를 사랑하고 있었다. 그러나 지금 사랑하는 것과 평생 함께하는 건 엄연히 다르다고 생각했다. 특별히 결혼에 엄격하거나 까다로운 기준을 가지고 있어서는 아니었다. 그런 게 있을 리 없었다. 여느 연인이 그렇듯 장대하거나 사소한 계획 없이 사랑에 빠졌을 뿐이고 사랑에 빠진 후에는 그것으로 충분해서 생각을 하지 않았던 것이다. 아내도 이미 남편이 있는 처지에 그를 사랑한다는 것 때문에 딱히 갈등하는 것 같지는 않았다. 아내는 남편의 성격이 다소 급해서 그것 때문에 종종 다투지만 여느 부부 사이에서나 일어날 수 있는 정도라고 말해왔다. 그 역시 아내의 말을 의심하지 않았다. 아내는 실제로 불행한 결혼 생활을 하는 것처럼 보이지 않았다. 언제나 밝았고 그와 헤어져 집으로 돌아가면 남편과 함께 있어야 하는 걸 괴로워하지도 않았다. 그런데 막상 진실을 털어놓아야 하는 순간이 닥치자 그들은 동시에 겁에 질렸다. 아내는 남편의 폭발적인 분노와 재빠른 법적 대응에 놀라 상황을 설명할 의지를 완전히 잃었다. 아내가 이안남에게 일단 어디론가 가자고 했고 그는 따랐다. 아내를 혼자 가게 둘 수 없었고, 그가 홀로 남아서 아내의 남편에게 뭔가를 설명하기란 더욱 어려운 일이라는 걸 알았기 때문에 그럴 수밖에 없었다. 떠나온 후 그들은 야반도주가 준 치욕을 잊지 말자고 자주 얘기했지만, 정작 치욕이 된 건 자신들이라는 걸 잘 알았다.

한성수는 조금 달랐다. 그는 고등학교 시절 축구선수였다. 빼어난 축구 천재는 아니었다. 열두 살 때 축구를 시작한 후로 한 번도 크게 주목 받아본 적이 없었다. 축구 특기생으로 대학교에 입학할 수 있을 정도로만 유망했다. 운명의 그날은 한참 수준 차이가 나는 대학과의 연습 경기일이었다. 두 대학교가 같은 곳에서 여름철 전지훈련을 하게 되어 친선경기를 벌였다. 그저 가볍게 굳은 몸이나 풀면 되는, 조깅과 같은 시합이었다.

대학의 감독은 그에게 말하곤 했다. "너는 절대 국가 대표로 선발되거나 프로축구단의 스카우트를 받는 일 같은 건 없을 거야. 그래도 대학을 졸업하면 선생 노릇은 할 수 있을 거야." 그 말에 화가 나지는 않았다. 그 역시 그럴 것이라고 생각해왔다. 감독이 자신을 무시하거나 재능을 얕잡아보고 있다는 생각도 들지 않았다. 다른 누구도 아닌 바로 감독이 그렇게 말했기 때문이었다. 그는 성실한 선생인 감독을 존경했다. 감독은 오래 전에 축구선수였으나 지금은 아니었다. 그것으로 충분한 인생도 있지 않은가. 그는 특출 나지 않은 자신의 인생에도 매혹을 느꼈다. 하지만 그날의 일로 한성수는 희망은 어떤 식으로든 틈을 보이면 되는대로 비틀어지는 것임을 깨달았다. 그는 살살

달리다가 슬쩍 넘어졌다. 누군가 공을 뺏기 위해 태클을 걸거나 그를 밀치거나 니킥을 한 것도 아니었다. 그저 가볍게 뛰다가 혼자서 풀썩 넘어진 것이었다. 전지훈련장은 잔디 사정이 좋지 않았다. 우기가 지난 후 잔디는 훌쩍 자라 있었고 움푹 팬 낮은 웅덩이도 여럿 있었다. 새삼스러울 건 없었다. 그가 이제껏 겪어온 축구장은 죄다 그 모양이었다. 뇌출혈이었다. 생명에 지장은 없었다. 얼마간 치료를 받고 나서 기본적인 운동신경을 회복했다. 계속 재활치료를 받으면서 일상 생활에 필요한 운동신경을 대부분 회복했다. 그는 예전처럼 걸었고 급하면 다소 뒤뚱거리는 모양새가 우습긴 했지만 뛸 수도 있었다. 시도해보지는 않았으나 균형만 잘 잡는다면 트램펄린을 탈 수도 있었을 것이다. 원하는 속도로 자전거를 탈 수도 있고, 10킬로미터 정도는 기록과 상관없이 완주를 목적으로 달릴 수도 있었을 것이다. 그 모든 것이 가능해졌지만 다시 축구를 하는 것은 불가능했다. 그는 빼어난 선수를 희망한 것도 아니고 국가대표를 꿈꾼 것도 아니고 프로축구단에 입단할 꿈을 꾸지도 않았다. 고작 어느 중학교에서 축구하는 아이들을 가르치면서 늙어가고 싶다고 생각했는데, 그런 소박한 꿈을 좌절시키고 희망을 거창하게 만들어버린 몸뚱이에 화가 났다. 너무 화가 나서 할 수 있는 한 몸을 혹사하려고 마음먹었다. 뇌출혈을 가까스로 이겨내고 신경세포를 회복했지만, 그게 다 무슨 소용인가. 그는 가장 힘든 일을 찾았고 그 일은 국토의 서쪽 끝인 이 마을에 있었다.

지금에 와서는 각자의 기억이 달라서 누가 먼저 일을 시작했는지 분명치 않았다. 정확한 것은 어느 시기가 되자, 그러니까 벌목 금지법이 발효되어 벌목 사업이 사양길에 접어들 것이 확실해지자, 함께 일하던 사람들은 숲과 마을을 떠나기 시작했는데, 그들은 진이 일을 다 정리할 때까지 도왔다는 것이었다. 마침내 그들 셋만 남게 될 때까지.

진이 공식적으로 사업을 철수한다고 밝혔을 때, 그들은 다른 동료들처럼 떠날 수도 있었다. 이미 일이 부담스러울 만큼 나이를 먹기도 했으니까. 비교적 오래 버틴 셈이었다. 벌목은 원래 청년을 금세 노인으로 만들어버리는 일이었다. 그들은 숲에서 함께 일한 동료들이 연구소 앞에서 하루에 한 대꼴로 있는 시외버스를 타고 마을을 떠나는 것을 지켜보았다. 그들은 버스를 타지 않았다. 왜 그랬는지는 알 수 없었다. 이 마을을 나가면 딱히 갈 곳이 없었다. 마을 밖에서는 삶이 공회전할 것 같았다.

그 무렵 연구소는 재정 문제로 마찰을 빚으면서 지방정부의 지원을 거의 받지 못하게 되었다. 지방정부와 연구소는 목재산업을 두고 양과 속도만을 강조한다는 점에서는 같았다. 그러나 기본적으로는 각자의 이익만을 염두에 둔 결탁 관계였기 때문에 이익 분배를 두고 자주 마찰이 생겼다. 지방정부는 재정 지원을 끊고 산림청의 협조를 얻어 수시로 감시단을 파견하는 식으로 연구소에 압박을 가했다. 때마침 벌채가 신고제에서 허가제로 바뀌면서 인부 고용이나 집재량 감시가 철저해졌다. 연구소에서 자구책으로 생각한 방안이 벌채량을 늘리는 것이었다. 상업적 목적의 벌목은 금지되었으나 산림 보호를 위한 벌채는 하지 않을 수 없었으니까.

벌목 금지법이 발효된 후 진이 가장 먼저 한 일은 숲 입구에 창고를 짓는 것이었다. 집재장으로 이용할 셈이었다. 단속반 때문에 목재 운송과 보관이 수월하지 못할 것에 대비하기 위해서였다. 진은 연구소의 암묵적인 동의하에 일을 더 벌였다. 단속이 강화되고는 있지만 불법 벌목꾼을 잡는 일은 쉽지 않았다. 벌목꾼은 연구원들이나 단속반보다도 숲을 잘 알고 있어서 얼마든지 몸을 숨길 수 있었다. 단속반은 고작해야 벌목꾼들이 무거워서 옮기지 못한 기계 장치나 찾게 될 것이었다.

진은 세 사람에게 그 일을 '함께' 하자고 했다. 그러니까 각자가 일을 하는 게 아니라, 셋이 '함께.' 세 사람은 그들이 팀이었을 때의 호흡을 떠올렸다. 그들은 한 번도 서로가 쓰러뜨린 나무에 다치지 않았다. 10여 년간 함께 일해오면서 그런 일이 일어나지 않았다는 것은 기적에 가까울 정도의 행운이었다.

나무에 금을 긋고 찍어내는 일을 계속하다 보면 어느 순간 오싹한 소리가 났다. 거대한 산짐승의 뼈가 부러지면 그런 소리가 나지 않을까 싶게 무시무시한 소리였다. 그러면 벌목꾼들은 쥐고 있던 연장을 내던지고 각자 작업하던 나무에서 최대한 멀어져 가급적 오르막길로 달아났다. 안도할 만큼 멀어진 뒤 거대한 나무가 천천히 기울어지면서 대지로 무너져 내리는 것을 지켜보았다. 벌목꾼들이 가장 많이 죽는 게 그때였다. 나무가 쓰러지는 방향은 예측 가능한 것이기는 해도 항상 정확한 것은 아니었다. 게다가 척박한 지형 때문에 아이젠같이 스파이크가 박힌 신발을 신고 일을 했는데, 그 신발이 오히려 거친 덩굴에 걸리면 올무처럼 발목을 휘감아 달아날 틈을 놓치기도 했다. 지난 시간 동안 그렇게 여러 명의 동료가 떠났다. 그런 일을 수천 번 겪는 동안 그들은 모두 무사했다.

그들 셋이 일할 때는 아무도 다치거나 죽지 않았다. 그들은 서로가 넘어뜨린 나무에 깔린 적이 한 번도 없었다. 서로가 휘두른 도끼에 다치지 않았다. 그것은 그들의 호흡이 빼어나게 좋다는 의미였다.

최창기는 도끼 자루를 놓자 손이 잘린 사람처럼 허전해하던 참이었다. 그는 온전히 붙어 있는 손을 주물럭거리며 두 사람의 눈치를 봤다. 이안남이 고개를 끄덕였다. 그는 술 때문에 아무 때나 손이 떨렸는데 도끼를 쥐고 있으면 괜찮다는 걸 떠올렸다. 한성수는 이제는 거의 다 회복되어 원하는 모든 일을 할 수 있게 되었지만, 만약 하고 싶다면 축구를 할 수도 있겠지만 성치 않은 몸에 대한 열등감이 쉽게 극복되지 않아서, 몸을 쓰는 일을 계속하고 싶던 차였다. 이왕이면 축구선수처럼 덩치 큰 나무들을 상대로 싸우는 게 좋았다. 한성수도 활짝 웃는 것으로 대답했다.

그들이 벤 나무를 운반하고 창고지기 역할을 맡게 될 사람이 김이었다. 벌채한 나무는 김이 사택으로 사용하는 창고로 운반했다. 김은 명목상으로는 외부인 접근을 차단하고, 단속반 접근 여부를 확인하기 위해 진이 숲 입구의 관리인으로 채용했다. 키가 작고 다부진 체격에 얼굴이 오소리처럼 날카롭게 생긴 사내였다. 그런 인상은 특히 눈매에서 왔다. 가느다랗게 위쪽으로 치켜뜬 검은 눈은 그가 매사 관찰하고 응시하기보다 감시하고 감찰하는 데 익숙한 것처럼 보이게 했다. 그의 업무에 꼭 어울리는 인상이었다. 그들은 말수가 적고 얼굴이 검고 점잖은 척 목소리를 내리깔고 고리타분하게 가르마를 탄 김을 놀리기 위해 대령이라고 불렀다. 김은 그것이 자신을 놀리려고 붙인 별명인 줄 모르고 나중에는 스스로를 대령이라 칭했다.

진은 세 사람을 깊은 숲 속으로 데리고 들어갔다. 이전에 일할 때에는 가보지 않은 숲의 정수리 부근이었다. 수령이 오래된 대규모 금강송 군락지였다. 전동 공구는 사용하지 않기로 했다. 보통 벌목에 사용하는 불도저, 통나무 트랙터, 자동적재 벌목 트럭도 사용하지 못했다. 본래는 그것들을 이용해서 웅장한 나무들을 베어 넘겨 톱질하고 적재해서 운송할 수 있도록 작은 크기로 줄여냈다. 그렇게 하면 밑동 3미터짜리 나무를 쓰러뜨리는 데에는 10분 정도가 걸리고 한 시간 반이면 톱질이 끝났다. 그들은 소음을 줄이기 위해 처음 이 일을 하던 때처럼 도끼와 전기톱만을 이용해서 나무를 베야 했다.

세 사람은 처음부터 친구였으나, 그 무렵 일을 하면서야 진정으로 친구라고 말할 수 있게 되었다. 그들은 숲 한가운데 고립된 채 맨손으로 도끼질을 하면서 우정이 생성되는 육체적인 경로를 목격하고 우정의 질감과 공기 같은 걸 체득했다. 세 사람에게는 몸을 써 고된 일을 하는 사람 특유의 결속력과 비밀을 도모했다는 공모의식이 있었다. 그들은 그것을 우정이라고 생각했다.

일을 못하게 된 것은 한성수의 다리 때문이었다. 예전에 연습 경기를 하다가 넘어졌을 때처럼 한성수는 다시 풀숲에 주저앉았다. 다행인 점은 이안남이나 최창기 때문에 다친 게 아니어서 우정에 금이 갈 일이 생기지 않았다는 것이었다. 불행인 점은 이번에는 회복을 장담할 수 없다는 거였다. 최창기와 이안남만 남을 수도 있었다. 그렇게 하지 않았다. 애당초 숲에 다시 들어올 때 '함께' 하기로 했으니, 그럴 수 없다면 의미가 없었다.

가게는 일종의 퇴직금이라고 여겼다. 다시 일을 하고 받은 임금이 변변치 않았으니까. 공짜는 아니지만 갚을 필요가 없는 빚이라고 생각했다. 그것은 매달 이자와 원금을 계산할 필요가 없다는 의미였다. 진이 선뜻 가게를 내준 것은 그들이 마을을 떠나지 않았으면 하는 생각에서였을 것이다. 진은 그들이 숲에서 한 일이 모두 비밀이 되었으면 하고 바랐다. 그들은 모두 같은 생각을 하고 있었다.

세 사람이 한자리에 모인 것은 무척 오랜만이었다. 숲에서의 결속력이 무색하게 상점을 하면서 데면데면 굳게 된 것을 뭐라고 말할 수 있을까. 서로 같은 비밀을 가졌으나 비밀을 제외하고는 공통된 취향이나 관심거리가 없어서 오히려 화제가 없어졌다. 숲에서 그들은 늘 함께 있었지만 상점가에서 만나면 서로 눈을 마주치지 않으려고 애썼다. 처음에는 조심스럽게 그렇게 했으나 그날 이후 노골적으로 만나지 않게 되었다. 비밀 때문에 서로 의지했지만 '함께'가 깨어질까 봐 두렵고 누군가 홀로 떠나갈까 봐 매사 서로를 의심했다. 가끔 최창기가 이안남의 술집에 들러 말을 나누는 때도 있었으나 그때에도 술에 취해 다음 날 아침이면 까먹을 얘기들만 나눴다.

최창기는 이안남의 손이 떨리는 걸 몰래 훔쳐보았다. 곧 자신도 그렇게 될 것 같았다. 어쩌면 손이 떨리는 등의 시시한 증상 없이 죽게 될지도 몰랐다. 아내처럼 암에 걸려서.

"이번엔 또 얼마나 올까."

무거운 공기를 의식한 듯 한성수가 말을 꺼냈다. 그들은 멀거니 창밖을 보다가 간혹 서로를 힐끔거리며 나란히 앉아 있었다. 말이 많은 이안남조차 과묵했다.

"차라리 빨리 내리면 좋겠어. 날만 으스스하고 말이야."

느릿느릿 최창기가 대꾸했다.

확실히 그들의 태도에는 뭔가 부자연스러운 데가 있었다. 그들은 곧 누군가 먼저 꺼내게 될 얘기의 중량을 짐작했다. 그 얘기가 화제에 오르면 세탁소의 공기가 한층 무겁게 가라앉을 것을 알았다. 그들은 관리인의 변호사 동생이 나타났고, 난데없이 교통사고를 당했다는 걸 아는 사람이 할 법한 생각을 하고 있었다.

"쯧, 부엉이 말이야. 나는 기분 나빠서 그 눈을 쳐다보기도 싫던데, 어떻게 키울까?"

이안남이 말을 꺼냈다. 그들 모두 진에 대한 화제로 바로 진입하는 것을 주저했다.

"부엉이 눈이 어떻게 생겼지? 자세히 본 적이 없어."

최창기가 대꾸하고는 농담조로 "크겠지?" 하고 덧붙였다.

"다른 새들은 눈이 얼굴 좌우 측면에 있잖아. 그런데 부엉이는 정면에 붙어 있잖아. 인간처럼 말이야."

이안남이 주먹을 쥐어 눈에 갖다 댔다. 부엉이 눈이 제 주먹만큼이나 크다는 듯이.

"그래도 시야가 다르겠지. 자네 눈이랑 내 눈이 정면에 붙어 있기는 하지만 서로 다른 걸 보는 것처럼 말이야. 부엉이는 고개를 완전히 뒤로 돌릴 수도 있다잖아."

최창기가 대꾸했다. 한성수는 흥미 없다는 듯 잠자코 있었다.

"쯧, 새장 안에 꼭 끼어 있는 걸 보면 나까지 답답해."

"별로 날고 싶어 하는 것 같지 않던데?"

"자네가 어떻게 알아?"

"날개 펴는 걸 못 봤어."

"그거야 우리에 있으니까 그렇지. 우리가 그렇게 작은데 어디서 날개를 펼치겠어?"

"그게 뭐가 작아? 아프리카코끼리도 데려다 키우겠더구먼."

"쯧, 동물원에서 태어난 놈이라서 그런 건 아닐까? 야생 본능이 없는 거지."

"동물원 놈이야? 그걸 빼돌린 거야? 어떻게?"

"사산(死産) 처리된 거라고 했어."

"죽은 놈을 키워주는 거군."

"그런데 그 부엉이, 지독히 조용해."

"벙어린가?"

"진도 그랬어. 한 번도 우는 걸 들은 적이 없다고."

"죽은 놈이 맞나 보네."

이안남과 최창기가 웃음을 터뜨렸다. 둘은 애깃거리가 다 떨어졌는지 입을 굳게 다물고 한성수를 힐끔거렸다. 한성수는 표정 없이 창밖을 응시하고 있었다. 이안남은 연신 술잔을 비웠다. 최창기는 드물게, 한성수는 조금도 마시지 않았.

한참 만에 한성수가 입을 열었다.

"진은 어디에 있었던 거야?"

"몰라."

"경찰에게 어디에 있다가 목격했다는 식으로 얘기했을 거 아니야."

"우리 집에 있었다고 했어. 술을 먹고 있었다고 말이야."
"그랬어?"
"그러긴 했어."
"그러긴 했다니?"
"그게……" 이안남이 공교롭다는 듯이 머리를 긁적였다. "진이 얘기가 끝나고 가버린 것 같은데…… 사실 잘 기억이 안 나. 내가 기억하기로는 분명히 일찍 나갔는데, 진이 날 똑바로 보면서 자기는 자리를 옮겨서 계속 술을 마시고 있었다고 했어. 듣고 보니 그런 것도 같았어. 자네들도 알다시피 술집에 있는 사람들은 오늘 안 오면 내일 오고, 아니면 모레 오고 하는 치들이잖아. 늘 비슷한 사람들이 비슷하게 모여서 술을 마시니까 누가 있고 없는지, 얼마나 마시다가 갔는지, 몇 시에 갔는지, 기억할 수가 있어야지. 다른 사람에게 물어도 마찬가지야. 술꾼들은 진작 다 취해서 자기가 얼마나 마셨는지 언제 갔는지 기억 못하니까. 유일하게 안 취한 사람은 아내였는데, 아내한테 물었더니 진이 계속 있었던 것도 같고 일찍 간 것도 같다는 거야. 술에 안 취한 여편네마저 그 모양이니 술 취한 치들의 말은 더 믿을 게 못 돼."
"진이 오긴 했어?"
"응."
"그건 어떻게 기억해?"
"그건 분명해. 그날 진이 변호사랑 만났거든."

"둘이? 오래 있었어?"

"길게 있지는 않았어. 잠깐이었어. 한 2,30분 정도? 왔다 갔다 하면서 들었는데 퀀리인 얘기를 했어. 감사에 걸릴 거라는 둥 어쨌다는 둥 그런 얘기를 하는 것 같았어."

"진이 경찰에 트럭이라고 했어?"

"차는 못 봤다고 했어."

"차종은 쉽게 유추할 수 있지. 차 번호를 알 수 없어서 그렇지."

"경찰 애길 들어보니까 그게 영 쉽지 않은 모양이야. 상점가 인근에 감시카메라가 설치된 곳이 하나도 없으니까. 경찰도 놀랐다더군. 과속 감시카메라도 없다고 말이야. 경찰 말로는 인근 도로의 감시카메라를 살펴봐도 그 시간에 이 마을을 통과한 트럭은 없대."

"트럭이 이 마을에서만 움직이는 걸 경찰이 알 리 없지."

"진이 그런 거야?"

거기까지 얘기하고 이안남은 입을 다물었다. 한성수와 최창기도 시선이 마주치는 걸 피하며 묵묵히 앞을 봤다. 보이는 것은 어두운 유리창에 유령처럼 떠 있는 세 사람의 희미한 얼굴뿐이었다.

25

 관리인, 그러니까 이경인에게 일이 벌어지게 된 과정을 생각하면 어리둥절하기만 했다. 그들은 인생이 예기치 않은 한순간에 깊이 틈을 벌리고 절대 그 틈이 아물지 않는다는 걸 실감하지 못하고 있었다. 오래전 그들이 인생이 벌린 틈에 빠져 이 마을로 휩쓸려 들어오게 된 것이었음에도. 그 일이 하도 오래전에 벌어진 것이어서, 그들은 육체적으로 힘들고 경제적으로 곤궁한 세월을 보내기는 했지만 인생의 술수 같은 것에 휘말려 본 적이 없다고 생각하게 되었는지도 몰랐다.
 이경인에 대해서라면 이안남은 늘 고개부터 저었다. "가망 없는 인간이야." 단정적으로 말하기도 했다. 최창기와 한성수는 이안남이 그렇게 말하면 웃음을 터뜨리며 이유를 물었다. 그때마다 이안남은 특유의 혀 차는 소리를 내며 말했다. "쯧, 한 번도 우리 집에서 술을 마신 적이 없어. 만날 슈퍼에서 술을 사다가 마신다니까. 정말 나쁜 인간이지?" 이경인이 인색하게 구는 게 언짢아서 하는 소리였다. 한 달에 한 번쯤 월급날 정도는 그럴싸한 안주에 술을 먹어줘야 하지 않느냐는 것이었다. 이안남이 말하는 그럴싸한 안주라는 게 맛이 아니라 가격을 말하는 게 문제였지만.
 최창기와 이경인은 죽이 잘 맞는 편이었다. 그들 사이에는 공통된 화제가 있었다. 치통이었다. 둘 다 이가 좋지 않아 고통스러웠던 경험을 가지고 있었고 그 때문에 다른 사람들보다 가까워졌다.

진의 부탁을 받고 찾아간 그날도 최창기와 이경인은 먼저 의치 얘기를 나눴다. 이안남과 한성수는 그들이 늘 똑같은 화제로 진지하게 얘기를 하는 게 신기해서, 잘 짜인 각본을 주고받듯 얘기를 나누는 걸 지켜보곤 했는데, 그날도 그랬다. 이경인은 앞으로 세 사람이 어떤 화제를 꺼낼지 짐작하지 못한 채, 최창기의 의치를 누가 봐도 단박에 가짜라는 걸 알 정도라고 타박했다. 최창기는 침이 묻은 혀로 이를 쓸어 흐읍 하는 소리를 냈다.

"제기랄, 두껍단 말이지?"

"네, 딱 봐도 의치 같아요."

"하마 이빨 같아?"

"에이, 그 정도는 아니고요."

"예전에는 의치를 뭘로 만들었는 줄 알아?"

그쯤 되면 이안남과 한성수는 대화에 완전히 흥미를 잃고 뒤로 물러나기 마련이었다.

"요즘 뭘로 만드는 줄도 모르는데요."

"하마 이빨, 상아, 소뼈 같은 걸로 만들었대. 두껍고 보기 안 좋았겠지?"

"진짜 하마 이빨로 하신 거예요?"

"흥, 보기에는 이래도 소 힘줄을 씹어도 끄떡없을 거라더군. 풀만 씹어대는 하마 이빨보다야 백배 낫지."

"어차피 소 힘줄을 씹을 일도 없는데요, 뭐."

"살다 보면 뭘 씹게 될지 어찌 알아? 그런데 자네, 의치로 가장 적당한 게 뭔 줄 알아?"

"하마 이빨요?"

"사람 단순하기는…… 인간의 치아야. 기공사 놈이 한 말이야. 솜씨는 없으면서 말은 얼마나 많은지."

"사람 치아로 의치를 한다고요?"

"응, 예전에는 묘를 도굴해서 죽은 자의 치아를 훔쳤대. 그것보다 쉬운 방법도 있었다지만."

"뭔데요?"

"산 사람 이를 뽑는 거지. 그게 훨씬 쉽잖아."

"어떻게 생니를 뽑을 생각을 해요."

"쯧, 자네라면 할 수 있을 것 같은데."

이안남이 끼어들어 농담조로 말했다. 최창기가 무시하고 이경인에게 말했다.

"전쟁도 있어. 전쟁이 치러진 들판에 널린 시체를 찾는 거야. 죽은 사람의 이를 뽑아서 산 사람에게 박아 넣는 거지."

"입에서 고약한 냄새가 나겠네요."

이경인이 히죽거리며 말했다. 이안남이 최창기를 향해 "꼭 자네처럼 말이야" 하고 덧붙였지만 이번에도 무시당했다.

"자네가 죽으면 이를 뽑아서 내가 해 넣을게. 그런데 나보다 약해서 쓸모는 없겠어."

최창기가 이경인의 턱을 잡아 입을 벌리며 말했다. 이경인이 바보처럼 침을 흘리며 웃는 것으로 얘기를 마무리했다.

이경인은 오랜만에 합류한 외부인으로서 적절한 대화거리를 주었다. 그들 셋 사이에 있는 것 같은 육체적인 결속감은 없었으나 불법 행위를 공모한 자로서의 공범의식이 있었다. 무엇보다 이경인은 가족과 오래 동떨어져 생활한 사람 특유의 고립감과 결핍감이 있어서 최창기에게 많이 의지했다. 이안남은 늘 인색하다고 비아냥거려 불편했을 것이고 한성수는 지나치게 말수가 적었다. 최창기 역시 멀리 떨어져 있는 아들 생각이 나서인지 이경인을 잘 다독였다.

문제는 이경인과 진이었다. 둘은 철저하게 계약상의 관계였다. 진이 세 사람에게 한 얘기에 의하면, 명목상의 숲 관리인이며 실제로는 벌채목 집재장 관리인인 이경인이 이윤 분배에 혈안이 되어 불법 벌목 사실을 공개한다고 협박하며 자신의 '몫'을 더 요구하기 시작했다는 것이었다.

"자꾸 그러면 자네들을 도와줄 몫이 줄잖아."

"무슨 말인가? 우리를 돕다니?"

최창기가 물었다.

"몰랐어? 자네들 빚 말이야. 원금과 이자를 내가 계속 내고 있었잖아. 그 돈으로. 게다가 과거가 밝혀져서 좋을 게 없잖아."

진이 그들 셋에게 골고루 눈길을 돌렸다. 자신의 말이 미치는 파급력을 확인하고 싶었는지도 몰랐다. 세 사람의 굳은 표정을 일일이 확인한 진이 만족한 표정을 지었다.

"자네들이 잘 타이르면 좋겠어. 내가 얘기하는 것보다 자네들이 말하는 게 더 편할 테니까 말이야."

셋은 누구도 선뜻 그렇게 하겠다고 대답하지 않았다. 그렇게 하지 않겠다고도 대답하지 않았다. 그러므로 곧 진이 말한 그 일을 하게 되리라고 생각했다.

그들은 세상에는 다짐이나 소신, 신조나 철칙과는 상관없이 선택해야 하는 일이 있다는 걸 알고 있었다. 그런 때가 오면 최선을 다해 다짐이나 신조 같은 것들을 접어둬야 한다는 것도. 그들은 마을을 떠나기에는 나이가 많았다. 과거의 불법 행위를 책임지고 싶지도 않았다. 진에게 빚을 갚을 의지가 없었고 그럴 만한 능력도 없었다. 셋 중 누군가 떠나거나, 다른 선택을 하는 것은 '함께' 한 일을 깬다는 의미였다. 그것은 남은 사람을 배신한다는 뜻이기도 했다.

그날 사택에 가는 길이 다른 날에 비해 유난했던 기억은 없었다. 특별히 멀게 느껴지지도 않았고 나무숲이 검은 벽처럼 느껴지지도 않았다. 평소의 마실처럼 태연해서 의아할 지경이었다. 여느 날처럼 술을 마시면서 웃고 떠들고 이야기를 나누다가 간단히 진의 의중을 전할 생각이었다. 인생의 선배로서 연장자로서 업무 선임자로서 이웃으로서, 이경인이 그들을 부르는 호칭에 따라 형님으로서.

이경인의 태도는 뜻밖이었다. 이경인은 진의 의사를 전하는 세 사람에게 뜻밖에 거칠게 화를 냈다. 진의 금전적 착취 과정을 조리 있게 설명했고, 세 사람이 그동안 지분을 챙기지 못한 것을 힐난했다. '함께' 진을 비난하고 압박하자고 설득했다.

"형님들이 바보같이 속고 있었던 거라니까요. 진 선생한테 착취를 당한 거라고요. 진이 빚으로 형님들 목을 죄는 거예요. 가게 따위가 뭐라고요. 장사도 안 되는데."

그 말에 제일 먼저 화를 낸 것이 최창기였다. 그는 평소에 장난을 할 때처럼 이경인의 턱을 움켜잡았다. 이경인이 침을 흘리며 실실 웃음을 터뜨리다가 최창기의 팔을 잡으며 "에이, 형님. 아파요. 진짜 아프다고요" 하고 투정했다. 최창기는 이경인의 침으로 주먹이 다 젖을 때까지 힘을 풀지 않았다.

처음에는 분명 최창기도 장난인지 진심인지 알 수 없는 충동으로 이경인의 턱을 움켜잡았다. 점점 이경인이 당해도 좋을 만큼 버릇없다는 생각이 들었다. 감히 자신의 삶이 잘못되었다고 비난하고 교정하려 든단 말인가. 최창기는 그럭저럭 나쁘지 않았던 지난 시간을 떠올리며 도끼 자루를 잡듯이 이경인의 턱을 움켜쥐었다. 점점 손아귀에 힘이 가해졌다. 손에 힘이 붙자 불쑥 주먹을 날리고 싶어졌다. 실제로 최창기가 그렇게 했을 때 이안남은 조금 놀랐고 한성수는 놀라지 않았다.

한성수는 진작 화가 나 있었다. 가지고 온 술의 대부분을 혼자서 마셔서인지도 모르고, 이경인이 몰라도 좋을 걸 알려주어서인지도 몰랐다. 빚이 있건 없건 한성수는 상관없었다. 빚을 갚을 생각이 없고 재산을 불릴 생각도 없었으니까. 게다가 '함께' 하자니. 다른 사람과 뜻을 모으는 일이라면 진력났다. 한성수는 이제껏 사람에게 주먹을 날려본 적이 없었다. 그래서 자신의 주먹이 얼마나 센지, 사람의 뼈가 얼마나 쉽게 부서지는지 몰랐다. 한성수는 그저 힘을 주어 주먹을 쥐었고 그것을 이경인을 향해 뻗었다.

이안남은 맞지 않기 위해 몸을 구부려 버둥거리는 이경인의 다리를 펴서 꽉 잡는 것으로 합류했다. 술에 취한 한성수가 홀린 듯 계속해서 주먹질을 해댔다. 몸이 뜨거웠고 열기가 발바닥부터 끓어올랐다. 이경인은 얻어맞으면서도 소리를 내거나 움직이거나 눈동자를 떨지 않았다. 그는 이경인을 그저 묵직한 나무통을 두들겨 패는 것 같은 느낌으로 때렸다. 갑자기 무서운 생각이 들어 정신을 차렸을 때는 이경인이 정신을 잃은 후였다.

맞고 있는 이경인은 울지 않는데, 어느 순간 가장 먼저 주먹을 날린 최창기가 도리어 울음을 터뜨리며 소리쳤다.

"이거 알아? 우리가 동물보다 식물을 더 많이 때려눕혔다는 거? 동물보다야 나무가 낫지. 동물은 너무 시끄럽거든. 정말이지 말이 너무 많으니까. 하지만 조금 맞다 보면 다 똑같아져. 말이 줄어들어. 나중에는 모양도 나무와 똑같아지지. 점점 딱딱해지거든."

이경인은 정신을 완전히 잃고 축 늘어졌다. 최창기가 발로 이경인의 배를 쿡쿡 찔러대며 시시덕거렸다.

"이봐, 소용없어. 시체라고 해서 그냥 넘어가지 않을 거야."

이안남과 한성수가 겁에 질려 최창기를 보았다. 최창기가 으스대는 표정으로 그 둘을 보았다.

"이런 놈은 말이야, 곤충하고 똑같아. 딱정벌레 알지? 딱정벌레는 손가락으로 건드리면 발랑 누워서 죽은 것처럼 움직이지 않고 가만히 있거든. 죽었나 보다 생각하고 마음을 놓으면 쏜살같이 도망가버려."

최창기는 흰자위를 드러내고 사지를 떨며 웃었다. 이안남이 최창기를 뒤에서 끌어안았다. 최창기가 이안남에게서 벗어나기 위해 몸을 버둥대면서 소리쳤다.

"이봐, 그럴 거면 배를 보이고 벌렁 누웠어야지."

이제는 이안남과 최창기가 뒤엉켜 싸우는 바람에 한성수는 정신을 잃은 이경인을 혼자서 2층에서 끌고 내려와야 했다. 이경인의 몸을 계단 난간에 기대어 질질 끌었다.

그 일은 그렇게 마무리되는 듯 보였다. 이경인은 이후 말수가 줄었고 진에게 고분고분해졌고 세 사람과 종종 어울렸다. 그러나 결코 이전과 같은 관계를 유지할 수는 없었다. 최창기는 의치 얘기를 하지 않았고 이경인의 턱을 잡지 않았다. 이안남은 이경인을 똑바로 보지 못했다. 한성수는 더 과묵해졌고 술을 아예 끊었다. 공교하리라 생각한 우정이 손쓸 수 없이 깨어지는 과정을 목격하면서 가장 많이 상처를 받은 것은 이경인이었다. 이경인은 내색하지 않으려 했지만 자주 그들의 눈치를 봤고 술을 절대 마시지 않았으며 말수가 줄었고 사택에서 잘 나오지 않았다.

이경인이 사라진 날은 그들이 사과를 하러 간 날이었다. 그 무렵에는 이경인이 그들과 만나는 걸 편치 않아 한다는 게 분명해져서 그들은 부러 낮에 사무실로 찾아갔다. 사택으로 가는 건 좋은 방법이 아닌 것 같았다. 모두 비슷한 걸 떠올릴 테니까.

마땅한 화제가 없어서 마주 앉아 있는 동안 묵묵했다. 사무실에서 대낮에 함께 술을 마신 게 처음도 아닌데, 이경인은 유독 안절부절못했다. 입을 다물고 있던 이경인이 세 사람이 주먹이라도 쥘까 봐 걱정된다는 듯 갑자기 이것저것 말을 쏟아놓기 시작했다. 딱히 관심을 보이지 않는데도 스도쿠 책을 펴서 일일이 설명해주었다. 한성수는 책을 받아 들고는 빈칸 여기저기에 검은색 빗금을 쳐놓았고 이안남은 칸마다 같은 숫자를 써놓았다. 이경인은 그런 장난에도 별말 없이 멍하니 보고만 있었다. 최창기는 그런 세 사람을 멀뚱멀뚱 보면서도 이경인과 눈이 마주치면 금세 딴청을 부렸다.

다시 화제가 떨어져 조용한 가운데 이경인이 불쑥 부엉이 얘기를 꺼냈다. 숲에서 새소리가 들리자 가까스로 화제가 생각난 듯 반색하면서. 그러고 보니 이경인은 전에도 자주 진의 부엉이를 화제에 올렸다.

이경인이 그들에게 숲에 가면 부엉이를 잡을 수 있느냐고 물었다. 예전에 진이 농담 삼아 숲에서 부엉이를 잡았다는 걸 떠올린 것이었다. 이안남은 놀리는 말투로, 깊은 숲에 들어가면 눈멀고 귀 먼 부엉이가 높은 나뭇가지에 앉아 있다고 말했다. 부엉이는 낮에 자니까 잡으려면 지금 들어가야 한다고도 했다.

이경인이 그 말에 갑자기 벌떡 일어섰다.

"다녀올게요."

"어딜?"

"부엉이 잡으러요."

동시에 헛헛한 웃음이 터져 나왔다. 네 사람이 모두 웃음을 터뜨린 건 그 일 이후 처음이었다. 그들은 왜인지도 모르는 채 실컷 웃었다. 이경인이 간신히 웃음을 참으며 관리사무실 문을 열고 나갔다. 이경인은 숲 입구에서 그들을 향해 손을 흔들었다. 세 사람도 이경인을 따라 손을 흔들었다. 키 높은 가래나무 사이에 서 있어 이경인의 모습이 희미했지만 팔뚝에 찬 노란색 완장만은 선명했다.

나중에 그때를 떠올리면 한성수는 이해할 수 없는 기분에 사로잡히곤 했다. 이경인은 조금도 취하지 않았고 설혹 취했다고 해도 맨손으로 잠자는 부엉이를 잡을 수 있다는 말을 믿었을 리 없었다. 그런 말을 믿을 정도로 순진하고 어리석은 사람이 아니었다. 애당초 숲에 가면 잡을 수 있다는 진의 말도 그저 말대꾸를 위해 믿은 척한 것이지 진심으로 받아들였을 리 없었다.

한성수는 이경인이 부엉이를 잡으러 숲에 들어간 것이라고는 생각하지 않았다. 이경인은 숲에 들어가본 적은 없었지만 숲이 호기로 들어갈 만한 곳이 아니라는 것쯤은 알았을 터였다. 이경인은 그저 그들로부터, 충고를 가장해 자신의 이익을 지키려고 두들겨 팬 이웃을 피하기 위해, 회복할 수 없는 우정에 실망해서 내키지 않는 지시를 내리는 진에게서 떠나고 싶었던 것 같았다.

한참을 기다려도 이경인은 오지 않았다. 기다리는 동안 초조했으나 누구도 내색하지 않았다. 이경인의 시시한 숨바꼭질 놀이에 흥미를 잃었다는 것을 부각시키려 애썼다. 나중에는 사과를 하러 온 것은 바보 같은 짓이었다고 자책하며 서둘러 상점가로 내려와 각자의 가게로 흩어졌다.

다음 날 최창기가 진의 전화를 받고 나서야 그들은 이경인이 숲에서 나오지 않았다는 것을 알았다. 그들은 진의 부탁으로 다시 '함께' 이경인을 찾으러 숲으로 들어갔다. "도대체 부엉이를 잡을 수 있다는 말을 믿는 미친놈이 어딨지?" 술이 덜 깬 이안남이 투덜거렸을 뿐, 모두 입을 다물었다.

이경인이 숲에 들어간 지 하루가 지나 있었다. 숲에 어두운 사람에게 숲에서의 하루는 평지에서의 한 달과도 같았다. 세 사람은 이경인을 찾겠다면서 그의 이름을 외쳐 부르지도 않았다. 무작정 산책하는 기분으로 숲을 헤맸다. 그렇게 해서는 사람을 찾을 수 없을뿐더러 오히려 길을 잃기 십상이라는 걸 알면서도 그랬다. 얼마나 걸어 들어갔을까. 그들은 예전에 일하던 나무 무덤 근처까지만 가보려고 했다. 미처 그곳까지 가기도 전에 해가 졌다. 그들이 일을 완전히 그만두고 다시 숲에 들어온 건 12년 만이었다. 생장이 더딘 인간 세상의 시간과 숲의 시간은 엄청나게 달랐다. 숲은 그사이 완전히 모습이 바뀌어 있었다. 오만했던 걸 뉘우쳤지만 그때는 이미 어두워진 숲에서 길을 잃은 후였다. 그들은 상황을 이렇게 만든 이경인에게 분통을 터뜨리며 길을 찾는 데 몰두했다.

만약 진이 나타나지 않았으면 그들도 이경인과 마찬가지로 숲을 떠도는 정령이 되었을 것이었다. 그들은 진 덕분에 살았다고만 생각했지, 그들을 숲에 보낸 것이 진이라는 것은 생각하지 못했다. 진이 그들을 어떻게 숲에서 찾아냈는지도 생각하지 않았다.

"없어, 못 찾았어."

이틀 뒤 이안남의 가게에 나타난 진이 말했다. 진은 그들에게 길을 찾아주고 다시 숲으로 들어가 이틀 동안 샅샅이 뒤졌다고 했다. 아무도 진의 말을 믿지 않았다. 아무리 진이라고 해도 숲은 이틀 만에 뒤질 수 있는 곳이 아니었다. 진은 그저 가볼 수 있는 몇 곳만 가봤을 것이다. 이틀이 아니라 20일을 뒤진다고 해도 숲은 애당초 '샅샅이' 볼 수 있는 곳이 아니었다. 무엇보다 진이 그 이틀 중 하루를 시내에서 김 대령과 만나는 데 보냈다는 걸 알고 있었다. 김 대령이 이안남에게 전화를 걸어서는 왜 새로 관리인을 뽑아야 하느냐고 물었다. 진은 이경인을 숲에 방치했다. 처음에 그들은 그렇게 생각했다. 조금 지나자 이경인을 방치한 것은 진만이 아니라는 걸 깨달았다. 그들은 '함께' 이경인을 버렸다.

그들이 세탁소의 어둠 속에서 묵묵히 남은 술을 마시고 있을 때, 그날 밤 숲을 헤맬 때처럼 서늘해져 나뭇등걸에 기대듯 의자에 깊이 몸을 기댈 때, 최창기에게 전화가 걸려왔다. 최창기는 아들의 전화인 줄 알고 얼른 달려갔다. 전화를 걸 사람은 아들뿐이었으니까. 이안남과 한성수에게 입 모양으로 아, 들, 이라고 말하는 것도 잊지 않았다. 전화를 받으면 아비가 술을 마시고 있었던 것처럼 보이지 않게 조용히 하고 있으라는 의미였다. 싱글거리던 최창기는 수화기 너머로 들려오는 목소리를 듣자마자 얼굴이 굳었다. 그 표정 때문에 나머지 두 사람은 수화기 너머의 상대가 누구이며, 그가 무슨 얘기를 하려고 깊은 밤에 전화를 걸었는지 짐작했다. 그들은 짐작이 틀렸기를, 헛되고도 헛되겠지만 열렬히 바랐다.

26

 차라리 누군가 밀어 넣은 것이라면, 그래서 스스로 자초한 운명에 무지막지한 책임감을 느끼지 않아도 되었다면 편안했을까. 열쇠를 쥔 손이 사정없이 떨리는 걸 보면서 박인수는 그런 생각을 했다. 손이 떨리는 것은 자신도 어쩔 수 없는 질병의 증상이었다. 결코 겁이 나서가 아니었다. 맞는 생각이었다. 오래전부터 손이 떨렸고, 술 때문에 시작되었으나 이제는 술과 상관없이 멈출 수 없게 되었다.

 두려움이 손 떨림을 부추겼다. 열쇠로 자물쇠를 열어 철문 안으로 들어서는 순간, 감당할 수 없는 세상을 만날 것 같았다. 박인수는 손이 덜덜 떨리는 것을 지켜보았다. 누군가 이 떨리는 손을 좀 잡아주었으면 싶었다. 아내가 몹시 그리웠으나 그는 혼자였다. 주위에 있는 것은 어둠과 텅 빈 사각형 건물, 숲에 이는 바람 소리뿐이었다. 세오도 떠올랐다. 땀이 차도 부드러운 머리털과 긁어서 생긴 딱지 아래의 보드라운 살갗, 조그맣고 따뜻한 손 같은 것이. 아무리 그리워도 아내와 세오는 없었다. 아내는 오후에 전화를 걸어 도시로 돌아가겠다고 했다. 화난 목소리는 아니었다. 여지를 남기는 목소리도 아니었다. 박인수를 탓하거나 원망하는 목소리도 아니었다. 그저 이렇게 되었다는 것을 알리는 목소리였다. 그 통화에서 박인수가 희망을 가질 만한 게 있었다면 떠나기 전에 모유진이 전화를 걸어 주었다는 것뿐이었다. 그가 당장 모유진을 따라가지 않은 것은 책상 위에 놓인 열쇠 때문이었다.

박인수는 집 쪽을 바라보았다. 마분지 상자처럼 단단하고 딱딱한 직사각형 건물이 검고도 검은 나무숲 사이에 윤곽을 잃은 채 서 있었다. 건물 외부에는 형태와 크기가 같은 창들이 눈물을 머금은 것처럼 도드라져 있었다.

그는 괴한을 처치하듯 힘을 주어 자물쇠 구멍에 열쇠를 밀어 넣었다. 들어가지 않았다. 다른 하나를 넣어보았다. 열쇠와 자물쇠가 부딪치면서 작은 마찰음이 들렸지만, 숲에 일렁이는 사나운 바람 소리에 묻혔다.

열쇠는 사무실에 있었다. 아침에 출근해보니 어젯밤 그가 두고 간 물건처럼 책상 위에 놓여 있었다. 원래 거기 있었는데 그동안 보지 못한 것처럼 자연스러웠다. 박인수는 병균이라도 옮을 듯 만지지 않고 오랫동안 열쇠를 보기만 했다. 그러다가 천천히 열쇠를 들어 사무실의 여러 집기에, 양쪽으로 문을 여닫는 철제 캐비닛이나 책상 서랍의 구멍에 닥치는 대로 꽂아보았다. 아무 데도 맞는 곳이 없었다.

무슨 열쇠일지, 누가 열쇠를 가져다 뒀을지 생각했다. 진 선생이 그랬을까 생각했고, 진 선생이 아니라면 누가 그랬을지 생각했다. 도대체 무엇을 열어보라는 것인지 생각하자 혼란스러웠다. 그는 하루 종일 두 개의 열쇠를 만지작거리다가 퇴근

했다.

　사택으로 들어서자 문득 그것이 지하실 열쇠는 아닐까 하는 생각이 들었다. 얼마 전 진 선생에게 열쇠를 달라고 한 것도 떠올랐다. 그렇게 생각하자 왜 지금 열쇠를 주었는지는 중요하지 않은 것 같았다. 열고 싶었던 문을 열게 되었다는 것이 중요했다.

　열쇠는 쇠문에 매달린 자물쇠에 쑥 들어갔다. 아귀를 맞춘 열쇠와 자물쇠를 보자니 겁이 났다. 박인수는 열쇠를 돌리려다 말고 바람에 일렁이는 숲을 바라보았다. 공평하고 균질한 어둠 속에서 숲과 나무들이 짐작할 수 없는 이유로 조금씩 형태를 바꾸었다. 어느새 숲에 익숙해진 모양이었다. 방향을 알 수 없는 바람이 불면 나무들이 기이한 소리를 내며 흔들리는 것도 낯설지 않았다.

　그는 시꺼멓게 그을린 숲에서 고개를 돌려 마침내 열쇠를 돌렸다. 그것을 열면 궁금해 마지않던 세계 속으로 성큼 내딛게 되는 것이라는 걸 막 상기하는 순간 자물쇠가 풀렸다. 예기치 못한 것인 듯 당황했으나 얼른 자물쇠를 빼냈다. 바람이 불자 조심스럽게 문이 열렸다. 박인수는 집으로 들어가고 싶은 충동을 누르기 위해 막 빗질을 끝낸 것처럼 깨끗한 뒷마당으로 성큼 발을 내디뎠다. 이제 자갈이 깔린 길을 따라 조금만 걸어가면 지하실 출입문이 나타날 것이다. 언제나 굳게 닫혀 있던 쇠문 너머의 세계, 아마도 잠겨 있을 것이 확실하고, 시도 때도 없이 웅성거림과 낯선 소리가 들려와 그를 불안하게 한 지하실 말이다.

천천히 걸었지만 이내 문 앞에 다다랐다. 충분히 생각할 겨를도 없이 이번에도 열쇠를 꺼냈다. 새것인 듯 반짝반짝 빛나는 자물쇠에 열쇠를 꽂아 넣었다. 오래지 않아 지하실을 막고 있던 자물쇠가 툭 열렸다.

지하실 문을 열 수 있었지만 박인수는 결코 그 안으로 들어가고 싶지 않았다. 열쇠는 누군가 속임수가 명백한 게임판에 끌어들이려고 가져다 놓은 미끼였다. 그는 결코 미끼를 물지 않을 것이었다. 그 대신 도시로 돌아가 아내와 세오를 만날 것이다. 모유진은 그에게서 이상한 기척을 눈치채고 뭔가 물으려 할 것이다. 그는 그저 아내 품에 파고들어 잠을 잘 것이다. 누군가 보란 듯이 관리사무실 책상 위에 열쇠를 올려둔 것이나 열쇠로 지하실 문을 연 일은 말하지 않고. 아침에 일어나서는 아내와 마주 앉아 갓 지은 밥을 먹을 것이다. 입속에 온기가 퍼지기를, 그 찰나적인 온기가 그의 지속적인 불안과 길을 잘못 들어섰다는 두려움을 녹여주기를 바라며 쌀밥을 씹어 삼킬 것이다. 천천히 새로운 일자리를 찾을 것이다. 낮에는 열심히 일을 하고 퇴근 후에는 곧장 집으로 돌아올 것이다. 술은 절대로 마시지 않고, 멍하니 서서 어두컴컴한 창밖을 응시하거나 텅 빈 거실을 서성이는 일도 하지 않을 것이다. 소파에 앉아 아내와 세오와 함께 내용이 뻔한 드라마를 볼 것이다. 지나간 줄거리를 물어 아내를 귀찮게 하고 자주 웃을 것이다. 천천히 세오의 머리를 쓰다듬고 지속적인 시도로 세오가 그를 겁먹지 않게 되면 과육같이 말랑한 아이의 몸을 안아줄 것이다. 우유부단하고 결단력 없고 소심했던 걸 반성하고 사과하듯, 그렇게 지낼 것이다.

박인수는 평화로운 아내의 웃음과 세오의 나른한 졸음을 상상하며 사택 쪽을 돌아보았다. 숲 그늘로 뒤덮인 사택은 애당초 검은 그림자였던 것처럼 어두웠고 빛이 새어 나오는 창이 하나도 없었다. 어둡고 어두워서 집이라기보다는 텅 빈 허공처럼 보였다. 그는 아침에 자신이 빠져나온 집을, 이제 곧 들어가게 될 집을 물끄러미 바라보았다.

그러고는 천천히 걸음을 옮겼다.

27

바늘이 쿡쿡 찌르는 것 같았으나 막상 아무런 통증이 느껴지지 않았다. 그 무딘 느낌은 목구멍을 타고 내려가는 따뜻한 알코올을 떠올리게 했다. 그가 지하실의 문을 연 것은, 어느 정도 충동에 의지하기는 했으나 주저 없이 그 일을 행한 것은, 핑계를 대자면 전적으로 아내 때문이었다. 박인수는 아내에게 확신을 주고 싶었다. 의심을 풀 만한 것을 찾아 아내의 불신과 오해를 풀고 싶었다. 그렇게 할 사람은 자신밖에 없었다.

박인수는 힘을 줘 밀기만 하면 열릴 지하실 문에 손을 가져다 댔다. 문을 열면 안 된다는 두려움과 계책에 빠져든 것일지도 모른다는 의심이 그를 사로잡았으나 동시에 미지근하고도 들척지근한 공기의 비밀에 다가간다는 느낌에 사로잡혔다. 그는 두려움과 사명감이라는 양 극단에 서서 냉혹한 정신과 심약한 본성의 두려움 사이를 오락가락했다. 그 때문에 기진맥진해서 자신이 들어갈 곳이 한낱 지하실에 불과하다는 것을 인정하지 못했다.

문은 부드럽게 열렸다. 전자개폐식 자동문이라도 된 듯 아무 소리도 나지 않았다. 혼자 있는 밤이면 지하실 철문이 바닥에 길게 끌리는 소리가 들리곤 했다. 여럿이 힘들여 문을 끄는 소리라고 생각했는데, 문에서는 흔한 쇳소리도 나지 않았다. 지하실에서 새어 나온 서늘한 공기는 마치 숲 한가운데 있는 착각이 들게 했다. 조금 더 문을 열자 커다란 검은 구멍이 나타났다.

그는 차가운 냉기를 쏟아놓는 지하실 입구에 멍하니 서 있다가 스위치를 찾아 벽을 더듬었다. 불이 켜지면 그가 두려워하던 것이 기괴하고 흉측한 형상으로 모습을 드러낼 것 같았다. 그 생각에 피식 웃음이 터지면서 오히려 불을 켤 용기를 얻었다. 적어도 생김새 흉측한 괴물이나 유령이 나오지는 않겠지. 고작해야 커다란 들쥐나 들고양이가 나타나겠지.

스위치를 누르자 서서히 불이 켜졌다. 모습을 드러낸 지하실은 지하 광장에 가까웠다. 얼핏 봐도 사택의 건물 너비를 초과할 정도로 넓었다. 수백 명의 사람들이 모여 집회를 할 수도 있을 것 같은 너비였다.

지하실이 넓어 보이는 것은 완벽하게 텅 비어 있어서였다. 냉기 말고는 아무것도 없었다. 그가 괴물 대신 있으리라 생각한 들쥐나 들고양이도 보이지 않았다. 전등 주위를 나는 날벌레도 없었다. 지하실에 있을 법한 것들, 다리 한쪽이 부러진 의자나 스펀지가 푹 꺼진 소파, 오래된 전집류와 계절 지난 잡지들, 기세 좋게 샀다가 짐짝 취급을 받기 마련인 운동 기구 같은 것도 없었다. 지하실이면 흔히 느껴질 법한 습한 공기나 오래 묵은 먼지, 케케묵은 가구들 사이에 숨어 있는 벌레도 보이지 않았다.

그는 드넓은 지하실을 천천히 돌아봤다. 발걸음 소리가 울렸으나 위층까지 들릴 만큼 요란한 소리는 아니었다. 그가 여러 번 반복해서 들었던 지하실의 소음, 철문이 끌리는 소리나 뭉툭하고 단단한 것을 운반하는 소리 같은 것들은 하나도 떠오르지 않았다. 그는 확실하리라 생각한 감각조차 망상에 불과함을 인정해야 하는 시점에 놓였다.

지하실이 여느 곳과 달리 지나치게 깨끗하다는 게 이상했다. 누군가 의도적으로 지하실을 비우고 청소한 것 같았다. 그것도 비교적 최근에. 지하 특유의 텁텁한 공기층을 압도하는 세제 냄새가 그런 생각을 도왔다. 아내라면 지하실이 깨끗한 게 문제가 되느냐고 면박을 주었을 것이다. 그들 가족이 이사 온 날 집 안에서 났던 세제 냄새를 떠올리면 이상할 것도 없지 않느냐고. 집 안을 청소하면서 분명 지하실도 함께 치웠을 거라고. 그는 아내의 말이 들리기라도 하듯 고개를 끄덕여 긍정했다.

밖에 나오자 집에 몹시 들어가고 싶어진 동시에 되도록 멀리 돌아서 늦게 돌아가고 싶어졌다. 그러나 돌아가야 할 곳은 지척에 있었다. 게다가 이미 충분히 길을 돌아왔다. 그는 쇠문을 지나 큼직큼직한 사각형의 포석을 지나 이내 사택 현관 앞에 도착했다. 묘하게 품위 있고 오래전부터 그를 잘 아는 듯 내려다보는 무미건조한 사각형 건물 앞에 서자 다른 곳으로 갈 이유를 찾지 못했다. 들어가야 하는 것이 명백함에도 어디로 가야 할지 알 수 없는 기분이었다. 요즘 들어 언제나 드는 생각이었다. 집으로 돌아왔다는 안도나 편히 쉬면 된다는 위안은 없었다.

현관 입구에는 한 번도 의식하지 못했던 검은 돌사자 두 마리가 있었다. 돌사자들은 으르렁거리는 표정으로 그를 바라보았다. 듬직한 문지기처럼 보이는 돌사자 머리를 차례로 쓰다듬었다. 집 안으로 나쁜 기운이 들어오려 하면 두 마리의 돌사자가 막아줄 것 같았다. 생각보다 돌이 차가워서 오히려 불길한 생각에 빠졌으나 며칠간 자신에게는 놀랄 만한 일만 일어났다는 것을 떠올리며 마음을 가라앉혔다.

문은 곧 열릴 것이고 그는 그리로 들어가 원할 때까지 쉬면 되었다. 그런 생각에도 심장이 불안하게 뛰었다. 아내와 세오가 없다는 생각 때문이었다. 아내가 떠나버린 것에 대해서는 할 말이 없었다. 박인수는 요새 그를 바라보는 모유진의 표정이 굳어가는 것에만 신경을 쓴 나머지, 그를 보지 않을 때의 표정이나 세오를 바라볼 때의 표정, 멍하니 창밖을 볼 때의 표정, 숲길을 걸어 마을로 내려갈 때의 표정 같은 것은 미처 살피지 못했다.

  손잡이를 돌려 문을 열자 낯설면서 묵직한 공기가 그를 휘감았다. 그 차가운 공기는 그가 사랑하는 것으로부터 멀어지고, 그것들로부터 소외되고, 상관없는 사람이 되어가고 있다는 것을 깨닫게 했다. 그것은 전적으로 자신의 책임이었지만 불행을 자초했다는 죄책감에 억눌려, 힘들 때면 으레 그랬듯 은근슬쩍 다른 사람 탓으로 돌리고 싶어졌다. 이를테면 아내의 책임으로. 아내가 그에 대한 기대를 일찌감치 저버리지 않았다면, 아내가 좀더 지켜봐주었다면, 불신에 빠져들기 전 그의 얘기를 들어주었다면 하는 생각이 들었다. 그러나 아내의 잘못일 리 없었다. 아내는 노상 술을 마시는 그에게 화가 났고 화를 참아야 할 이유가 없었다. 박인수는 아내에게 섭섭해 자주 화가 났으나 실은 절제력을 완전히 상실한 자신에게 화가 난 것이었다.

  어둠이 발걸음 소리를 키웠고 그 쩌렁쩌렁한 울림이 고립감을 불러왔다. 고립감을 이기기 위해 그는 더 이상 어떤 의혹을 갖지 말자고 다짐했다. 방금 지하실이 텅 빈 것을 보고 왔으니까. 지하실은 다만 건축적인 용도로 설계되었는데 지금은 쓰임을 잃고 그저 비어 있는 것이었다. 그런데도 의혹이 해결된 데 어떠한 기쁨도 없는 게 의아했다. 더 미궁에 빠진 기분이었다. 그는 풀지 못한 가설을 안은 채, 무슨 일이 벌어지기 전에, 늦었는지도 모르지만, 아내를 찾아가겠다고 결심했다.

그런 결심과는 별도로 이미 풀지 못할 문제 속에 깊숙이 들어온 느낌이었다. 그는 스스로도 알지 못하는 사이에, 자기 세계를 보호하기 위해서 침묵해야 하는 것이 아니라 직접 행동해야 하는 단계에 와버렸다. 지하실에도 들어갔으니 이제 소리의 근원지인 숲으로도 가봐야만 했다. 그는 숲 입구의 가래나무보다 작고 볼품없는 존재였다. 숲의 기준으로 보자면 잡풀에 가까웠다. 그런 채로 숲이라는 방대한 세계와 대적해야만 했다. 겁이 났다. 용기를 얻기 위해 2층의 세오 방으로 갔다.

세오 방은 말끔하게 정리되어 있었다. 아내는 워낙 정갈하고 깔끔한 성격이었다. 주름 없이 팽팽하게 펼쳐진 침대에서 세오가 몸을 뒤척이며 잠을 자고, 좋거나 나쁜 꿈을 꾼 후에 잠자리에서 일어났다는 게 실감 나지 않았다. 그는 텅 빈 침대에 걸터앉았다. 세오가 덮는 누비이불과 메밀로 만든 작고 낮은 베개를 쓰다듬었다. 온기는 없었으나 다소 투박한 느낌을 주는 침구를 만지작거리고 있으려니 다정한 느낌이 차올랐다.

이번에는 세오가 만지며 놀았을 레고 블록을 만지작거리고 있는데, 누군가 계단을 올라오는 소리가 들렸다. 아내나 세오는 아니었다. 그들보다 덩치가 크고 조심성 많은 걸음걸이였다. 무게가 잘 배분된 몇 개의 발걸음 소리가 규칙적인 리듬을 만들어내며 계단을 오르고 있었다. 그는 소리 나지 않게 문가로 가서 문고리를 잠갔다.

계단을 올라오는 이들은 박인수의 행방을 알고 있다는 듯 주저 없이 세오 방 앞으로 왔다. 발걸음이 문 앞에 멎은 순간 박인수는 창문을 바라보았다. 창문은 체격이 작은 사람이 겨우 빠져나갈 수 있는 크기였다. 그렇다고 시도도 안 할 수는 없었다. 그가 이중창을 열고 수 미터 아래를 내려다보기도 전에 방문이 열렸다. 문을 열기 위해 완력을 쓸 필요가 없는 사람들이었다. 그들은 열쇠를 가지고 있었다.

문을 열고 들어온 사람 중 하나가 벽 쪽에 있는 그의 머리를 가격했다. 얼굴을 확인할 새도 없이 벌어진 일이었다. 소리를 지르려고 했으나 숨이 목 안에서 헐떡거리기만 하고 새어 나오지 않았다.

쓰러진 그를 일으켜 세우는 팔의 근육이 예사롭지 않았다. 단단한 팔이 그를 일으켜 세우더니 이내 옆으로 던져버렸다. 침대 모서리에 머리를 찧었다. 온몸으로 통증이 전해졌다. 정신이 가물가물했다. 쓰러진 채로 얼굴을 맞았다. 코에서 피가 흐른다는 느낌이 들고 나서는 어디를 맞는지 분간할 수 없을 정도로 계속 얻어맞았다. 머리를 두 팔로 감싸 안고 몸을 동그렇게 말아 무차별적인 발길질로부터 방어하는 게 고작이었다. 오래 버틸 자신이 없었다. 사방에서 주먹과 발이 날아왔다. 아팠다. 참을 수 없이 아팠으나 더 참을 수 없는 것은 얼마나 더 맞아야 할지 몰라서 생긴 두려움이었다.

때리는 사람은 두 명인 것 같았다. 세 명인 것도 같았다. 그중의 한 명은 어쩌면 발을 질질 끄는 사람인지도 몰랐다. 균형이 안 잡힌 발걸음 소리가 여러 소리에 섞여 있었다. 그들은 서로 말을 나누지 않았고 박인수를 비아냥거리고 위협하거나 멸시하는 말을 하지도 않았다. 그저 묵묵히 때렸다. 박인수는 그들의 얼굴을 확인하려고 기를 쓰고 고개를 들었다. 그의 노력은 실패로 끝났다. 얼굴을 제대로 쳐들 새도 없이 단단하고 딱딱한 몽둥이가 그의 허리를 가격하고 곧이어 턱을 가격했다. 무서웠다. 맞고 있어서였지만 자신이 마땅한 일을 당한다는 듯 그저 묵직한 나무통처럼 참고 있었기 때문이었다.

나중에는 순전히 고통 때문에 신음을 흘렸다. 몸속 깊은 곳에서 자발적으로 생겨난 신음이었다. 신음과 함께 피와 침을 흘리고 있다는 걸 알았을 때는 이미 죽은 짐승처럼 난간 이곳저곳에 몸을 부딪히며 계단을 내려오고 있었다. 마치 죽어서 뼈와 살로 해부된 고기처럼 누군가 잡아끄는 대로 몸을 사정없이 부딪히면서.

28

 손이 떨렸다. 땀이 났다. 더러운 냄새가 났다. 몸이 축 처진 채 누워 있었지만 모두가 고스란히 느껴졌다. 셔츠가 젖어 있었다. 바지도 마찬가지였다. 땀인지 오물인지 불분명했다. 온 몸에 움직일 수 없을 정도로 통증이 느껴졌다. 머리통이 욱신욱신 쑤셨다. 살갗은 모두 시퍼렇게 멍들었을 것이다. 몸을 움직여보면 어딘가 부러진 곳을 찾을 수 있을지도 몰랐다. 그는 떨리는 손을 조금 위쪽으로 들었다. 손이 조금 들리는가 싶더니 힘을 견디지 못하고 툭 떨어졌다. 술을 마시면 기운이 좀 날지도 모르지만, 손이 떨리는 걸로 봐서 술잔도 제대로 들지 못할 것 같았다.
 "깼어요?"
 그 소리에 눈을 떴다. 용기가 필요했다. 그를 때린 사람들이 있으리라 생각해서였다.
 진 선생이었다. 박인수는 놀라서 몸을 벌떡 일으켰다. 진 선생이 진정하고 다시 누우라는 듯 아래쪽으로 손을 누르는 시늉을 했다. 박인수는 잠자코 시키는 대로 했다. 몸을 일으키다 생긴 통증 때문에 그럴 수밖에 없기도 했다. 진 선생은 자리에 누운 그를 별말 없이 쳐다보았다. 걱정스러운 눈빛이었다.
 고요한 가운데 멀리서 새 우는 소리가 들렸다. 박인수가 소리 나는 방향으로 천천히 고개를 돌렸다.

"줄무늬물총새 울음소리예요."

진 선생이 말했다. 박인수가 무표정한 얼굴로 그를 보았다. 진 선생이 어깨를 으쓱했다.

"하긴, 농담이 안 통할 상황이군요."

"……"

"내가 줄무늬물총새 울음소리를 어떻게 알겠어요. 그냥 해본 소리예요."

"……"

"몸이 성치 않아 보이기는 하지만 지난번보다는 나아요. 이번에는 그래도 하루 만에 정신을 차렸어요."

"진 선생이 시킨 짓인가요?"

"뭘요?"

"알고 있으리라 생각하는데요."

"글쎄요. 내가 아는 것과 박인수 씨가 아는 게 다른 것 같아서 묻는 거예요."

"폭행을 당했어요."

"누구한테요?"

"모르는 사람요. 두 명 아니면 세 명한테요."

"어디서요?"

"집에서요."

"사택에서요? 왜요?"

"몰라요."

"모른 채 맞았어요?"

"무작정 때리기 시작했어요. 맞다가 정신을 잃었고요."

"박인수 씨한테 혹시 내가 모르는 문제가 있나요?"

"문제라니요?"

"원한이나 치정, 금전 문제 같은 거요."

"난 평범한 사람이에요."

"그런 문제는 평범한 사람에게 생겨요."

"없습니다."

"사채는요?"

"은행 빚이에요. 사채는 아니에요."

"은행 사람들은 월급을 빼앗아가기는 해도 때리지는 않죠. 맞은 게 분명해요?"

"무슨 의민가요?"

"이상해서요."

"뭐가요?"

"아까 내가 시킨 짓이냐고 물은 건 무슨 뜻인가요?"

"날 때린 사람들은 열쇠를 가지고 있었어요. 현관문을 열고 들어와 세오 방 문을 열었죠. 우리 말고 사택 열쇠를 가진 건 진 선생뿐이에요."

진 선생이 다소 질렸다는 얼굴로 잠시 그를 바라보다가 이내 부하 직원을 훈계하는 윗사람의 태도로 말했다.

"흥미로운 얘기군요. 박인수 씨가 무슨 얘기를 하는지 알 수 있다면요."

"알고 있는 것 같은데요."

"내 능력을 과신하는군요. 그런 거예요?"

진 선생이 능글맞게 웃으며 덧붙였다.

"나한테 예지력이 있다면 박인수 씨한테 나는 술 냄새를 잘 맡는다는 거예요. 하긴 축농증 걸린 코라도 그 냄새는 맡을 거예요. 늘 풍기니까."

박인수가 눈살을 찌푸려 불편한 심기를 드러냈다.

"사택은 크기 때문에 종종 험한 일을 겪어요. 외관 규모로 보면 한낱 관리자의 숙소라고는 생각되지 않잖아요? 언젠가 사택이 털린 적도 있어요. 지하실로 통하는 쇠문이 뜯긴 적도 있고요. 금속 값이 올라서 도시에서는 맨홀 뚜껑을 훔쳐 파는 도둑이 성행하던 때였죠. 사택의 모든 문에 자물쇠를 단 건 그 때문이에요."

박인수는 신중하게 말을 골라 비아냥거리는 진 선생을 무심하게 응대하려 애썼다.

"쇠문을 훔치러 온 게 아니에요. 나를 겨냥한 거예요."

"왜 박인수 씨를 겨냥하죠?"

"정말 모르나요?"

"날 과신하지 말라니까요. 과신이 아니라 의심하는 건가요?"

"맞아서 죽을 뻔했어요."

"두 명이나 세 명이 이유도 없이 박인수 씨를 폭행했다는 거죠? 얻어맞아 정신을 잃었다가 깨어나 보니 내 집이고요?"

"진 선생에게 자초지종을 들을 거라 생각했어요."

"내가 해줄 수 있는 얘기는 간단해요. 박인수 씨는 나한테 고마워해야 한다는 거요. 이런 날씨에 얼어 죽지 않은 건 다 내 덕이니까요."

"무슨 말인가요?"

"술집 주인에게 또 전화가 왔죠. 그 전화를 안 받았으면 주인은 아마 박인수 씨를 길거리에 내버리고 갔을 거예요. 술집에서 난동을 부렸다고 하더군요. 이런 날 길거리에서 잤다면 얼어 죽었을 게 분명하고요."

박인수는 진 선생을 뚫어져라 보았다. 진 선생의 눈빛은 흔들림이 없었다. 오히려 자신의 눈빛이 흔들리는 것 같았다.

"제가 술집에 있었다고요?"

여러 가지 의문이 쏟아져 나왔지만 박인수는 고작 그렇게밖에 물을 수 없었다.

"싸움을 했다더군요. 이 대 일로 붙었대요. 아마 다음에 술집에 가면 주인이 기물 파손 책임을 물을 거예요. 그 전에 못 참고 사무실로 찾아올지도 모르고요."

"술을 마신 게 아니에요."

박인수는 주정뱅이 취급받는 것에 참을 수 없이 화가 났다.

"그래요. 더 이상 얘기하지 말기로 해요. 그 문제로 얘기하는 건 나도 지쳤어요."

"지쳐서 말을 않겠다는 게 아니에요. 정말 마시지 않아서 그렇게 말하는 거예요."

"전부터 묻고 싶었던 건데, 박인수 씨는 무슨 상상을 하고 있는 건가요?"

"상상이라니요. 내가 겪은 일을 말하고 있는 거예요."

"무슨 일이 벌어졌는데요?"

"전임자가 사라졌고 전임자를 찾으러 온 변호사는 교통사고로 죽었어요."

"그게 어떻다는 거죠? 박인수 씨는 설마 사람들이 자기를 둘러싸고 뭔가 음모를 꾸민다고 상상을 하는 건가요? 사람들의 묵인하에 숲에서 수상한 일이 벌어지고 있다고 생각하는 거예요? 그런 거예요?"

진 선생이 웃음기 띤 얼굴로 물었다.

"그러니까 아마 대규모 벌목 작업쯤으로 생각하는 건가요? 혹시 그 일의 통솔자는 나예요? 설마 그래요? 거대 연구소의 한낱 관재과 직원에게 그런 능력이 있다고 믿어요? 음, 그럼 이왕 상상하는 거 더 해볼까요? 비호 세력이 있어야겠군요. 그건 누가 맡을까요? 역시 연구소 소장이 적당하겠죠? 연구소와 지방정부는 숲을 둘러싸고 미묘한 관계에 놓여 있어요. 아는지 모르겠지만 실제 재정 문제로 큰 갈등을 겪기도 했죠. 복잡한 문제지만 투박하게 말하면 그렇죠. 하지만 갈등에도 불구하고 절대 공생해야 하는 관계라는 것에는 합의가 된 상태예요. 상상 속에서 그런 문제는 고려하고 있나요? 어쨌거나 지방정부의 재정은 중앙정부 쪽으로 흐르니까, 다소 확대해보자면 중앙정부의 비호를 받는 셈인가요? 그러고 보면 이 숲의 나무 한 그루 한 그루는 국가원수의 보호를 받는 셈이군요. 대단한 나무들이군요. 음모를 알아차린 의협심 많은 박인수 씨가 한패나 다름없는 연구소 사람들에게 위협을 당한 셈이고요."

"비아냥거리지 말아요."

"나는 우리가 상상하는 게 서로 얼마나 다른지 얘기하는 거예요. 자신이 믿는 게 생각을 어떻게 조정하는지도 생각해보면 좋고요. 거대자본을 둘러싸고 벌어지는 불법과 비리, 결탁과 협잡 얘기라면 언제나 흥미롭죠. 흥미로운 일이지만 별로 실감은 안 나는군요. 나야 고작 연구소의 관재과 직원이니까요."

진 선생이 단단히 벼르고 있었던 듯 박인수를 응시했다.

"박인수 씨가 지금 최악의 상황이라는 건 잘 알아요. 그렇더라도 나 같으면 그런 상상을 하고 어설픈 탐정 놀이를 하는 대신 작은 행운에 감사하겠어요. 얼어 죽지 않은 것과 비교적 일찍 정신을 차린 거요. 박인수 씨가 정신을 차리고 가장 먼저 해야 할 일은 나한테 누명을 씌우는 게 아니라 가족을 되찾는 일 아닌가요?"

박인수는 다시 몸을 일으켰다. 사방에서 관절이 쑤셨다. 그가 인상을 쓰자 진 선생도 덩달아 인상을 썼다.

"아내가 떠난 걸 알고 있나요?"

"그럼요. 여긴 작은 동네예요. 시외버스 정류장에 누군가 짐을 들고 서 있으면 30분 안에 상점가에 소문이 돌죠."

박인수가 얻어맞았을 때처럼 짧은 신음을 내뱉자 진 선생이 자리에서 일어섰다.

"자, 어서 따라가요. 어디로 갔는지 짐작하고 있을 테죠?"

"열쇠는요?"

"열쇠라니요?"

"사무실 책상 위에 열쇠가 있었어요. 그걸로 지하실 문을 열었어요."

"아, 그것에 대해서도 말해두려고 했어요. 알고 있겠지만 사택은 연구소 재산이에요. 사용자가 기물을 훼손하는 것을 일일이 트집 잡을 수는 없어요. 예를 들면 자물쇠를 절단기로 자른 일 같은 거요. 자물쇠 정도야 소소한 비품이니까 금세 살 수도 있고요. 하지만 가급적 주의를 기울여야 하는 게 사용자의 원칙이죠. 어쨌거나 본인 소유 주택은 아니잖아요?"

"절단기라니요? 그런 걸 사용한 적 없어요. 책상 서랍 위에 열쇠가 있었어요. 그걸로 연 거예요. 그 열쇠는 진 선생이 가져다 뒀다고 생각했어요."

"음, 그럼 내가 사택에서 가져온 처참하게 잘린 자물쇠 두 개는 어떻게 설명할 건가요?"

"그거야……"

"박인수 씨 상상대로라면 제가 잘라버린 거겠죠?"

"나는 그런 짓을 하지 않았어요."

"글쎄요. 그렇다면 박인수 씨는 무슨 짓을 했을까요?"

"아무 짓도 안 했어요. 난 그저 진 선생에게 뽑혀서 일을 한 것뿐이에요."

"누가 자기를 채용했는지 정도는 알고 있을 거라고 생각하는데요. 면접도 봤을 테니까요."

진 선생이 냉랭하게 말했다. 이제 완전히 그에게 질렸다는 투였다.

"김 대령이지요."

"맞아요, 김 대령."

"그분은 누군가요?"

"성품을 묻는 건가요?"

"술집 주인은 김 대령을 모르더군요."

"당연하지요. 술집 주인이 우리 일을 알 리 없으니까요."

"김 대령이 없는 사람이어서는 아니고요?"

"오, 술집 주인이 모른다고 해서 김 대령을 아예 없는 사람 취급하는 건가요? 그럼 이렇게 물어봅시다. 박인수 씨는 존재합니까? 마을 사람들이 박인수 씨를 알까요?"

"……"

"비관적으로 생각하지 말아요. 박인수 씨는 충분히 개성적인 캐릭터니까요. 아마 주정뱅이라고 하면 다들 고개를 끄덕일

걸요. 하지만 마을 사람들이 박인수 씨를 모른다고 하면 박인수 씨도 없는 사람이 됩니까?"

박인수는 술에 대한 화제에서 벗어나고 싶었다. 어떤 일은 술이 논란을 일으켰지만 이 일은 그렇지 않았다.

"박인수 씨는 도대체 누군가요?"

진 선생이 그를 관찰하듯 빤히 보았다.

"내가 아는 건 알코올중독자라는 것뿐이에요. 적당히 술을 먹고 가끔 취하는 술꾼들과는 전혀 다르죠. 술에 취하면 완전히 다른 사람이 되니까요."

"아무리 주정뱅이지만 불법적인 일에 가담하고 싶지는 않아요."

"가담이오? 그런데 뭐가 불법적인 일이죠?"

"허수아비 역할을 맡았죠. 벌목을 목격할 입산객을 통제하는 식으로."

"만약 그런 일이 벌어졌다면 역할이 적은 게 불만이었군요."

"불법 행위에 가담한 게 문제라는 겁니다."

"그러니까 뭐가 불법인지 묻는 거예요."

"숲에서 나는 소리요."

"좋아요. 그게 무슨 소린데요?"

"기계 소리. 분명해요. 불법 벌목을 하고 있을 거예요."

"벌목이라…… 그게 왜 불법이라고 생각하죠?"

"그거야……"

"느낌이죠? 나나 마을 사람들이 하는 건 다 나쁜 일인 것 같은?"

"……"

"박인수 씨는 사고를 선입견이나 불확실한 의심으로 합니까? 내가 어떤 증거를 대도 자기가 진실이라고 생각하면 절대 생각을 바꾸지 않나요?"

"믿지 못해서 안 믿는 것뿐입니다."

"이해해요. 나도 그럴 때가 있으니까요. 장이 아플 때가 있었는데, 그때 내 생각은 구불구불 꼬인 장에서 나오는 것 같았어요. 모든 게 꼬이고 또 꼬이기만 했어요. 내가 생각하기에, 삶에서 아주 많은 것들이 내가 보는 게 다른 사람에게도 보이는지 하는 것에 달려 있어요. 그 가장 기본적인 생각이 적절한 균형 감각을 만들어주죠. 나만 보고 나머지 세상이 보지 못하는 것은 무엇인지, 반대로 세상은 다 봤는데 나만 못 보는 건 무엇인지 알아야겠죠. 모두 알 수는 없어요. 누구나 깨닫지 못하는 걸 어느 정도 갖고 있게 마련이니까요."

"내가 깨닫지 못하는 게 있다는 건가요?"

"생각을 하기 전에 일단 장이 꼬이는 느낌이 들면 뭐든 나쁘다고 생각했어요. 아, 내 경우에 그랬다는 거예요. 박인수 씨 경우엔 일단 의심하기 시작하면 뭐든 나쁜 게 되어버리겠죠. 그렇다고 박인수 씨나 내가 특별히 이상한 사람인 건 아니에요. 이런 일은 누구에게나 일어나는 거예요. 누구나 어느 정도는 그렇게 사고하지요. 벌채 허가서를 보여주면 믿을 건가요? 아닐걸요. 조작된 서류라고 생각하겠죠. 사실 그런 서류 조작은 식은 죽 먹기니까요. 그럼 이제 한번 따져볼까요? 나한테 보이는 게 박인수 씨한테도 보이는지 말이에요. 박인수 씨가 계속 우기는 걸 보니 그런 것에 관심이 많군요. 법 같은 것 말이에요. 법을 정의라고 생각하는 건가요? 반드시 지켜야 하고 모든 걸 다 재단할 수 있다고 믿는 거예요? 그런 사람일수록 기회가 닿으면 서둘러 법을 팔아버리려고 하지요."

"무슨 말입니까?"

"박인수 씨가 이직을 반대한 동료의 개인적인 연애사를 그저 도덕적 치명상을 입히려고 직장에 고발한 걸 알아요. 혼자만 당하고 싶지는 않았겠죠. 동료도 당했으면 싶었던 거죠. 그 과정에서 심부름센터 직원을 고용해서 사생활을 캤어요. 그렇죠?"

진 선생이 애당초 박인수의 대답을 들을 생각이 없었다는 듯 냉담하게 말을 이었다.

"아이를 집어던져 다치게 한 적도 있죠. 술에 취했을 때의 일이지만, 그렇다고 해서 용서받을 수는 없어요. 당시 박인수 씨는 술에 취하지 않을 때가 거의 없었죠. 주정뱅이가 되는 게 불법인 건 아니지만요."

"저를 조사하신 겁니까?"

"우리는 좀 성실해요. 직원을 채용하는데 그 정도야 기본이지요."

"조사하면 세오 일도 알 수 있다는 겁니까? 흥신소라도 갔습니까?"

"모유진 씨한테 들었어요. 세오 약을 타러 보건소에 간다기에 데려다준 적이 있는데, 그때 의사가 흉터에 대해 물었어요. 오래전 일인데도 몹시 괴로워하더군요."

"우리 가족 일입니다."

"압니다. 박인수 씨 가족 일이에요."

"학원에서는 왜 날 지목한 겁니까?"

"김 대령이 박인수 씨를 선호했어요."

"왜죠?"

"이젠 호의까지 의심하는군요. 김 대령은 사람의 의지라는 걸 일단 존중하는 사람이니까요. 박인수 씨가 술 때문에 개과천선할 마음을 먹은 걸 알고 있었어요. 오래전에 모유진 씨가 아파트에서 주민을 상대로 난동을 부린 적이 있다고 하더군요. 그 아파트에 김 대령의 친지가 거주하고 있어서 내막을 훤히 알게 됐죠. 김 대령은 박인수 씨가 술 때문에 한 번 지옥에 들어갔다 온 사람이니 특별히 성실할 거라고 기대했어요. 지금쯤은 중독된 습관이 얼마나 힘이 센지 알았을 거예요."

"중독자라서 나를 채용한 거군요."

"지나친 비약이에요. 인간의 선의라는 걸 무시하면 안 돼요. 그리고 무엇보다 인간의 판단력이라는 걸 너무 믿지 말아요. 박인수 씨가 옳다고 믿는 게 오히려 틀릴 수 있다는 걸 알아둬요. 참, 박인수 씨는 야구를 좋아하던가요?"

"……"

"안 좋아하지요? 그럴 거라고 생각했어요. 세오가 방망이나 공을 가지고 노는 걸 본 적이 없으니까요. 박인수 씨가 좋아했다면 아이 손가락이 쫙 벌어지기만 해도 글러브 먼저 사줬을 텐데요. 난 야구를 무척 좋아해요. 특히 타자가 공을 쳐내는 순간요. 타자가 언제 공을 칠 것 같아요?"

진 선생이 대답을 알려주기 싫다는 듯 시간을 끌다가 천천히 입을 열었다.

"공이 들어오기 전에 쳐요. 공이 들어오기 전. 나는 그게 중요하다고 생각해요. 다가오는 공을 완전히 보기도 전에 뭔가를 결정하는 거지요. 쳐야 할지, 말아야 할지 생각해요, 아주 짧은 순간에. 그런 게 인간의 판단력이라는 생각이 들어요. 김 대령과 나는 말하자면 박인수 씨라는 공을 잘못 쳤죠. 홈런이 될 줄 알았는데 기껏 파울이 된 거죠. 아, 홈런이라는 말은 과장된 거고요. 최소한 안타 정도는 될 거라고 생각했죠. 하지만 파울이라고 좌절할 필요는 없어요. 아무리 타율 높은 선수들도 5할이 채 안 되니까요. 최선을 다해도 두 번 중에 한 번은 언제나 헛스윙이라는 거죠."

진 선생이 허공을 향해 두 손을 맞잡아 치는 시늉을 했다.

"박인수 씨, 자신의 생각을 너무 믿지 말아요. 아무리 많이 생각해도 이렇게 헛스윙을 할 때가 있으니까요. 박인수 씨 같이 타율이 낮다면 더 많지 않겠어요? 잊지 말아요. 두 번 중에 한 번은 헛스윙. 하지만 꼭 나쁘게 생각할 필요는 없어요. 이번에 헛스윙이었다면 다음에는 뭔가 칠 수도 있다는 얘기니까요."

"잘못 생각했다는 말씀이시죠?"

"이왕이면 술을 마시지 않았으면 좋겠어요."

"술은 마시지 않았어요."

"지금은 마시지 않는다는 얘기겠죠."

박인수는 기분이 언짢았다. 약간 찔려서 그랬는지도 몰랐다.

"술을 많이 마시면 헛것도 보이고 헛소리도 들리고 자해도 하고 그런다더군요."

"술을 마셔서가 아닙니다. 누군가 사택에 들어와 저를 폭행했어요. 깨어보니 여기에 있는 거고요."

"며칠간 자리를 비우고 그런 핑계를 대는 겁니까?"

박인수는 할 말 없는 처지에 놓였다는 생각에 입을 다물었다.

"산불은 사람들이 버린 담배꽁초로만 시작되는 게 아닙니다. 잎 조직에서 지질 함량이 높은 나무들이 있어요. 그 나무들은 간격이 좁아지고 줄기가 겹쳐서 이파리들이 서로 부딪치면 마찰열로 불이 나기도 하죠."

"스스로 불을 낸다…… 내가 그렇다는 얘기군요."

"충고 하나 더 해도 되죠?"

진 선생이 살짝 미소를 지었다.

"어느 직장이든 불성실한 직원을 오랫동안 참아주는 곳은 없어요. 지각에 조기 퇴근에, 무단결근까지…… 그런 날에도 박인수 씨는 어김없이 마을의 술집에는 모습을 드러냈어요. 그건 관리자로서 어떻게 이해해야 합니까? 내가 보기에 박인수 씨는 알코올중독으로 고생하고 있어요. 치료가 필요한 상태라는 생각이 들어요. 시기가 늦은 게 아니었으면 좋겠어요."

"술을 좋아하기는 하지만 얼마든지 통제할 수 있어요."

"뭘 통제한다는 거죠? 술의 양? 술 먹는 시간? 주기? 술의 종류는 확실히 통제하는 것 같더군요. 가급적 독한 술만 먹는 걸 알아요."

진 선생은 박인수에게서 눈을 돌렸다.

"늘 술이 문제죠."

"주정뱅이의 망상이 아닙니다. 더 복잡한 사연이 있어요."

"복잡해야만 하는 거겠죠. 그렇지 않겠어요? 간단한 사건이거나 단순히 의심에 지나지 않았다면 박인수 씨 꼴이 우스워질 테니까요."

"내 꼴을 걱정하는 게 아니에요."

"그럼 뭘 걱정하는 거죠? 일자리요? 그렇다면 좀더 성실했어야죠. 우리와 함께 오래도록 숲을 즐길 수 있도록 말이에요. 가족요? 가족에게는 좀더 솔직했어야 하고요. 내가 할 말은 아니지만, 모유진 씨는 입을 다물고 박인수 씨도 속으로만 끙해 있더군요. 얘기를 했으면 나아졌을 텐데요. 대부분의 불행은 그런 식으로 오지요. 서로 솔직하게 털어놓는 대신 침묵으로 일관해서 화를 자초하니까요."

 진 선생의 말을 듣고 있자니 사택에서 누군가에게 얻어맞고 정신을 잃은 게 사실이기는 한지 의아해졌다. 그 비현실적인 부분을 떼어내면, 지하실에 들어갔다가 바로 술집으로 가서 술을 마시고 난동을 부려 업혀 왔다는 진 선생의 말이 맞는 것 같았다. 그 일은 정말 일어났을까. 정신을 차리기 힘든 나머지 꿈을 꾼 것은 아니었을까. 목이 탔다. 주정뱅이라는 진 선생의 말을 인정하고 싶지 않았지만 제일 하고 싶은 일은 이 집을 나가는 것도 아니고 아내를 찾아 도시로 가는 일도 아니고 숲에 들어가 진상을 밝혀내는 일도 아니었다. 술이 마시고 싶었.

 "나한테는 세상 어느 곳보다 안전한 곳이 숲이에요. 박인수 씨한테 화가 나는 건 그거예요. 내게는 더없이 좋은 곳인데 박인수 씨가 의심하기 시작하면서 타락하고 부정한 곳이 되어버렸어요."

 진 선생이 어찌나 굳게 입을 다무는지 박인수는 자신의 턱이 다 얼얼해지는 느낌을 받았다.

 "나는 박인수 씨 말을 믿을 수 없어요. 아마 누구도 믿어주지 않을 거예요. 술주정뱅이의 말은 설득력이 없지요. 아들 뼈를 부러뜨리고 아내를 떠나게 하고 자해로 몸이 상한 술주정뱅이의 말이라면 더더욱 그렇죠. 돌아가면 사택 거실이나 계단 같은 곳을 자세히 살펴보세요. 외부 침입의 흔적을 찾을 수 없을 거예요. 환각 증세를 일으키면서 가상의 인물들에게 스스로를 보호하려고 찌르고 때리면서 피를 흘렸겠죠."

"그럴 리 없어요. 나는……"

"아까 빼먹은 얘기가 있어요."

진 선생이 박인수를 뚫어져라 보았다.

"김 대령이 특별히 박인수 씨를 채용한 이유요."

박인수는 두려웠지만 진 선생의 냉담한 얼굴을 마주 보았다. 두려움을 푸는 데 도움이 되지 않았다. 진 선생이 무슨 말인가 하는 것도, 하지 않는 것도 무서웠다. 진 선생이 가까이 다가오더니 속삭이듯 말했다.

"술주정뱅이였기 때문이죠. 알코올중독자의 말은 누구도 믿어주지 않으니까요. 그들에게는 온갖 일이 다 일어나지요, 상상 속에서."

박인수는 다시 침대에 주저앉았다. 내장이 튀어나올 것처럼 속이 쓰렸다. 앉은 채로 토했다. 괴롭기도 했고 부끄럽기도 했으나 그와 동시에 홀가분했다.

"구토라니. 시의적절해요. 의심이나 증오는 이를테면 구토 같은 거예요. 일단 시작하면 멈출 수 없지요. 누군가를 의심하고 미워하는 것만큼 통제하기 힘든 건 없지만 전적으로 소화를 못 시킨 내장의 문제일 수도 있어요."

"모든 게 내 상상의 문제라는 거군요. 어떤 얘기는 말이 돼요. 내가 술에 취해서 그렇게 믿어버린 걸 수도 있어요. 어떤 건 말이 안 돼요. 마을에서 변호사가 갑자기 교통사고를 당한 일 같은 거요."

"그런 불운은 누가 바란다고 되는 것도 아니죠."

"누군가 일부러 사고를 냈거나 그러라고 시킨 걸 수도 있어요. 전임자의 비밀을 캐는 일이 마을의 비밀을 캐는 일과 연관되어 있다면 살려둘 수 없었을 거예요. 게다가 변호사니까요."

"음, 전임자의 비밀이라…… 그 무책임한 녀석한테 무슨 비밀이 있는지 나도 궁금하군요. 일을 팽개치고 어디로 사라져 버렸는지도…… 뭔가 증거를 가지고 있나요? 있다면 내게도 알려줘요. 하지만 상상력만으로는 안 돼요. 상상력은 언제나 가능성만 열어주는 거예요. 가능성을 확신으로 만드는 건 '사실'이고요. 사실로 드러난 게 있어야만 해요. 유추와 추측이라면 별로 흥미가 없어요. 내가 하는 일을 일일이 박인수 씨에게 설명할 수는 없으니까요. 박인수 씨는 별것도 아닌 이야기를 들으려고 큰 위험을 감수하게 될 거예요."

진 선생이 윗입술로 아랫입술을 지그시 깨물었다. 정적이 흘렀다. 박인수는 천천히 일어섰다. 진 선생은 잡지 않았다. 박인수는 혼자서 집 밖으로 나갔다. 가까이에 연구소의 첨탑이 보였다. 지난번에는 보지 못한 것이었다. 그는 첨탑을 나침반 삼아 천천히 걸었다. 몸이 쑤시고 힘들었지만 걸음을 늦추지는 않았다. 얼마 걷지 않아 커다란 연구소 본관 건물이 나타났다. 진 선생의 집은 연구소에 부속된 건물 내에 있었다.

박인수는 뭘 두려워하는지도 모르면서 두려움에 떨었고, 뭔가 잘못되어가는 것을 느낄 만큼 예민하지만 늘 술기운에 취해 있느라 정작 뭐가 잘못되었는지는 몰랐다. 그에게는 원하기만 하면 손에 넣을 수 있었던 안온한 일상과 약간 다른 방식이기는 하지만 역시 원하고 노력하면 다정하게 감싸주었을 아내와 세오가 있었다. 지금은 아니었다. 아무도 없었다. 모든 것은 이미 지나갔다.

그는 뭔가 알았을 수도 있지만 그렇지 않을 수도 있었다. 그가 안 것은 비밀이 아니었다. 사람들 사이에서 어떤 중요성을 가지는 얘기도 아니었다. 자신을 바꿀 만한 설득력 있는 것도 아니었다. 숲에서 벌어지는 일의 정당성이나 합법성도 아니었다. 그간의 의문에 대한 확신이나 더 깊은 의혹도 아니었다. 진 선생과 나눈 대화에서 그가 알게 된 것은 하나의 진실이 있으면 어디에든 또 다른 진실이 있게 마련이라는 것이었다. 그가 알아야 하는 진실에는 끝이 없었다. 그것은 진 선생이나 이 마을에 대한 것만은 아니었다. 자기 자신에 대해서도 마찬가지였다.

진 선생의 얘기가 계속 맴돌았으나 그보다 더 많이 생각난 것은 아내였다. 아내와 세오가 곁에 없다는 게 새삼 믿기지 않았다. 아마 숲보다 더 시커멓게 놓여 있는 사각형의 사택을 보면 실감이 날 것 같았다. 그 건물은 사람을 위한 것이 아니니까 말이다.

29

 처음으로 가래나무 군락지 너머로 들어섰을 때, 박인수는 불법으로 국경선을 넘는 심정이었다. 걸음을 내디딜 때마다 어마어마한 책임감으로 두려웠다. 두고 온 고향이라도 되는 양 자꾸 관리사무실 쪽을 쳐다보았다. 가래나무 군락지를 지나 좀더 안쪽으로 들어가면 물푸레나무가 나타나고, 물푸레나무를 지나면 넓은 활엽수림이 나타난다. 활엽수림은 태반이 신갈나무지만 곳곳에 굴참나무 군락지가 간간이 이어지다가 숲의 가장 깊은 곳에 닿게 되는데, 거기에는 손꼽히는 금강송 군락지가 있다고 했다. 사무실 옆에 놓인 숲 지형도에서 본 것이었다.

 뭔가를 알아내기 위해, 무엇보다 자신을 이해하기 위해 어디로 가야 할까 자문하자 대답은 명백해졌다. 숲이었다. 숲은 그가 사택에서 지내는 동안 느낀 두려움과 환영의 정체를 대면하게 해줄 것이었다. 아내와 세오를 찾아 떠나야 했지만, 그 일은 숲에 다녀온 후에 할 생각이었다. 일의 우선순위를 정하는 데 늘 자신이 없었는데, 이번에도 실수를 한 게 아닐까 싶기는 했다. 그러나 아내에게 뭔가를 설명하고 자신을 설득하기 위해서는 숲은 아무런 혐의가 없다는 것을, 숲에서 들리는 소리는 자연이 내는 무수한 소리의 일부라는 것을 확인하거나 부인해야만 했다.

숲에서 보려는 게 무엇이고 봐야 할 게 무엇이고 보게 될 게 무엇인지 알 수 없었다. 알 수 없어 두렵고, 단지 그것을 목격함으로써 돌이킬 수 없는 결과를 맞게 될 것 같아 겁이 났다. 아무리 고통스럽더라도 보지 않는 것보다는 나을 것 같았다. 이 일이 인생을 허비하게 만들지라도.

숲의 사물들은 놀라울 정도로 커 보였다. 하늘은 높았고 땅은 깊었고 나무의 키는 가늠하기 힘들 정도로 컸다. 그는 멈춰 서서 긴 총신 같은 나무의 몸통 줄기를 올려다보았다. 5층 높이 정도 되는 나뭇가지들이 만화경처럼 꽃무늬 모양으로 파열하며 점점 좁아지고 있었다.

목이 아프도록 하늘을 올려다보니 하늘이나 숲은 이 마을과 진 선생, 김 대령과 상관이 없다는 생각이 들었다. 하늘은 제 나름의 법칙으로 움직이며 형태를 바꾸었다. 나무도 마찬가지였다. 나무의 움직임에 영향을 미치는 것은 서쪽 해안가의 습한 바람이나 안개, 갑작스러운 뇌우나 폭설의 기미를 품은 무거운 공기일 테지만 그런 것들의 영향은 지나치게 명백해서 오히려 태생적으로 예정된 변화의 일부처럼 보였다. 보다 자연스럽게, 우발적이고 우연하게 그 움직임에 영향을 미치는 것은 박인수가 느낄 수 없는 것들, 그러니까 미세한 공기층의 변화나 겹겹이 서 있는 나무들의 연쇄적인 움직임 같은 것이었다.

한참 고개를 쳐들고 있자니 머리가 빙빙 돌고 메스꺼움이 일었다. 목을 아래로 내려뜨리고 숨을 골랐지만 기운을 차렸을 때는 이미 방향 감각을 잃은 후였다. 그는 다시 한 번 크게 숨을 골랐다. 애당초 그에게는 숲에서 유용한 방향 감각이랄 게 없었으니, 방향을 알 수 없는 게 꼭 나쁜 일은 아니었다.

나무는 무성한 잎과 가지로 태양을 가리고 있어서 태양의 위치나 조도로 방향을 짐작하려는 수고를 헛되게 했다. 나무의 생김새나 크기, 둥치의 굵기를 기억하여 이정표로 삼으려는 시도도 부질없었다. 숲에서 나무들은 개체로 두드러지지 않았다. 그가 보기에는 특색을 가진, 그래서 기억하기 쉬운 나무라 하더라도 다른 나무들과 멀리 떨어져 혼자 존재하지 않는 이상 알아보기 어려웠다.

그는 되는대로 걸음을 옮겼다. 풀을 헤치고 나무로 길을 헤아리고 소리를 등대 삼은 것이 유일하게 한 일이었다. 간혹 뒤를 돌아보았으나 얼마큼 왔는지 확인하기 위한 것은 아니었다. 자신이 가고 있는 길이 이제껏 온 길인지 앞으로 가야 할 길인지 알 수 없어서였다. 똑바로 걸어가고 있다고 생각했으나 걸어온 길의 흔적을 찾을 수 없었다. 나무 간격이 조밀했고 그가 최초로 밟아서 길을 내는 게 분명한 듯 풀은 뻣뻣하고 억셌다.

고통과 불안감은 여전했지만 숲 속으로 들어갈수록 마음이 비교적 가벼워졌다. 피로했지만 견딜 수 있는 정도였다. 무작정 오른쪽으로 방향을 잡아 걸어 들어가자 어느 순간 그가 의아해하던 소리가 희미하게 들려오기 시작했다. 그는 소리가 나는 쪽을 찾아 사위를 둘러봤다. 이번에도 소리 대신 나무들이

에워싸며 압박했다. 하늘로 뻗은 나무들 사이에서 그는 볼품없고 왜소하고 나약했다.

숲은 그가 생각했던 것처럼 수동적이고 정태적인 공간이 아니었다. 숲은 살아 있었다. 숨통을 트이게 해주는가 하면 숨구멍을 꽉 조였고 나무 사이로 길을 내주는가 하면 나무를 내세워 길을 막았다. 뭔가 튀어나올 것 같았고, 누군가 뒤따르는 것처럼 불길했다. 발걸음을 내디딜 때마다 미끄러운 낙엽을 밟거나 깊은 구멍에 빠지거나 돌부리에 차일까 봐 겁이 났다. 뭔가가 떨어지고 날아오르고 흔들리는 소리가 사람들의 수군거림처럼 들렸다. 누군가 자신을 보고 있는 것 같았다. 그 탓에 자주 뒤를 돌아봤다. 아무도 없었다. 바람이 사납게 불었고 응답하듯 나무들은 가지와 잎을 맹렬히 흔들었다. 새들은 날아올랐고 풀은 한시도 쉬지 못하게 하는 바람을 야유하듯 거세게 몸을 떨었다.

걷는 것밖에 할 게 없었으므로 걸었다. 푸른 덤불과 관목의 미로 사이를 지나면 또다시 푸른 덤불과 관목이 나타났다. 낮은 가지 아래로 고개를 숙이기도 하고 쓰러진 통나무를 타 넘고 덤불 아래를 기어가기도 했다. 낙엽 때문에 여러 차례 미끄러지고 험악한 쐐기풀 구덩이에 넘어져 얼굴과 손등이 긁혔다.

그는 얼마인지 모를 시간 동안 안락처라 믿은 곳에서 괴한들에게 얻어맞았다. 그때는 자신이 시체처럼 여겨졌는데 긁힌 곳에서 피가 따뜻하게 흐르자 오히려 살아 있는 느낌이 들었다.

어쨌거나 이 마을에 온 이후로 처음으로 제 의지대로 움직이고 있지 않은가. 얼마나 걸었는지 발에 감각이 없어졌지만 기분은 나쁘지 않았다. 다리가 고무처럼 휘청거렸으나 제 힘으로 움직인다는 생각에 힘이 났다.

쿵.

다시 한 번 소리가 들렸다. 아까보다 훨씬 가깝고 큰 소리였다. 가까이서 듣는다면 대지가 틈을 벌리는 것처럼 위협적일 것이었다. 길을 헤매며 자기도 모르게 조금씩 그 소리에 다가가고 있었다. 그는 소리가 계속되기를 바라면서 앞으로, 정확히는 앞쪽이라고 생각되는 곳으로 걸음을 옮겼다.

비교적 평탄한 숲이 끝나고 순탄치 않은 길이 나타났다. 거칠고 웃자란 풀이 그의 몸을 베었다. 가시덤불이 얼굴을 할퀴었다. 덤불에 가려진 바위가 무릎을 쳤다. 이내 긴 잡목 숲이 이어졌다. 형태가 없는 길을 만날수록 숲이 깊어지는 느낌이었다. 앉은걸음으로 계속 나아갔다. 날카로운 풀에 얼굴이 베고 나뭇가지에 옷가지가 걸렸다. 찢어지는 소리가 났지만 돌아보지 않았다. 물기 있는 낙엽 더미를 밟아 미끄러지고 뿌리에 걸려 넘어져 무릎이 쓸렸지만, 걸었다.

쿵.

낙하 소리에 섞여 희미하게 기계 소리가 들려왔다. 그 소리를 들으며 거대한 숲을 헤매는 것이 좋을지, 이대로 숲에서 나갈 길을 찾는 게 좋을지 생각했다. 오래 생각하지는 않았다.

소리를 찾는 것이 곧 길을 찾는 것이었다.

그러나 숲에서는 소리의 원근과 방향을 가늠하기 힘들었다. 소리가 가까워지고 있는 것은 분명했으나 동쪽에서 들리는가 싶으면 이내 서쪽에서 들려왔다. 가까워진다고 생각하는 순간 한없이 멀어졌고 멀어져서 희망을 잃을 무렵이면 희미하게 다시 시작되었다. 어쩌면 소리를 내는 범위가 넓어서인지도 몰랐지만 확실한 것은 단 하나였다. 방금 소리가 들려온 지점을 찾아간다고 해도 그것은 이미 오래전에 그 소리가 통과한 지점이라는 사실이었다. 그는 계속 소리를 쫓아가고 있지만 소리가 지나간 곳에 닿을 뿐, 결코 소리와 대면할 수는 없을 것이었다.

조금 더 가자 어느 순간 바람의 결이 달라졌다. 협소한 나무 틈 사이로 불어오는 바람이 아니라 광활한 대지에 부는 바람처럼 광폭하고 차가워졌다. 조금 더 걸어가니 바람이 준 예감대로 눈에 띄게 나무 간격이 넓어져 있었다. 촘촘한 숲 지대를 통과해 바깥쪽으로 걸어 나가고 있는 걸까.

몇 그루의 나무를 지나자 드디어 바람이 전해준 대지에 닿았다. 숲 바깥쪽은 아니었다. 허허벌판이었으나 텅 빈 대지는 아니었다. 거대한 나무 무덤이었다. 굵은 통나무들이 어지럽게 널려 있고 나뭇가지들이 진흙과 범벅이 되어 나뒹굴고 있었다. 남겨진 그루터기로 보아 본래는 적당한 밀도로 자란 나무 군락지였다는 것을 알 수 있었다. 뿌리를 박고 있는 것은 밑동이 죄다 정밀하게 잘려 있었다. 그루터기들은 싸구려 대리석처럼 하얗게 탈색된 채 서 있었다. 그 때문에 그루터기가 아니라 묘석처럼 보였다. 숲의 일부라기보다는 거대한 참상이 지나간 전쟁터 같았다. 파헤쳐지거나 예리하게 잘린 뿌리, 백골처럼 하얗게 건조된 몸통, 잎이 다 떨어진 가지가 사방에 널려 있었다. 시작도 끝도 보이지 않는 넓은 나무 무덤은 똑같은 모양으로 죽은 나무들이 도열한 광장이었다. 나무들이 이렇게 된 것은 오래전 일처럼 보였다.

광활한 나무 무덤을 보고 있자니 눈물이 났다. 몸이 쑤시고 아팠지만 그 때문은 아니었다. 두려워서도 아니었다. 겁도 나지 않았다. 무력하고 하찮은 용기 때문이었다. 그는 울고, 울었다. 그가 보려던 것은 무엇이었을까. 모든 것을 잃으면서 확인하려던 것이 과연 이것이었을까.

그는 폐허를 떠나기 위해 걸었다. 이미 왔던 길을 걸었다. 한참 후에 다시 지나가게 될 길을 걸었다. 원래도 알 수 없었지만 해가 조금씩 기울면서 더 알 수 없게 된 길을 걸었다. 이제는 숲에서 나가야 했다. 숲에서 나가면 가족을 찾아 마을을 떠날 것이었다. 마을을 벗어나면 차의 속도를 한껏 높이고, 점점 멀어져가는, 고리타분한 시골 마을을 후사경으로 바라보면서 모든 것을 잊을 것이다.

숲을 헤매다 보니 숲에서 가장 주의해야 하는 것은 눈에 보이는 것이라는 생각이 들었다. 눈으로 감지하는 거리감을 믿을 수 없었다. 아주 가까이 있을 때 멀게 느껴졌고, 크고 길게 보이는 것이 실제로는 멀리 있을 때도 있었다. 시야를 믿을 수 없다는 걸 알게 되자 길을 헤맨다는 두려움이 더해졌다. 차츰 원근에 익숙해지면 그런 두려움이 줄어들겠지만, 그렇게 되기까지는 상당한 시간이 걸리고 그때쯤에는 길 찾기를 포기하게 될지도 몰랐다. 그럼 도대체 무엇을 믿어야 할까. 알 수 없었다. 무엇인가 알려줄 거라 믿었던 소리마저 어느 순간 완벽하게 자취를 감추었다.

몸의 피로를 감당할 수 없어 머리로는 어떤 생각도 떠오르지 않았다. 사택에서 맞은 일, 진 선생의 집에서 깨어난 일, 진 선생과 얘기를 나눈 일, 숲에 들어와 헤매고 있는 일이 모두 꿈처럼 여겨졌다. 진 선생의 말대로 사택에서 폭행을 당한 게 아니라 술집에서 싸움을 벌인 걸까. 어쨌거나 그런 일이 일어났다고 믿을 만한 증거는 몸의 통증밖에 없었는데, 그 통증조차 얻어맞아서인지 싸움을 벌여서인지 숲에서 헤매느라 힘들어서인지 분간할 수 없어졌다.

얼굴에 뭔가 닿았다. 바람이 따뜻해진다 싶더니 하늘이 잔뜩 내려앉았고 어두워지면서 뭔가 흩날리기 시작했다. 눈이었다. 드디어 예보가 실현되었다. 눈발은 점점 굵어졌다. 눈이 내리면서 순식간에 사방이 고요해졌다.

차츰 어두워지는 숲에서, 끊임없이 눈발이 날리는 숲에서 홀로 걸음을 옮기고 있자니 모든 일은 그저 예정된 행로인 것처럼 생각되었다. 그가 외딴 마을의 깊고도 깊은 숲 속에 머물도록 인생이 오래전부터 예비해온 것 같았다. 김 대령이 건넨 분에 넘치는 호의를 덥석 받아들였을 때부터, 최초로 술이라는 걸 먹고 취기의 황홀에 젖어 차츰차츰 술꾼이 되어갔을 때부터, 세오를 집어던져 여린 팔뚝을 나뭇가지처럼 툭 부러뜨렸을 때부터, 그 모든 순간 두려움과 외로움이 그의 가장 친근한 벗이 되었던 때부터. 그는 부모에게 사랑받지 못할까 두려웠고 시험에 떨어질까 두려웠고 좋은 아버지가 되지 못할까 두려웠고 아내가 떠날까 두려웠고 일이 실패할까 두려웠다. 두려움이 혈관을 타고 흘러 두려움과 분리된 자신을 떠올릴 수 없을 정도였다. 두려워 화를 내고 억울해하는 것 말고는 아무것도 하지 않았다. 그러자 인생은 그가 두려워하는 것들을 차례로 내밀었다. 그는 부모에게 사랑받지 못했고 시험에 떨어졌으며 좋은 아버지가 되지 못했고 일에서도 실패했다.

그러는 동안 많은 일이 일어났다. 아무 일도 일어나지 않은 것 같기도 했다. 자신에게 일어난 사실과 착각과 오해와 혼돈의 격차를 받아들일 수 없었다. 무슨 일이 일어났을까. 그동안 만난 사람은 누구일까. 그가 끝내 다다른 이곳은 어디일까. 무엇보다 자신은 누구일까. 박인수는 이런 상태가 난감하기만 했다. 생전 처음으로 괴한을 마주친 느낌이었다. 복면도 없고 형태도 없고 그를 겨냥하는지 아닌지도 알 수 없어 방어조차 할 수 없는 괴한을.

사실 그에게 있어서 자기 자신이야말로 영원히 알 수 없는 암흑세계나 마찬가지였다. 자신을 이해하지 않으려 해서, 자신을 잘 모른다고 해서, 그가 불행하거나 스스로를 비난하거나 졸렬한 선택을 했다는 자괴감에 빠진 일은 없었다. 그에게 닥쳐온 선택이란 자신을 염두에 두지 않아도 좋을 것들이었다. 순응적이고 고분고분하면 되었다. 자신을 외면하면서도 그는 이제껏 박인수로서 잘만 살아왔다.

자신이 누구인지, 무엇을 위해 사는지 생각할 때 그는 항상 답을 찾지 못했고 암흑과 절망에 빠졌다. 그의 가장 큰 두려움과 의심은 마을이나 사람들, 진 선생에 대한 것이 아니라 스스로를 잘 모른다는 것이었다. 그는 스스로를 의심하고 두려움에 젖어 무엇을 해야 할지 말지 판단하지 못했다. 자신에 대해 묻지 않을 때는 자신이 누구이며 무엇을 위해 사는지 알 것 같았다. 그는 별다른 생각 없이도 단호하고 확신에 차서 행동했다. 그래서 살아올 수 있었다. 자신이 누구인지 도대체 왜 살고 있는지 알지도 못하고 알 방법도 모른 채로 말이다. 간혹 자신에 대한 무지가 그를 괴롭혔지만 그런 고통과 상관없이 삶 속에서 나름의 길이 만들어지는 걸 보며 대견할 때도 있었다.

길을 헤매고는 있지만 용기를 잃지 않으려 했다. 사무장의 말대로 피할 수 있었지만 그렇게 하지 않았기 때문이었다. 두려움과 직면하면서 그는 미약하나마 의지를 얻었다. 그렇게 생각하자 어떤 것에도 불평하는 마음이 들지 않았다. 사내들에게 얻어맞은 곳의 통증이 계속된다거나 길을 전혀 모른다든가 해가 떠 있는 시간이 너무 짧다든가 숲에서 지내기에는 옷차림이 얇다든가 하는 것들이 괜찮게 여겨졌다.

그가 다시 시진 걸음을 옮길 때, 한참 들리지 않던 소리가 선명하게 들려왔다. 이번에는 기계음이었다. 일정한 간격을 두고 거대한 공이로 지구를 때리는 것처럼 쿵쿵 울리는 소리도 들렸다. 가만히 듣고 있자니 윙윙거리며 반복적으로 들리는 기계음은 의성어로 표현된 부엉이 울음소리 같기도 했다. 순전히 저 소리를 듣기 위해 숲에 온 느낌이었다. 모든 것이 불확실한 가운데 그는 부엉이에게 다가가고 있었다. 그런 작은 확신이 그에게 용기를 주었다. 그는 천천히 소리가 들리는 쪽으로 걸음을 옮겼다.

에필로그

 숲은 야생지대지만 내향성의 동물처럼 묵묵한 곳이었다. 진이 숲을 좋아하는 것은 그 때문이었다. 부엉이를 키우는 것도 비슷한 이유였다. 철창에 부엉이 대신 숲을 가져다 놓고 싶었으나 그럴 수 없으니 부엉이를 택했달까. 그가 부엉이와 숲을 내향성 동물로 생각하는 것은 마을 사람들과의 대조를 통해 얻은 결론이었다. 사람들은 언제나 불평이 많고 적극적으로 거부감을 표현하고 푼돈에 감정이 상해 눈을 부라리고 한계에 다다르면 되는대로 삶을 건사하려 들었다. 진은 사람들이란 원래 늘 그렇기 마련이라는 걸 인정하는 데 다소 시간이 걸렸다. 일단 그렇게 생각하자 견해를 바꾸는 일은 결코 없었다. 아직까지 진과 우정을 유지하는 사람이 있다면 그동안 우정의 진위를 의심받을 기회와 위기를 갖지 못해서였다.

　진은 끊임없이 벨이 울리는 휴대전화기를 거실에 두고 마당으로 나왔다. 차가운 바람을 맞자 비로소 고요해졌다. 건물 오른편으로 돌아 부엉이 우리 앞으로 갔다. 부엉이에 가까워질수록 벨 소리가 멀어졌다.

　모유진에게 걸려온 전화였다. 도시로 돌아간 모유진은 연락이 닿지 않는 박인수의 행방을 계속해서 진에게 물었다. 진이 모를 리 없다고 생각했다. 부부가 확신을 갖는 방식이 비슷해서 진은 피식 웃고 말았다. 진은 여러 차례에 걸쳐 모유진에게, 자신이 길거리에서 얼어 죽을 뻔한 박인수를 집에 데려와 재우고 간호하고 돌려보냈다는 사실을 밝혔다. 모유진은 처음에는 믿었고 나중에는 의심했다. 그에게 부탁했고 이내 위협하는 투로 말했고 종래에는 애걸했다. 모유진의 생각이 왜 그렇게 바뀌었는지 알 수 없었다. 믿음이 불신으로 변하기까지 시간밖에 간섭한 게 없었으나, 어쨌든 그렇게 되었다.

　진은 박인수가 도시로 간 아내를 따라 이 마을을 떠나리라 생각했지, 완전히 사라지리라고는 미처 생각하지 못했다. 얼마간 박인수를 지켜보며 예측한 결과가 빗나갔다. 진은 스스로 경계하듯이 상상력이 빈약했다. 그러나 빈약한 상상력이나 섣부른 예단의 위험과 무관하게 박인수는 이제 없었다. 모유진은 먼 곳에 있었다. 그들은 진과 사이가 나빠질 수 없는 사람이 되었다. 죽거나 사라지거나 멀리 있는 사람과의 관계는 언제나 가까이 살아 있는 사람과의 관계보다 낫기 마련이니까.

물론 진은 간혹 그런 사람들이, 그러니까 죽거나 사라지거나 멀리 있는 사람들이 삶에 간섭하며 끼어드는 것을 경험했다. 이경인의 동생이 불쑥 나타난 것처럼 말이다. 그럴 때면 진은 지켜야 할 것들을 떠올렸다. 지켜야 할 것은 언제나 그가 짐작하고 있는 것보다 많았다. 권력이나 재산 따위는 아니었다. 그런 것은 쉽게 무너지지 않으니 지키려고 애쓸 필요가 없었다. 그가 지켜야 하는 것은 사람들의 '삶'이었다. 마을 사람들의 삶은 진과 이 숲과 어떤 식으로든 '함께' 연결되어 있었다. 각자의 삶은 독립적이고 자립되어 있었으나 그들 모두의 삶은 숲과 어떤 식으로든 연결되어 있었다. 모두의 삶이 연결되어 있기 때문에 어느 누구의 삶도 독립적이지 않았다.

밤의 부엉이를 바라보고 있으면 지극히 짧고 조용하게 단독자로서의 시간이 지나고 있다는 실감이 났다. 부엉이를 바라보는 것만으로 요즈음 그를 둘러싼 불안과 의심에서 자유로워지는 느낌이었다. 놀랍기도 하고 기쁘기도 했다. 그것은 울지 않는 부엉이가 주는 선물이었다. 진은 오랫동안 불신을 받아왔지만 일견 권태롭고 그러면서도 기괴하고 무서운 그 느낌에는 좀처럼 익숙해지지 않았다. 진은 나약하고 겁 많은 인간은 아니었지만 그런 느낌이 들 때마다 혈관이 터지고 한 무더기의 피가 쏟아지는 기분이었다. 이제는 괜찮았다. 그것은 지나가버렸다.

부엉이는 14개나 되는 목뼈를 움직여 고개를 뒤쪽으로 돌렸다. 진을 외면하기 위해 하는 행동이 아니었다. 부엉이는 깊고 속이 보이지 않고 자족적인 어둠을 응시하며 피식자를 찾고 있었다. 그 어둠 속에 무엇이 있는지는 오로지 부엉이만이 알았다. 진은 어둠의 심연을, 골짜기의 깊은 틈을, 뒤엉켜 뻗어 자란 나무의 근부(根部)를 알고 싶지 않았다. 할 수 있다면 뒤엉킨 뿌리를 자르고 골짜기 틈을 메우고 심연에 불을 밝힐 것이었다. 매번 자기의 세계를 지키기 위해 최선을 다했지만 필요 이상으로 최선을 다하고 있다는 느낌은 들지 않았다.

진은 울지 않는 부엉이를 마주 보고 종종 부엉이 대신 울음소리를 낼 때가 있었다. 박인수가 그의 집에서 나간 날도 그렇게 했다. 복부 깊은 곳에서 소리를 끌어 올려 부엉이 대신 우는 소리를 냈다. 부엉이 울음소리를 내며 진은 이제 다시는 돌아오지 않는 어떤 순간을 떠올리지 않았다. 자신에게 자비가 없는 것을 탓하지 않았다. 숲에서 온갖 세월을 보낸 것을 후회하지 않았다. 그 세월을 통해 마음이 나무 수피처럼 딱딱해진 것을 원망하지 않았다. 쓰러지는 나무를 피하듯 방어 태세를 갖추고 으르렁댄 것을 자괴하지 않았다.

부엉이는 그저 동그란 눈으로 울음소리를 내는 진을 바라보았다. 가끔 부드러운 날개를 조용히 털었고 씹어 삼키지 못한, 진이 먹이로 준 병아리의 털과 뼈를 뱉어냈다. 그러고는 후면으로 천천히 고개를 돌리곤 했다.

불쑥 울음소리가 들렸다. 진은 깜짝 놀랐다. 진이 운 게 아니었다. 부엉이였다. 진이 부엉이 앞으로 다가갔다. 울어라. 진이 중얼거렸다. 부엉이가 그 소리를 알아들을 리 없지만 더 크게 말했다. 울어라. 진심을 다해 울어라. 부엉이가 뒤쪽으로 고개를 돌렸다.

진은 망설이다가 철창을 닫아 건 자물쇠를 열었다. 부엉이는 미동도 하지 않았다. 다시 한 번 울음소리를 들으려면 녀석에게 뭔가를 내주는 게 마땅했다. 녀석은 그것이 당연한 이치라는 걸 잘 알고 있었다.

부엉이가 한참 만에 고개를 돌려 진을 보았다. 진은 부엉이의 커다란 눈을, 여러 색이 섞인 털을, 몸통처럼 두꺼운 목을 살피듯 보았다. 부엉이는 뚫어져라 진을 보면서 천천히 날개를 폈다. 진이 그동안 봤던 것보다 넓고 커다란 날개였다. 날개를 다 펼친 부엉이는 예의를 차려 남의 집에 들어가는 손님처럼 조심스럽게 굴었다. 진이 문에서 비켜섰다. 부엉이가 조금씩 몸을 움직여 입을 벌린 우리를 소리 없이 빠져나왔다. 넓고 커다란 날개를 허공에서 활짝 폈다. 활공하던 날개가 천천히 움직이는가 싶더니 이내 높이 날아올랐다. 진이 기꺼이 내어주었건만 울음소리를 내지 않았다.

부엉이는 진이 알고 있는 세상을 떠나는 중이었다. 허공 너머는 어두워서 아무것도 보이지 않았다. 자신이 모르는 사람들이 비상 중인 부엉이를 바라볼 거라고 생각하자 진은 조금 외로워졌다. 부엉이의 울음소리와 행로를 전혀 모른다는 데에서 생겨난 외로움이었다. 울음 없이 늘 어둠 속에 홀로 머물며 단조롭고 명백한 운명에 놓인 그 새야말로 그에게는 전부였다.

이제 우리는 텅 비었다. 진을 봐주는 것은 우리 안에 켜켜이 쌓여 있는 어둠뿐이었다. 진은 천천히 뒤돌아섰다. 어디에서도 부엉이 우는 소리가 들리지 않았다.

참고

차윤정·전승훈 지음, 『숲 생태학 강의』(지성사, 2009)
차윤정 지음, 『나무의 죽음』(웅진지식하우스, 2007)
존 베일런트 지음, 박현주 옮김, 『황금가문비나무』(검둥소, 2008)

해설

세계의 일식이 지나고

권희철
(문학평론가)

『서쪽 숲에 갔다』는 한 사내의 실종과 관련된 범죄적 음모를 파헤치는 미스터리물이 **아니다.** 이 소설이 우리에게 선물하는 것은, 조사와 심문을 통해 비어 있는 항목들을 채워 넣고 흐트러져 있는 사건들에 질서를 부여함으로써 무엇인가 낯설고 두려운 것들을 이해 가능하고 설명 가능한 것으로 환원하는 지적인 모험이 **아니다.**

겉보기와 달리, 『서쪽 숲에 갔다』의 서사 원칙은 미스터리물의 문법을 뒤집는다. '세계의 일식이 지나고, 결정적인 것은 끝까지 말해지지 않는다.' 그렇다고 해서 탐정의 모험이 끝난 뒤에도 여전히 접근 불가능한 무엇인가가 남아 있다고 결론 내리면서 (TV 드라마 「X-파일」류의) 환상적이고 신비한 현상들에 대한 두근거리는 흥분 상태를 즐기게끔 하는 것도 이 소설의 목표는 아니다. 이 점을 놓치고 나면 이 소설의 득의의 영역인 '주체'가 출현하는 마지막 장면도 함께 놓치게 된다.

우리의 독해에 대한 예상되는 반박을 먼저 언급해두기로 하자. '그렇게까지 복잡하게 읽어야 할 필요가 있을까? 이야기가 진행됨에 따라 음모의 실체가 서서히 드러나는 것이 명백한데도? 그러니까 우리는 이 소설을 잘 짜인 탐정소설의 일종으로 읽어야 하지 않을까?' 이 소설의 초반 3분의 1까지는(이하인의 사고사로 끝이 나는 1부까지) 이러한 반대 관점이 확실한 설득력을 갖는 것으로 보인다. 분명히 『서쪽 숲에 갔다』는 전형적인 탐정소설로 출발한다. 하지만 여기에 두 가지 설명을 덧붙여야 한다. 1부와 2, 3부 사이에 놓여 있는 균열이 탐정소설의 서사가 제 궤도를 완성시키는 것을 저지하며, 이 탈선이야말로 퍼즐 풀기와 환상 체험의 사이에 이 소설을 위치시키는 결정적인 역할을 담당한다. 게다가 이 소설은 결코 음모의 실체를 완전히 드러내지 않으며 오히려 무엇인가가 남아 있다는 점을 강하게 암시하면서 독자들을 불안 속에 남겨둔다. 반복하지만, 작은 범죄가 거대한 심연을 감추고, 결정적인 것은 끝까지 말해지지 않는다.

1. 스트레칭 서스펜스

이야기는 이렇게 시작한다. 거대한 숲의 입구, 산림학 연구소와 이 연구소를 기반으로 한 외딴 마을에 이방인이 등장한다. 그의 출현으로 다음의 사실들이 폭로된다. 숲의 관리인으로 일하던 이경인이 실종되었다는 것, 그의 실종에 대해 아는 바 없을 뿐 아니라 이경인을 본 적도 없다고 잡아떼는 마을 사람들이야말로 실종 사건에 깊이 연루되어 있다는 것. 이방인(실종자의 동생 이하인)의 등장으로 이 조용하고 평화로워 보이는 마을이 은밀한 범죄의 근거지로서 제 모습을 드러내는 셈이다. 이제 독자들은 이하인의 관점에서 정보를 수집하며 평범한 마을의 이면에서 은밀한 범죄의 퍼즐을 풀어나가는 모험에 동참하게 된다. 6개월 전 마지막 전화 통화를 끝으로 사라져버린 이경인에게는 무슨 일이 일어났던 것일까? 그를 삼켜버린 검은 숲, "부엉이가 울고 나무들이 달려든다"(p. 27)는 숲에는 어떤 비밀이 숨겨져 있을까? 마을 상점가의 주인들이자 은퇴한 벌목꾼들인 최창기, 이안남, 한성수, 그리고 이들을 조종하고 있는 진은 숲의 비밀에서 어떤 역할을 맡고 있을까?

그러나 이 모험이 시작되자마자 이하인이 살해당하기 때문에 탐정소설의 서사는 결정적인 동력을 잃게 된다. 새로운 숲 관리인 박인수가 2부와 3부의 중심인물이 되어 이하인의 역할을 이어받고 있는 것처럼 보이기도 하지만, 그에게는 퍼즐을 풀 의지도 없으려니와 알코올중독의 환각과 착란에 시달리는 탓에 독자들에게 더 많은 혼란을 주고 있을 뿐이다. 1부는 미스터리의 제시와 그 해결에 대한 기대를 품게 하지만, 2부와 3부의 핵심은 오히려 박인수의 환각과 착란이어서 이야기는 다른 방향으로 흘러가버린다. 독자들은 이하인과 함께 퍼즐을 풀 준비가 되어 있지만 소설은 독자에게 다른 이야기를 건네고 있다.

그럼에도 『서쪽 숲에 갔다』가 이경인의 실종 사건을 둘러싼 범죄적 음모의 진상을 드러내는 것처럼 보이는 이유는 마을 주민들의 회상 속에서 어쨌든 '진실'이 밝혀진다고 느껴지기 때문이다. 그 진실이란 무엇인가? 숲에서는 은밀하게도 대규모 불법 벌목이 이뤄졌고, 숲 관리인 이경인은 불법 벌목이 들키지 않도록 단속반의 접근 여부를 확인하는 역할을 맡았다. 그런데 이경인은 이 음모를 주도한 진에게 보다 큰 몫을 요구했고 진의 수하라고 할 수 있는 은퇴한 벌목꾼들(최창기, 이안남, 한성수)이 이경인을 폭행했다. 이경인은 그들에게서 도망쳐 숲으로 들어갔다가 빠져나오지 못했고 진과 그의 일당은 숲에서 길을 잃은 이경인을 방치했던 것이다.

그런데 잠깐. 우리를 그토록 긴장시켰던 "어둠의 심연"(p. 343)이 불법 벌목일 뿐이었다고? 갚을 수 없는 빚을 지게 한 뒤 그 빚을 빌미로 마을 사람들을 조종하면서 12년 동안 비밀을 지키는 폐쇄적 공동체를 유지한 것, 어떤 광기에 휩싸인 채 동료를 초주검이 되도록 두들겨 팬 것, 전임자의 실종 소식을 접한 새로운 숲 관리인 박인수를 알코올중독에 빠뜨리고 실종 사건을 조사하는 이하인을 살해한 것, 좀처럼 멈출 것 같지 않은 이 범죄의 연쇄를 작동시킨 저 어둠의 심연이, 단지 벌목 금지법을 어기고 목재를 팔아넘겨 금전적 이득을 취한 것이라고? 만약 사건의 진상이 그런 것이라면 우리는 이렇게 불평해야 할 것이다. '그저 나무를 베다 팔아넘긴 일을 숨기려고 이 엄청난 일들을 벌인 거야?'

그러나 사건의 진상이 불법 벌목일 뿐이었다고 단정하기 어려운 구석이 있다. 그리고 어쩌면 그런 모호함 속에서 우리의 불안한 의심을 이끌어내는 것이 이 소설이 겨냥하고 있는 바인지도 모른다. 예컨대 소설이 거의 끝나갈 무렵, 도대체 무슨 일이 벌어졌던 것인지 여전히 갈피를 잡지 못하고 있는 박인수에게 진이 먼저 "사람들의 묵인하에 숲에서 수상한 일이 벌어지고 있다고 생각하는 거예요? […] 그러니까 아마 대규모 벌목 작업쯤으로 생각하는 건가요?"(p. 314)라고 조롱하듯 어떤 힌트를 던질 때, 진은 마치 거대한 심연을 감추기 위해서 작은 범죄의 진상이라는 미끼를 던지고 있는 것처럼 보이지 않는가. [이 질문을 받기 전까지 박인수는 불법 벌목에 대해서 조금도 생각하지 못하고 있다가 질문을 받고 나서야 자신이 무슨 사건에 휘말려들었는지 깨달았다는 듯 "불법적인 일에 가담하고 싶지는 않아요. […] 불법 벌목을 하고 있을 거예요"(p. 318)라고

항의한다. 미끼에 걸려든 것일까?] 1부에서 이하인이 실종 사건과 벌목꾼들을 연관지으려고 할 때 사건을 은폐하려는 한성수는 이렇게 생각하고 있었다. "벌목꾼들 얘기라면 얼마든지 해줄 수 있었다. 이하인은 확실히 잘못 짚고 있었으니까"(p. 83). 불법 벌목은 소설 안에서 실제로 발생한 일이겠지만, 그처럼 세상에 만연한 평범한 범죄들 가운데 하나가 비밀의 핵심이라고 생각한다면 우리는 "확실히 잘못 짚고 있"는 것 같다. 검은 숲의 어둠은 지나치게 과도하며 또한 악마적이다. 검은 숲의 악마적인 분위기는 그런 진부한 약탈적 이윤 추구를 초과한다.

그렇다면 그 초과분의 실체는 무엇인가? 이 소설은 그 결정적인 대목에 대해서 결코 명확하게 말해주지 않는다. 숲의 비밀은 스스로를 보호하는 미로로 되어 있으며 이 때문에 진실을 향한 어떤 모험도 목적지에 도달할 수 없고 만일 무엇인가가 밝혀진다면 그것은 우리의 조사와 심문의 바깥에 늘 무엇인가가 남겨진다는 사실뿐이다.

이미 탐정 역할을 떠맡고 있는 이하인이 그렇게 생각하고 있다.

> 아무리 많은 정보도 세계의 전부를 설명하지 못했다. 하나의 정보가 또 다른 정보에 연결되어 곧 그가 파악해야 할 정보들이 셀 수 없을 정도로 많아진다는 걸 깨닫게 할 뿐이었다. (p. 118)

나중에 박인수가 이를 복창한다.

> 진 선생과 나눈 대화에서 그가 알게 된 것은 하나의 진실이 있으면 어디에든 또 다른 진실이 있게 마련이라는 것이었다. 그가 알아야 하는 진실에는 끝이 없었다. (p. 328)

단지 이하인과 박인수에게 주어진 정보들이 불확실하다는 것이 아니다. 정보들의 그물망은 조사와 심문을 통해서 계속해서 촘촘해지고 또 확장될 수 있겠지만 정보들의 그물망으로 끝내 건져 올릴 수 없는 무언가가 남는다는 것이다. 하나의 진실 다음에는 또 다른 진실이 있을 뿐 최종적으로 드러나는 진실 같은 것은 없다.

이 소설의 1부는 추리소설의 문법을 충실히 따르는 것처럼 보이지만, 그것은 오로지 2부와 3부에 걸쳐, 그 바깥에 늘 무엇인가가 남겨진다는 점을 표시하기 위해서 동원된다. 소설을 출발시키는 추리소설의 문법, 비밀의 중심에 조금씩 접근해가고 있다는 느낌 때문에 독자들은 계속해서 '드디어 숨겨져 있던 무엇인가가 제 모습을 드러낼 것'이라는 기분에 사로잡히게 되지만, 독자들은 결코 최종적인 목적지에 도달하지 못한다. 『서쪽 숲에 갔다』의 서스펜스, '드디어 숨겨져 있던 무엇인가가 제 모습을 드러낼 것'이라는 기분은 비밀이 밝혀지는 대단원과 함께 어떤 극적인 효과를 구성하지 않는다. 오히려 소설이 끝난 이후까지도 '아직도 숨겨져 있는 무엇인가가 남아 있다'는 기분을 유지시키면서 서스펜스가 자기 자신을 무한히 늘어뜨리고 비밀이 밝혀지는 대단원의 도착을 거부한다. 스트레칭 서스펜스, 이것이 『서쪽 숲에 갔다』의 기본 구조이다. 이야기가 전개될수록 독자들은 분명히 더 많은 정보를 얻게 되는데도, "그런데도 의혹이 해결된 데 어떠한 기쁨도 없는 게 의아했다. 더 미궁에 빠진 기분이었다"(p. 306). 그것은 박인수의 기분일 뿐 아니라, 독자들의 기분이기도 하다.

2. 자기 지시적 알레고리들—스도쿠, 숲의 미로, 반복

지금까지의 편혜영의 소설에 익숙한 독자들이라면 아마도 그녀가 알레고리라고 부를 만한 것들을 효과적으로 사용해왔다는 점을 기억해낼 수 있을 것이다. 구체적인 인물이나 사건, 사물의 작은 조각을 가지고 추상적이고 보편적인 어떤 주제를 함축하는 장면들. 예컨대 「저수지」「서쪽 숲」「밤의 공사」 등에 출몰하는 '검은 물'은 우리가 현실을 구성할 때 금지하고 배제하며 물리치는 어떤 것이면서도 현실의 밑바닥을 관류하다가 어느 틈엔가 우리를 집어삼키는 어떤 것, 다시 말해 현실을 일그러뜨리며 침입해 들어오는 실재의 물질화로 읽을 수 있다. 혹은 「동일한 점심」이나 「통조림 공장」의 '점심 메뉴'와 '통조림'은 섬뜩함과 혐오스러운 것을 성공적으로 회피할 때 우리에게 주어지는 일상의 질서, 질서라고는 하지만 그 안에 우리 삶을 동기화할 무엇도 갖추지 못한 무의미한 반복 그 자체로 읽을 수 있다. 기타 등등.

『서쪽 숲에 갔다』에서도 편혜영의 알레고리를 찾아볼 수 있다. 하지만 여기서 강조해야 할 것은 지금까지의 알레고리와는 달리 『서쪽 숲에 갔다』의 알레고리가 자기 지시적이라는 점이다. 소설을 구성하는 작은 요소가 소설 밖의 커다란 내용을 끌어들이는 것이 아니라, 소설을 구성하는 작은 요소가 이 소설의 구성 방식 자체를 가리켜 보인다.

이 점에서 우선 눈에 띄는 것이 스도쿠다(스도쿠(数独)는 "숫자는 한 번씩만 쓸 수 있다"(数字は独身に限る)의 줄임말로 같은 줄과 3×3의 작은 격자 속에 1부터 9까지의 숫자를 겹치지 않게 빈칸을 채워 넣으며 9×9 격자를 완성하는 숫자 퍼즐이다). 마땅히 할 일이 없는 숲의 관리사무실에서 박인수가 심심풀이로 하는 것이라며 펼쳐 보인 것, 어쩌면 전임자의 것일지도 모르겠다고 내민 것이 스도쿠 책인데, 이하인은 여기서 곧 이상한 점을 발견한다.

무의식중에 퍼즐을 풀었는데 틀린 것이 많았다. 빈칸에 같은 숫자를 쓰지 않는다는 규칙을 무시하고 전부 같은 숫자를 써놓은 것도 있어서, 문제를 풀었다기보다는 낙서를 해놓은 것 같았

다. (p. 30)

나중에 과거 회상 장면에서 스도쿠 책이 실제로 이경인의 것임이 밝혀지는 대목을 읽을 때, 독자들은 위의 인용문을 떠올렸을 것이다.

이경인은 [……] 딱히 관심을 보이지 않는데도 스도쿠 책을 펴서 일일이 설명해주었다. 한성수는 책을 받아 들고는 빈칸 여기저기에 검은색 빗금을 쳐놓았고 이안남은 칸마다 같은 숫자를 써놓았다. 이경인은 그런 장난에도 별말 없이 멍하니 보고만 있었다. (p. 292)

사건의 해결이나 박인수의 방황과는 아무런 관련도 없으면서 스도쿠는 왜 소설의 시작과 후반부에 번갈아 등장하는 것일까. 아마도 풀었다기보다는 망가뜨려진 이경인의 스도쿠를 자기 지시적 알레고리로 읽어야 할 것이다. 이 소설이 정교한 퍼즐을 풀어내는 탐정소설처럼 보일지라도 2부 이후의 이야기가 1부의 출발을 망쳐버리면서 미스터리의 제시와 그 해결과는 다른 방향으로 일탈하게 될 것이라는. 그러니까 『서쪽 숲에 갔다』가 망가뜨려진 스도쿠라는.

범죄적 사건의 주요 배경이면서 어두운 분위기를 풍기고 있는 '검은 숲'을 같은 방식으로 읽어볼 수 있겠다. "어마하게 큰 덩어리로 뭉쳐진 채, 대낮인데도 검은 그림자를 깊숙이 내밀고 있"으며 "스무 발짝만 들어서도 방향감각을 완전히 잃어버릴 정도로 깊은 미로"(p. 180)가 되는 검은 숲은, 어둠의 무게 때문에 입구에서 보면 마치 "검은 벽처럼 보이"(p. 21)기도 한다는 검은 숲은 이 소설 자체에 대한 알레고리가 아닐까.『서쪽 숲에 갔다』가 우리의 조사와 심문을 가로막는 "미로"이자 "검은 벽"이고 "검은 그림자"로서 스스로를 구성하고 있다는. 그러므로 숲에 대한 진의 설명에서 '성경'을『서쪽 숲에 갔다』로 바꿔 넣고 순서를 조금 조정해볼 수도 있겠다.

"이 숲은 미로처럼 구불구불합니다. 성경에 새겨진 글자처럼 촘촘하게 나무들이 자라고 있어요. 어디를 봐도 나무뿐이죠." (p. 114)

혹은 '이 소설은 미로처럼 구불구불합니다. 검은 숲에 빼곡한 나무들처럼 촘촘하게 글자들이 자라고 있어요. 어디를 봐도 (아직 진실에 도달하지 못한) 글자들뿐이죠.'

마지막으로 이경인 형제와 박인수 형제가 서로를 반영하며 반복되고 있다는 점을 지적해보자. 이 소설은 한편으로 실종된 형을 찾아 나선 동생의 이야기로 읽힐 수도 있겠지만 다른 한편으로는 전임자의 실종을 좇아 후임자 또한 실종되는 어떤 반복에 관한 이야기이기도 하다. (소설의 마지막 장면에서 박인수

또한 숲 속에서 사라진다.) 다시 말해 박인수는 이경인의 반복인 셈인데, 박인수가 이경인을 반영하는 세목들은 의외로 풍부하다. 박인수와 이경인은 모두 숲 관리인으로 채용되기 전 가족들에게 멸시당하는 실패한 인생을 살고 있었으며 공무원 수험 학원에 다닌 적이 있다. 두 사람은 모두 어려서 병약했고 그 시절 비열하고 교묘한 거짓말을 늘어놓았으며 화목한 가족의 중심에 놓인 건강한 동생을 증오했는데, 이 동생들은 형과 달리 성공한 인생을 살게 된다. 두 사람은 모두 '치통'을 자주 앓았는데 이경인이 그런 것처럼 박인수 또한 치통을 핑계 삼아 동생에게 폭력을 일삼았을 것이다. 〔이하인도 두 사람을 닮았다고 느끼고 있다. "박인수의 거만한 태도와 말투가 묘하게 형을 연상시켰지만 조금도 두렵지 않았다. 적어도 박인수는 그를 팰 리 없으니까"(p. 40).〕 박인수의 과거가 드러날수록 박인수가 이경인의 후임자라는 것 이상으로 그가 전임자를 대리하고 있다는 인상을 지우기가 어렵게 된다. 그리고 어쩌면 형을 증오했던 동생이 마지못해 형의 실종을 조사하기 위해 외딴 마을을 방문했다가 의도치 않게 형의 후임자에게 숲의 악몽을 선물한 이 이야기가 소설이 끝난 뒤에 끝없이 반복되리라는 예감 또한 드는 것이다. 이경인 형제와 박인수 형제가 그렇게까지 닮아 있다면, 이하인이 그랬던 것처럼 박인수의 동생이 다시 한번 이 마을을 찾아서 박인수의 후임자에게 의심을 불어넣고 진은 박인수의 동생을 살해한 뒤 박인수의 후임자를 알코올 중독에 빠뜨리고…… 〔알코올 의존증으로 망가진 박인수를 보고 이안남이 "이 사내는 좀 빠르군"(p. 251)이라고 말했을 때, 박인수와 이경인 이전에도 더 있었다던 퀸리인들이 같은 코스를 조금 느린 속도로 반복해왔다고 추측하게 된다.〕 마치 동생들이 차례로 이 마을을 방문하여 형의 대리인에게 숲의 악몽을 선물하는 방식으로 형에 대한 복수를 대신한다는 듯이.

이렇게 놓고 보면 '이방인의 방문과 함께 다시 한번 시작되는 숲의 악몽'이라는 개별적 사건들 속에서 자신의 복제를 반복하는 가히 운명적인 어떤 것이 있는 것처럼 보인다. 여기서 '반복Wiederholung'을 '실재와의 만남tuché'과 연결시키는 정신분석학의 가르침을 떠올린다면(자크 라캉, 『세미나 11』 5장, 6장) 이렇게 말할 수도 있겠다. 현실에서 반복되는 개별적인 사건들을 수단으로 해서 결코 스스로를 드러낼 수 없는 무엇인가가 자기 자신을 반복해서 오마주하고 있으며 우리는 그 오마주 속에서 영원히 상실된 어떤 것을 스쳐 지나가게 된다고. 요점은 '이방인의 방문과 함께 다시 한번 시작되는 숲의 악몽'이라는 반복이 그 반복을 작동시키면서도 드러나지 않는 어떤 중심을 강하게 암시한다는 것인데, 그렇기 때문에 반복은 운명 혹은 실재와 같은 무언가가 드러나기에 완벽한 무대이며 동시에 사라지기에 완벽한 무대가 된다는 것이다. 바로 이것이 끝까지 '말해지지 않는' 결정적인 것을 '말하는' 『서쪽 숲에 갔다』의 구성 원리를 가리키고 있지 않은가.

이 세 가지 알레고리를 이렇게 요약해볼 수도 있겠다. 이 소설이 설명 불가능성 그 자체를 픽션화하고 있다는 것에 대한 자기 지시.

3. 몸체 없는 소리와 주체라는 뫼비우스의 띠

우리는 앞에서, 1부와 2, 3부 사이에 『서쪽 숲에 갔다』를 추리소설의 궤도로부터 탈선시키는 균열이 있다고 지적했는데, 그것은 이하인과 박인수 사이의 균열이기도 하다. 이하인이 실종 사건의 퍼즐을 푸는 모험을 떠나는 것이라면 박인수는 그의 모험을 숲을 떠도는 소리에 몸체를 찾아주려는 모험으로 변경시킨다.

이 모호한 소리는 소설의 도입부에서부터 울리고 있지만 이 소리가 처음에는 무시되다가(A) 뒤로 갈수록 점점 중요해지며 박인수의 모험에서 결정적인 미끼로 작용한다(B).

(A)
"그러고 보니 계속 무슨 소리가 들리네요. […] 형도 하루 종일 여기에서 이런 소리를 들었겠군요." (p. 28)

"글쎄요. 부엉이가 운다는 거요. 나무가 달려든다는 얘기도 그렇고요. 제가 생각하기에는 좀 엄살 같네요. 〔……〕 저도 처음엔 놀랐습니다. 숲에서는 별의별 소리가 다 들려오니까요. 그런데 조금 지나면 괜찮아져요. 숲에서 나는 소리라는 걸 알게 되니까요. 여긴 숲이니까 부엉이 우는 소리가 들리는 게 당연해요. 낯선 소리가 아니라는 겁니다."(p. 41)

(B)
숲에서 끊임없이 들리는 소리의 정체를 알 수 없는 것이 그의 피로를 부추겼다. 무슨 소리일까 귀를 기울여도 분명히 들리지 않았다. 잘못 들었지 싶으면 다시 소리가 시작되었다. 소리는 희미하고 숲은 넓어서 어느 지점에서 어떤 소리가 들리는지 구체적으로 말하기 어려웠다. (p. 130)

그는 계속해서 숲에서 무슨 소리가 들린다고 털어놓았다. 모유진이 그저 새소리일 거라고 대꾸했는데, 박인수는 그 무신경한 대답을 계속 비난했다. (p. 165)

그러나 아내에게 뭔가를 설명하고 자신을 설득하기 위해서는 숲은 아무런 혐의가 없다는 것을, 숲에서 들리는 소리는 자연이 내는 무수한 소리의 일부라는 것을 확인하거나 부인해야만 했다. (p. 329)

1부에서 제기된 질문에 따라, 독자들은 숲의 소리가 이경인의 실종과 모종의 관련이 있을 것이라고 추측하게 되고 불법 벌목의 소음이라고 단정하고 싶은 유혹을 느낄 수도 있을 것이다. 하지만 2부에 들어서 이야기의 초점이 실종 사건이 아니라 박인수의 알코올 중독과 그에 따른 환각·착란으로 옮겨지고 나면 소리의 모호함 자체가 전체 분위기를 지배하고 소리의 몸체를 확인함으로써 자신이 환각을 듣는 것이 아니라는 사실을 입증해야 하는 박인수의 의무가 부각된다.

그가 위험을 무릅쓰고 숲의 한가운데에 들어가 확인한 소리의 몸체는 무엇인가? 소리의 근원을 찾아들어가서 발견한 잘려진 나무 밑둥들이 '그것은 단지 불법 벌목의 소음일 뿐'이라고 생각하도록 유혹하고 있지만, 나무가 잘려진 것은 "오래전 일처럼 보였다"(p. 335)는 점에서 그렇게 단정할 수 없다. 숲을 헤매는 박인수는 끝내 소리의 몸체를 확인하지 못한다. 박인수의 모험을 중심으로 『서쪽 숲에 갔다』를 읽어보자면, 이것은 궁극적으로 몸체 없는 소리가 자신의 담지자를 찾는 데 실패하는 이야기이며 담지자 없는 소리에 한 사내가 홀리는 이야기이다. (이 점에서 우리는 자기 지시적 알레고리의 목록에 부엉이 울음소리를 추가할 수 있다. 해결 없는 미스터리라는 『서쪽 숲에 갔다』의 구성원리를 가리키는 몸체 없는 소리로서의 부엉이 울음소리.)

현실 안에 어떤 자리도 갖지 않으면서 현실에 침입하고 우리를 교란시킨다는 점에서 '부엉이 소리'는 의미화작용하지 않는 오점이며 현실에 대한 궁극적인 위협이다. 여기서 편혜영은 자신의 장기를 다시 한번 발휘하는 것처럼 보인다. 『아오이가든』(2005)에서 『사육장 쪽으로』(2007)에 이르기까지 그녀가 보여준 것은 현실을 구성하기 위해 배제된 것들이 되돌아오는, 세계의 바깥과의 위험한 인접 상태에서 우리를 사로잡는 고통과 공포였다. 그녀의 세번째 소설집 『저녁의 구애』(2011)나 첫번째 장편소설 『재와 빨강』(2010)에서는 그러한 위협으로부터 물러설 장소가 안전한 피난처가 아니라 진부하고 무의미한 반복의 지옥이라는 점이 선명하게 제시되어 있다. 일상의 세계로 도피하든 바깥의 흘러넘침에 몸을 맡기든 어느 쪽도 지옥의 풍경, "세계의 일식"(남진우)을 목격해야 하는 것은 마찬가지였던 것인데, 검은 숲의 심연에서 울리는 부엉이 소리는 우리를 다시 한번 지옥의 풍경으로 이끄는 것처럼 보인다.

그러나 여기서는 『서쪽 숲에 갔다』의 새로움을 강조하기로 하자. 그동안 편혜영의 문장(紋章)처럼 여겨지던 것, 현실을 집어 삼키는 '검은 물'의 흘러넘치는 물질성, 혹은 그 이면인 무의미한 일상의 건조함, 그 혐오스러움과 끔찍함에 대한 묘사가 『서쪽 숲에 갔다』에서는 절약되고 있기 때문이다. 『서쪽 숲에 갔다』의 초점은 검은 물의 체험이나 무의미한 일상이 가져다주는 고통과 공포가 아니라 그 위에 어떤 주체가 위태롭게 일으켜 세워지는 순간이다. 여기서 부엉이의 울음소리는 주체의 출현을 이끌어내는 일종의 미끼로 기능한다.

주체라고? 역설적으로 들리지만 극도의 불안 속에서 이상한 소리에 홀려 숲을 헤매는 박인수의 마지막 행위 속에는 주체의 출현이 함축되어 있다. 이 점은 매우 미묘하고도 확실하다. 박인수가 "부모에게 사랑받지 못할까 두려웠고 시험에 떨어질까 두려웠고 좋은 아버지가 되지 못할까 두려웠고 아내가 떠날까 두려웠고 일이 실패할까 두려웠"(p. 337)던 차원에 머물러 있는 한, 그는 세상의 이치가 자신의 함수 안에서 무엇인가를 산출하고 그 결과를 제시해주기를 기다리는 셈이다. 그런 한에서 세상의 이치와 갈등하는 가운데 주체가 개입할 틈은 없다. 〔이 점에 대해서는 이하인과 모유진이 서로 일치하는 견해를 제시한다. 세상의 이치는 우리가 경험한 과거 속에서 이미 어떤 계산을 시작했고 그 값을 현재의 우리에게 돌려준다. 이 값에 우리가 개입할 수는 있는 여지는, 그러니까 주체의 자리는 없다(pp. 127~51).〕 그런데 담지자 없는 소리가 빈틈없어 보이는 세상의 이치를, 현실의 질서를 일그러뜨렸을 때, 그 소리의 수신자가 그것을 현실의 어떤 소리로 환원하려고 하지 않는다면 그에게는 어떤 미결정의 텅 빈 지평이 열린다. 〔그래서 뒤로 갈수록 소리는 "대지가 틈을 벌리는 것처럼 위협적"(p. 333)이 되어가고, 숲은 아무것도 없는 "폐허"(p. 335)로 비춰진다.〕 그 텅 빈 공간에서 자아를 옴짝달싹할 수 없게 만드는 외부의 계기들로부터 놓여날 때 간신히 주체의 자리가 일으켜 세워진다. 이 때문에 이 소설의 마지막 몇 페이지는 온통 ('이 소리는 어디에서 나는 것일까'가 아니라) "무엇보다 자신은 누구일까"(p. 337) 하는 물음으로 메아리치고 있다. 이 메아리 속에서 극심한 불안을 느끼면서도 박인수는 "오히려 살아 있는 느낌이 들었다. 어쨌거나 이 마을에 온 이후로 처음으로 제 의지대로 움직이고 있지 않은가"(p. 337) 하고 되묻는다.

그러므로 『서쪽 숲에 갔다』는 최종적으로 이렇게 요약된다. 모호한 소리에 몸체를 찾아주려 했으나 어느샌가 입을 벌린 대지의 틈, 아무것도 없는 폐허에서 자신의 자리를 발견하는 주체의 모험담. (이 틈과 폐허를 텅 비어 있는 상태로 보존하기 위해서 자기 지시적 알레고리와 스트레칭 서스펜스가 동원되고 있다는 점을 다시 지적할 필요가 있을까.) 한 가지 덧붙일 것은 박인수가 모호한 소리를 현실적인 몸체로 환원하려들지 않는 한에서만 주체의 자리를 발견할 수 있었던 것과 동시에, 박인수가 주체의 자리를 고수하는 한에서만 소리를 쫓는 모험을 지속할 수 있었다는 점이다. 『서쪽 숲에 갔다』의 마지막을 장식하는 '나는 누구인가'라는 절망적인 메아리와 부엉이 울음소리는 뫼비우스의 띠를 이루고 있는 셈이다.